16	3	2	13
5	10	11	8
9	6	7	12
4	15	14	1

Coleção LESTE

Lev Tolstói

KHADJI-MURÁT

Tradução, prefácio e notas
Boris Schnaiderman

Inclui o ensaio
"Tolstói: antiarte e rebeldia",
de Boris Schnaiderman

editora 34

EDITORA 34

Editora 34 Ltda.
Rua Hungria, 592 Jardim Europa CEP 01455-000
São Paulo - SP Brasil Tel/Fax (11) 3811-6777 www.editora34.com.br

Título original:
Khadji-Murát

Imagem da capa:
Retrato de um guerreiro do norte do Cáucaso, século XIX (detalhe), Museu de História, Arquitetura e Literatura da Ossétia do Norte

Capa, projeto gráfico e editoração eletrônica:
Bracher & Malta Produção Gráfica

Revisão:
Alberto Martins

1ª Edição - 2017 (1ª Reimpressão - 2020)

CIP - Brasil. Catalogação-na-Fonte
(Sindicato Nacional dos Editores de Livros, RJ, Brasil)

Tolstói, Lev, 1828-1910
T724k Khadji-Murát / Lev Tolstói; tradução, prefácio e notas de Boris Schnaiderman; inclui o ensaio "Tolstói: antiarte e rebeldia", de Boris Schnaiderman. — São Paulo: Editora 34, 2017 (1ª Edição).
264 p. (Coleção Leste)

Tradução de: Khadji-Murát

ISBN 978-85-7326-664-1

1. Literatura russa. I. Schnaiderman, Boris, 1917-2016. II. Título. III. Série.

CDD - 891.73

KHADJI-MURÁT

NOTA À PRESENTE EDIÇÃO

A tradução de Boris Schnaiderman foi publicada originalmente com o título *O diabo branco* (escolhido à revelia do tradutor) pela editora Vecchi, em 1949. Já com o título *Khadji-Murát*, foi publicada no volume *Novelas russas*, da editora Cultrix (juntamente com *Inveja*, de Iuri Oliécha), em 1963; em volume separado, com o título *Khadji-Murát*, pela mesma editora, em 1986; e depois relançada pela Cosac Naify em 2009, sempre com revisões do tradutor. O prefácio foi publicado na edição de 1986 da Cultrix, sendo também reproduzido pela Cosac Naify, com o acréscimo do parágrafo final. O ensaio "Tolstói: antiarte e rebeldia", que fecha o presente volume, foi publicado originalmente pela coleção Encanto Radical, da editora Brasiliense, em 1983.

PREFÁCIO

Boris Schnaiderman

Khadji-Murát de Tolstói já circulou em nosso meio mais de uma vez, absurdamente, como *O diabo branco*, título de vários filmes nele inspirados. Realmente, essa história tem algo de violentamente cinematográfico, as imagens nela parecem já dispostas com vistas ao então novíssimo gênero.

E o texto, esse texto que no Ocidente poucas vezes suscitou a mesma admiração que entre os russos — o que soa bem estranho —, é certamente um dos momentos máximos atingidos por Tolstói ficcionista. Vale a pena refletir um pouco sobre o que ele representa no conjunto da obra tolstoiana.

Os vastos romances *Guerra e paz* e *Anna Kariênina* dão-nos os grandes planos em que aparece a vida de um povo, o fluir da história, a interação do individual e do coletivo, sem que o primeiro desapareça no segundo. Pelo contrário, a visão panorâmica se constituía de tal modo que os menores detalhes eram elaborados com perfeição, capricho e apego profundo à materialidade da existência e uma vitalidade incrível. Não foi por acaso que Eisenstein chamou a atenção para o que havia de cinematográfico em Tolstói antes da existência do cinema. Na realidade, o máximo de realização literária parecia pedir a superação da literatura e o aparecimento de uma nova arte.

Mestre em traçar vastíssimos panoramas e quadros minúsculos, Tolstói passava do grande romance para o conto de poucas páginas com a versatilidade e leveza de movimento que se tornariam características da câmera de cinema. E nesses seus deslocamentos entre o total e o particular, a meio caminho, deteve-se com peculiar empenho no gênero intermediário — a novela. Esta lhe permitia penetrar a fundo na problemática humana, aliar o apego sensual à vitalidade da existência e refletir profundamente sobre os caminhos desta. É depois de 1880 que atinge a máxima perfeição como novelista. De fato, realizações como *A morte de Ivan Ilitch*, *Padre Sérgio*, *O demônio* e outras fazem *pendant* ao que atingira com os seus grandes romances.

No entanto, o seu apego à composição fazia com que não se detivesse num determinado momento da realização e procurasse sempre novas formas. Se depois de *Anna Kariênina* deixou de lado as grandes construções e se aproximou das formas populares, o seu êxito na estruturação de novelas, a partir da década de 1880, estava também pedindo a sua superação. Tolstói lança-se, então, à elaboração de um romance, que ele vai condensando, conseguindo assim uma síntese entre o que realizara em *Guerra e paz* e as suas novelas. Daí o romance curto *Khadji-Murát*.

Sua construção tem algo de prodigioso, ela me fascina sempre, é o exemplo perfeito de uma construção "esférica" (para utilizar uma expressão de Cortázar).[1] Seu início e seu final são marcados pela metáfora do tufo de flor, que fora pisado por uma roda, mas se erguera, persistente em seu afã de vida, e que lembrara ao escritor aquela "velha história caucasiana", que ele presenciara em parte e iria completar com o depoimento de testemunhas oculares. Mas entre esses limites, na contenção exigida pela estruturação da esfera, que exuberância, que riqueza de perspectivas, que intensidade!

[1] Cf. Julio Cortázar, "Do conto breve e seus arredores", em *Valise de cronópio*, São Paulo, Perspectiva, 1974, p. 228.

Era bem patética essa luta de Tolstói pela criação de algo diferente, para contar uma história que lhe dizia tanto. E ele prosseguiu muitos anos nessa luta, escrevendo furiosamente, até encontrar formas mais adequadas de expressão, mas não se satisfazendo nunca, pois, aos oitenta anos, antes de largar sua casa para se soltar pelas estradas, onde encontraria a morte, conservava sempre à mão aquele manuscrito, que ele considerava inacabado. Assim, a história da criação dessa obra está ligada à história da velhice e da morte de Tolstói, morte essa em pleno fervor criativo, em plena vivência e domínio dos meios de expressão.

Houve quem falasse então em "demência senil", em "traição à arte", em dedicação exclusiva de Tolstói à sua tarefa de pregador e doutrinário. Pobres palavras, diante da realidade tão pujante desse ancião incrível, lutando até o fim, fazendo planos, transbordante de vida! Deblaterando contra a arte e entregando-se voluptuosamente ao trabalho artístico.

Costuma-se apontar os anos de 1896 a 1904 como o período de elaboração desse texto. Na realidade, foram os anos em que Tolstói se dedicou a ele com mais afinco. Mas o tema o acompanhou durante boa parte de sua vida. A edição das *Obras completas*, promovida pela Academia de Ciências da URSS e realizada entre 1928 e 1960, em noventa volumes, contém numerosos materiais que permitem acompanhar essa realização. Não tendo podido utilizar essa monumental obra, vou referir-me a um estudo efetuado na base desse texto: "Sobre *Khadji-Murát*", de Viktor Chklóvski, em seu livro *A prosa literária: reflexões e análises*.[2]

Oficial do exército russo no Cáucaso, em luta contra os montanheses, Tolstói escreve em carta ao irmão Serguei que

[2] Viktor Chklóvski, *Khudójestvienaia prosa: razmichlênia i razbóri*, Moscou, Soviétski Pissátiel (Escritor Soviético), 1961.

Khadji-Murát "rendeu-se há dias ao governo russo". Na ocasião, ele condenou o ato, considerando que "o primeiro valentão (*djiguit*) e homem decidido em toda a Tchetchênia cometeu uma baixeza".

Aquela história de lutas no Cáucaso e da participação de Khadji-Murát nelas foi, ainda, tema de aulas de Tolstói, em 1862, na escola para camponeses que fundara em sua propriedade de Iásnaia Poliana.

Data de 19 de julho de 1896 a anotação no diário que seria o núcleo inicial da novela: uma descrição daquela plantinha esmagada por uma roda e que se reergue teimosa. "Lembrou-me Khadji-Murát. Quero escrever. Defende a vida até o fim; sozinha no meio do vasto campo, assim mesmo a defendeu de algum modo."

E é com a mesma obstinação que Tolstói se entrega à elaboração desse texto. Anotações de diário permitem concluir que essa elaboração não cessaria com a data geralmente admitida: 1904. Chklóvski escreve, no ensaio já referido: "*Khadji-Murát* não foi concluído. Essa obra parece que não tem aquilo que se chama um texto canônico. Ela foi reelaborada e escrita muitas vezes. A última referência a esse trabalho data dos anos de 1905 a 1906". E é ainda Chklóvski quem nos informa: os rascunhos encontrados após a morte de Tolstói somam 2.166 páginas e sabe-se que muitas se perderam, pois, quando viajava, ele carregava consigo os manuscritos.

O crítico chama a atenção para as palavras de Górki, proferidas num encontro com jovens operários, participantes de um círculo literário:[3]

[3] *Obras reunidas* (*Sobrânie sotchiniênii*) de Maksim Górki, em trinta volumes, Moscou, Goslitizdát (Editora Estatal de Literatura), 1949-1956, vol. XXVI.

"Pode-se aprender com Tolstói aquilo que eu considero uma das maiores realizações da criação literária — a sua plasticidade, o relevo prodigioso da representação.

Quando se lê Tolstói, resulta — não estou exagerando, falo de impressões pessoais — uma sensação como que da existência física de suas personagens, a tal ponto a sua imagem é habilmente entalhada; ela parece estar diante de você, dá até vontade de tocá-la com o dedo.

Isso é que é mestria. Por exemplo, em sua novela *Khadji-Murát* há uma página surpreendente. É muito difícil transmitir em palavras o movimento através do espaço. Khadji-Murát avança a cavalo por um desfiladeiro, acompanhado de seus *núkeres* (ajudantes). Por cima do desfiladeiro, o céu é como um rio. No céu, estrelas. As estrelas se movem no rio azul, em relação à curva do desfiladeiro. Desse modo ele nos transmitiu que os homens estavam de fato em movimento."

Chklóvski transcreve em seu ensaio um fragmento mais curto que esse e conta a seguir:

"A. M. Górki relatou-me como aconteceu a leitura do trecho depois 'desaparecido': Tolstói leu em voz alta a descrição que acabamos de citar, tirou os óculos de aço, limpou-os e disse, dirigindo-se a si mesmo:

— Como o velho escreveu bem!

Em seguida apanhou um lápis vermelho e riscou essa passagem.

Asseguro que essa recomendação é correta.

Górki não me disse quando ocorreu essa leitura.

Isso pode ter acontecido em Gaspra, em 1901, quando Górki viveu muito tempo perto de Tolstói,[4] ou então em outubro de 1902, em Iásnaia Poliana.

A exatidão do relato de Górki pode ser confirmada não só pelo fato de que o trecho citado não aparece no texto, mas também porque ele figura ali modificado.

Tolstói releu a descrição referida e ela lhe pareceu deslocada, como que demasiado local.

Provavelmente, fazia muito tempo que lhe passara o desejo de 'escrever plasticamente'.

Nos detalhes que então utilizava, não é tão forte o desejo de pintar quanto o desejo de dirigir de modo novo a atenção e desvendar o significado dos acontecimentos, as ligações entre eles.

O trecho paisagístico eliminado foi transformado em trecho composicional, isto é, introduzido nos elos de significação.

Vejamos agora como isso aparece no texto da variante em que se deteve o trabalho de Tolstói:

'As estrelas brilhantes, que pareciam correr sobre os cimos das árvores, enquanto os soldados caminhavam pela mata, haviam parado e luziam intensamente entre os ramos despidos.'

Em seguida, na novela, as estrelas são vistas pelos soldados e passam da descrição para a conversa, como que suscitando-a:

[4] Gaspra é uma cidade na costa do mar Negro, na Crimeia, onde Tolstói residiu entre 1901 e 1902 por conta de um tratamento de saúde.

'Novamente tudo se calou, apenas o vento agitava os galhos das árvores, ora descobrindo, ora escondendo as estrelas.'"[5]

Segue-se um diálogo e, depois, o crítico mostra como, também em outras passagens, as estrelas marcam o desenrolar da ação.

O livro de Viktor Chklóvski é de 1961, mas eu ainda não o havia lido, quando escrevi o artigo "Implicações de uma revisão de texto",[6] no qual trato do mesmo problema — o das diferenças entre as versões conhecidas da novela.

Defrontei-me com ele em decorrência da minha preocupação de melhorar traduções que fizera em outros tempos. Ora, havia saído em 1949, com pseudônimo, pela editora Vecchi, uma tradução minha desse texto, à qual o editor dera justamente o título tão detestado por mim: *O diabo branco*. Para realizá-la, eu me baseara no texto russo publicado pela editora Ladíjnikov, de Berlim. Além da novela, esse livro continha vários rascunhos de Tolstói para sua elaboração. Refazendo a tradução, para uma edição da Cultrix,[7] baseei-me num texto russo que reproduzia o da publicação da Academia de Ciências, em noventa volumes, e que me surpreendeu pelas diferenças encontradas.

Aqui está um trecho do meu artigo de 1963:

"As suas preocupações temáticas, em *Khadji-Murát*, são em parte um desenvolvimento de ideias

[5] Nesta última passagem, o texto citado difere ligeiramente daquele que utilizei.

[6] Publicado no "Suplemento Literário" de *O Estado de S. Paulo*, em 1/6/1963.

[7] *Novelas russas* (São Paulo, Cultrix, 1963), livro por mim organizado. Para a presente edição, tornei a fazer o texto traduzido.

já abordadas em *Guerra e paz*. A condenação veemente da guerra e dos abusos do poder, que a determinam necessariamente, se aparece na novela, estava expressa numa forma bem mais drástica nos rascunhos preliminares. Nicolau I, que personificava para Tolstói a corrupção pelo poder, é chamado ali Nikolai das Varas, por alusão ao espancamento com varas que ele mandava aplicar com tamanha frequência.

'Para que, naquele tempo, um homem estivesse à testa do povo russo, precisava ter perdido todos os atributos humanos: tinha de ser uma criatura mentirosa, ateia, cruel, ignorante e estúpida, e precisava não apenas sabê-lo, mas, também, estar convencido de ser o paladino da verdade e da honra e um sábio governante, benfeitor do seu povo. Assim era Nikolai. E nem podia ser diferente. Toda a sua vida fora uma preparação para isso [...] Existe somente uma explicação para tão surpreendente fenômeno: o que é grande perante os homens é uma vilania perante Deus. E não é por acaso que os grandes perante os homens, isto é, aqueles que estão nas alturas da grandeza, passam a ser os piores homens do mundo, mas constitui uma lei eterna e indubitável: aquele que está nas alturas da grandeza deste mundo deve ser um homem profundamente pervertido, e isso não pode ser de outro modo.'

Tolstói expõe como o sistema de lisonja, a própria educação, todo o ambiente palaciano, tinham de fazer com que Nicolau I se tornasse o tirano que foi. Mais ainda: graças ao sistema, o destino do tsar, antes de nascer, já estava traçado. E Tolstói passa em revista a galeria da família reinante:

'[...] aquele bêbado contumaz, devasso, sifilítico e ateu Piotr,[8] que decepava cabeças de *strieltzi*[9] com suas próprias mãos, para se divertir, e que aparecia ao povo erguendo louvores sacrílegos a Cristo, com uma caixa de garrafas de vodca, à feição de Evangelho, e uma cruz feita de piteiras em falo'; 'a sua terrível avó,[10] a assassina do marido, a pecadora movida apenas pela vaidade e por uma repugnante sensualidade senil, e que era protegida e louvada por todos que a rodeavam'; 'o alemão estúpido, avô de Nikolai,[11] que endoidecera como todos eles, à força de autoridade, e que partilhava com ela as lisonjas, sendo depois assassinado pelos amantes da sua devassa mulher'; 'todas aquelas mulheres e raparigas, libertinas, estúpidas e analfabetas que reinaram antes dele e depois de Piotr'.

Todos eles estavam, segundo Tolstói, absolutamente certos de serem os verdadeiros benfeitores do povo. E tudo isso resultava num quadro sinistro:

'Enquanto Nikolai se extasiava no camarote real do Teatro Bolchói, quer com a disciplina rígida das bailarinas que erguiam sincrônicas oitenta pernas musculosas, envoltas em meias justas, quer com as formas femininas; naquele mesmo instante, milhares, dezenas de milhares de pessoas — mães, esposas, pais, filhos — suportavam terríveis tormentos morais, por ordem desse único homem.

[8] Pedro, o Grande.

[9] Corpo de tropa que se revoltou contra Pedro, o Grande.

[10] Catarina, a Grande.

[11] Pedro III.

'Exauriam-se anos a fio, perdendo a razão ou morrendo de tuberculose nas fortalezas, homens bons, cultos, inteligentes, os melhores homens russos, culpados unicamente de querer libertar a Rússia do rude autoritarismo dos Araktchéiev[12] e de outros que tais e, com sacrifício do seu próprio bem-estar, conceder liberdade a milhões de escravos, reduzidos a bichos pelos desumanos senhores de terras. Exauriam-se e faleciam nas casamatas, nos calabouços e no degredo, dezenas de milhares de poloneses, também os melhores homens da sua sociedade, unicamente porque desejavam viver segundo as tradições seculares do seu povo, amavam a pátria e estavam prontos a sacrificar tudo para atingir esse objetivo. Milhares de homens morriam espancados até com varas, por continuarem professando a fé ancestral e não se terem reconhecido como adeptos da fé em que os tinham inscrito as autoridades.

'Centenas de milhares de soldados pereciam em exercícios estúpidos, paradas, manobras e em guerras ainda mais estúpidas e cruéis, contra homens que defendiam sua liberdade na Polônia, na Hungria e no Cáucaso. Tudo isso se fazia por vontade desse único homem. Indiscutivelmente, era culpado de tudo e não podia deixar de sabê-lo, estava a par de todos esses horrores que se processavam por sua ordem. Mas, se algo se fazia sem a sua ordem direta, em todo caso ele podia suspendê-

[12] Ministro da Guerra na fase mais absolutista do reinado de Alexandre I.

-lo. Não o suspendia, porém, e não podia deixar de saber que era culpado de todas as atrocidades praticadas.'

E, no entanto, Tolstói retirou da última redação esses quadros sinistros sobre a corrupção pelo poder. Teria feito isso por temor à censura? É improvável. Boa parte das suas obras dos últimos anos ficou inédita, aguardando publicação póstuma, e entre elas não poucas atingiram virtualmente o mesmo *páthos* na condenação do sistema vigente, e só puderam ser publicadas após a queda do regime tsarista.

A figura de Nicolau I, apresentada sob essa luz sinistra e com um fundo de épica indignação, exigia uma vasta obra, e Tolstói pretendeu, com *Khadji-Murát*, apresentar algo mais conciso. O seu projetado romance *Os dezembristas*, com o mero estudo da época imediatamente anterior ao argumento pretendido, já se convertera em *Guerra e paz*, mas Tolstói continuava preocupado com o período histórico que se seguira à coroação de Nicolau I. Todavia, ele cuidou de evitar que a sua obsessão com um panorama bem mais vasto o prejudicasse na apresentação do seu pequeno quadro. Descrições magníficas, alusões a fatos da época, digressões filosóficas e outros materiais foram deixados de lado, a fim de não prejudicar uma estrutura mais singela da obra. E o que a princípio se escrevera com a chama da indignação, foi reduzido aos lampejos mais comedidos da ironia, que aparecem na redação final do capítulo dedicado a Nicolau I. Criticou-se muitas vezes a Tolstói a intromissão da filosofia na sua obra romanesca, mas aí se tem um exemplo da sua profunda compreensão das exigências da estruturação, numa obra literária: o que parecia ao escritor cabível num vasto romance era eliminado implacavelmente quando se tratava de enquadrar a obra em limites mais estreitos.

Somente assim, cortando os excessos, equilibrando os diferentes elementos da narrativa, não deixando que um tema como a corrupção pelo poder passasse totalmente do plano simbólico para o da argumentação explícita, disciplinando sucessivamente o que escrevia, Tolstói conseguiu realizar essa verdadeira obra-prima."

Tratando da elaboração angustiada dessa obra, acrescentei no mesmo artigo:

> "No estudo que acompanha uma edição de *Khadji-Murát*,[13] V. Manuílov cita trechos de cartas e diários do escritor, e que testemunham essa tortura íntima relacionada com a obra. Ora ele se justificava, afirmando que esse texto expressava a sua condenação do despotismo; ora confessava ter-se entregue ao trabalho predileto 'como um bêbado'. Segundo Manuílov, aí se manifesta, sobretudo, o conflito entre o artista e o pregador da 'não resistência ao mal'. O artista criara um tipo másculo, que se impunha pelo seu vigor, e isso afinal contradizia a concepção tolstoiana fundamental. Eis, em todo caso, aceitando-se a tese, mais uma das tão famosas contradições de Tolstói."

[13] Leningrado, Gossudárstvienoie Izdátielstvo Diétskoi Litieratúri (Editora Estatal de Literatura Infantil), 1962.

De todo modo, ainda repetindo o que escrevi em 1963, "[...] o que não padece dúvida é o fato de se tratar de um dos pontos mais altos de toda a sua obra, digno de figurar ao lado de *A morte de Ivan Ilitch* e das páginas melhores de *Guerra e paz* e *Anna Kariênina*. E a importância da obra parece ainda mais evidente quando se estuda, mesmo numa parte mínima, a sua penosa elaboração".

Agora, decorridos tantos anos, resta-nos constatar: os fatos narrados neste livro adquiriram pungência ainda maior devido à recente Guerra da Tchetchênia.

KHADJI-MURÁT

Eu voltava para casa, através dos campos. Estávamos precisamente no meado do verão. Fizera-se a limpeza dos pastos, e os camponeses preparavam-se para ceifar o centeio.

Nessa época do ano, há uma variedade maravilhosa de flores: trifólios felpudos e aromáticos, vermelhos, brancos, cor-de-rosa; margaridas insolentes; malmequeres brancos, jeitosos, de pólen amarelo vivo, com o seu fétido picante, de podridão; a colza amarela, recendendo a mel; campânulas brancas e roxas, altas, semelhando tulipas; ervilhas-de-cheiro; escabiosas ordeiras, flavas, vermelhas, róseas e lilases; a tanchagem de penugem rósea esmaecida e um perfume agradável, quase imperceptível; as centáureas, de um azul intenso ao sol, quando desabrocham, e cerúleas, com tons avermelhados, ao anoitecer, quando se vão fanando; e as delicadas flores da cuscuta, que recendem a amêndoa e têm vida muito breve.

Colhi um grande ramalhete de flores diversas, e ia para casa, quando notei, numa ravina, magnífica bardana carmesim em flor, daquela variedade que recebeu em nossa região o nome de "tártaro", e que os ceifeiros sempre procuram cortar antes do centeio, mas, quando a misturam sem querer ao ceifado, atiram-na fora para não se espetarem nos espinhos. Veio-me a ideia de cortar essa bardana e pô-la no centro do ramalhete. Desci para o fundo da ravina e, depois de expulsar um zangão cabeludo, que se cravara no centro da flor e nela adormecera flácida e docemente, comecei a cortar a haste. Foi muito difícil: não só havia espinhos por todos os lados, que me picavam mesmo através do lenço em que enrolara a mão, mas também a haste era tão forte que lutei com ela uns cinco minutos, rompendo as fibras uma a uma. Quando, finalmente, arranquei a flor, a haste estava em frangalhos, e a própria flor não parecia tão fresca e bonita. E o seu alambicado grosseiro não combinava com as flores delicadas do ramalhete. Lamentei o fato de ter destruído em vão a flor que era tão atraente em seu próprio lugar, e a joguei fora. "Mas que energia e que força vital" — pensei, lembrando-me dos esforços que me foram precisos para arrancar a flor. "Com que tenacidade ela se defendeu e como vendeu caro a vida!"

O caminho para casa atravessava campos de *tchernoziom*[1] recém-lavrados, de alqueive. Eu caminhava ao léu, pela estrada poeirenta. O campo lavrado, parte de terras senhoriais, era muito vasto; de ambos os lados e na frente, morro acima, via-se apenas o alqueive de terra negra, ainda não gradeada. A lavra estava benfeita, de modo que em todo o campo não se via uma planta, uma ervinha sequer, tudo era negro. "Que criatura destruidora e cruel é o homem, quantas plantas, quantos seres vivos diferentes ele não destruiu, para a manutenção de sua vida!" — pensei, procurando involuntariamente algo vivo no meio do assolado campo negro. Na minha frente, à direita da estrada, via-se um pequeno tufo de vegetação. Chegando mais perto, reconheci outro "tártaro", da mesma variedade daquele cuja flor eu colhera e jogara fora em vão.

O pequeno tufo consistia em três plantas. Uma delas fora cortada, e o resto de um ramo aparecia como um braço decepado. Em cada uma das outras duas havia uma flor. Es-

[1] Terra negra — o termo russo é empregado universalmente para designar determinado tipo de solo. (N. do T.)

sas flores tinham sido vermelhas, mas agora estavam negras. Uma haste fora quebrada, e a sua metade, com uma flor suja na ponta, pendia para baixo; a outra, apesar de coberta de lama negra, ainda se mantinha erguida. Via-se que todo o tufo tinha sido pisado por uma roda, e que se erguera mais tarde, ficando inclinado para um lado, mas sempre se mantendo de pé — como se lhe tivessem arrancado um pedaço do corpo, revolvendo-lhe as entranhas, e lhe decepassem um braço e furassem os olhos, mas ele sempre se mantivesse firme, sem se entregar ao homem, que destruíra todos os seus irmãos ao redor.

"Que energia!" — pensei. "O homem venceu tudo, destruiu milhões de ervas, mas esta não se rende."

Lembrei-me então de uma velha história caucasiana, que presenciara em parte e que eu completei com o depoimento de testemunhas oculares. Ei-la, como se formou em minha lembrança e imaginação.

I

Era em fins de 1851. À noitinha de um frio dia de novembro, Khadji-Murát[2] estava entrando no *aul*[3] tchetcheno rebelde de Makhket, impregnado da fumaça aromática do *kiziák*.[4]

Cessara naquele momento o canto esganiçado do muezim, e no ar puro da montanha, impregnado do cheiro do *kiziák*, ouviam-se nitidamente, por entre o mugir das vacas

[2] A partícula árabe *Khadji* deste nome indica tratar-se de pessoa que já fez a peregrinação aos lugares sagrados de Meca e Medina. (N. do T.)

[3] Povoado de caucasianos. (N. do T.)

[4] Tijolinhos de esterco usados como combustível. (N. do T.)

e os balidos das ovelhas, que se dispersavam pelas *sáklias*[5] do *aul*, estreitamente unidas entre si, como favos de mel, as vozes guturais de homens, mulheres e crianças, que discutiam abaixo do chafariz.

Khadji-Murát era um *naíb*[6] de Chamil,[7] célebre pelos seus feitos, e que nunca saía a não ser com o seu estandarte e acompanhado de dezenas de *miurides*,[8] que piruetavam a cavalo, em torno dele. Agora, ia enrolado no capuz e na japona, sob a qual aparecia o cano do fuzil, e acompanhado de um único *miuride*, procurando não ser notado e fixando com os olhos negros e vivos os rostos dos habitantes que encontrava no caminho.

Chegando ao centro do *aul*, Khadji-Murát não seguiu pela rua que desembocava na praça, mas virou à esquerda, para uma estreita viela. Junto à segunda *sáklia*, erguida num corte da montanha, parou e olhou em torno. Não havia ninguém sob o alpendre, à entrada, mas sobre o telhado, atrás da chaminé recém-coberta de argila, estava deitado um homem, abrigado sob um *tulup*.[9] Khadji-Murát tocou com o cabo do chicote o homem deitado sobre o telhado e deu um estalo com a língua. Ergueu-se um velho, de chapéu de dormir e *biechmiét*[10] esfarrapado. Os seus olhos, desprovidos de pestanas, estavam vermelhos e úmidos e, para abri-los, o ve-

[5] Cabanas típicas da região. (N. do T.)

[6] Comandante de região. (N. do T.)

[7] O imame Chamil (1797-1871) foi um chefe caucasiano que moveu guerra aos russos durante 25 anos, a partir de 1834. (N. do T.)

[8] Participantes da guerra santa da seita muçulmana do miuridismo, contra o domínio russo no Cáucaso. (N. do T.)

[9] Casaco de pele de carneiro, que tem os pelos na face interna. (N. do T.)

[10] Espécie de jaqueta. (N. do T.)

lho precisava piscar. Khadji-Murát proferiu o habitual *Selam alêikum* e descobriu o rosto.

— *Alêikum selam*[11] — disse o velho, sorrindo com a boca sem dentes, depois de reconhecer Khadji-Murát e, erguendo-se sobre as pernas magras, começou a enfiar os pés nos sapatos de salto de madeira que estavam junto à chaminé. Em seguida, vestiu, sem se apressar, o *tulup* amassado e desceu de costas a escada encostada no telhado. Ao vestir-se e ao descer a escada, meneava a cabeça, erguida sobre o pescoço fino, enrugado, queimado de sol, e não cessava de mascar com a boca desdentada. Chegando ao chão, apanhou com gesto hospitaleiro a rédea e o estribo direito do cavalo de Khadji-Murát. Mas o ágil e forte *miuride* desceu do cavalo e substituiu o velho.

Khadji-Murát apeou-se e, manquejando um pouco, entrou no alpendre. Ao seu encontro, saiu rapidamente da soleira um menino de uns quinze anos e, surpreendido, fixou nos recém-chegados os olhos brilhantes, negros como groselha madura.

— Corre para a mesquita e chama teu pai — ordenou o velho e, passando na frente de Khadji-Murát, abriu para ele a porta leve e rechinante da *sáklia*. No momento em que Khadji-Murát entrou, abriu-se também uma porta interna, dando passagem a uma mulher esguia, não muito jovem, de *biechmiét* vermelho sobre camisa amarela e *charovári*[12] azuis, e que trazia almofadas.

— A tua vinda nos dará sorte — disse ela e, debruçando-se, pôs-se a dispor as almofadas junto à parede fronteira, para servirem de assento ao hóspede.

[11] "Que a paz esteja contigo." "Que a paz esteja contigo também". (N. do T.)

[12] Calças largas típicas da região. (N. do T.)

— Que os teus filhos tenham longa vida — respondeu Khadji-Murát, tirando a japona, o fuzil e o sabre e passando-os ao velho.

Este pendurou em pregos, cuidadoso, o fuzil e o sabre, junto à arma do dono da casa, entre dois grandes tachos, que brilhavam sobre a parede lisa, caiada e limpa.

Khadji-Murát corrigiu a posição da pistola que trazia às costas, caminhou para as almofadas dispostas contra a parede e, fechando a *tcherkeska*,[13] sentou-se sobre elas. O velho sentou-se em frente, sobre os calcanhares nus, cerrou os olhos e levantou as mãos com as palmas para cima. Khadji-Murát fez o mesmo. Em seguida, ambos proferiram uma oração e alisaram o rosto com as mãos, que se tocaram na extremidade da barba.

— *Ne khabar?* (O que há de novo?) — perguntou Khadji-Murát.

— *Khabar iok* (Nada de novo) — respondeu o velho, olhando não o rosto, mas o peito de Khadji-Murát, com os seus olhos vermelhos, sem vida. — Eu moro no colmeal, vim apenas visitar o filho. Ele sabe.

Khadji-Murát compreendeu que o velho não queria dizer o que sabia e que se devia saber, e, acenando ligeiramente com a cabeça, deixou de interrogá-lo.

— De bom, não há nada de novo — disse o velho. — A única novidade que temos é que todas as lebres conferenciam, para resolver como vão expulsar as águias. E as águias fazem em pedaços ora uma, ora outra. Na semana passada, os cães russos queimaram o feno dos *auis* próximos do rio Mítchik, raios! — disse o velho, a voz rouquenha e enraivecida.

Entrou um *miuride* de Khadji-Murát. Caminhando de leve, mas com largas passadas de suas pernas fortes, sobre o

[13] Espécie de paletó com cartucheiras. (N. do T.)

chão de terra, tirou, tal como fizera Khadji-Murát, a japona, o fuzil e o sabre, ficando somente com o punhal e a pistola, e pendurou-os nos mesmos pregos em que estavam as armas de seu chefe.

— Quem é? — perguntou o velho a Khadji-Murát, apontando o recém-chegado.

— É meu *miuride*; chama-se Eldar — respondeu Khadji-Murát.

— Está bem — disse o velho, e indicou para Eldar um lugar sobre o feltro, ao lado de Khadji-Murát.

Eldar sentou-se, cruzando as pernas, e fixou em silêncio os seus bonitos olhos de carneiro sobre o velho que falava muito. Ele contava como os valentes do povoado apanharam, na semana passada, dois soldados, um dos quais fora morto e o outro enviado para Vedeno, onde estava Chamil. Khadji-Murát escutava distraído, olhando de quando em vez para a porta e prestando atenção aos ruídos de fora. Ouviram-se passos no alpendre, a porta rechinou e entrou o dono da casa.

Sado era homem de uns quarenta anos, de barbicha pequena, nariz comprido e olhos igualmente negros, embora menos brilhantes que os do filho, o rapazinho de quinze anos que corria atrás dele e que, entrando na *sáklia*, sentou-se à porta. Tirando os sapatos de madeira, o dono da casa puxou para o cocuruto da cabeça, há muito não raspada, e já coberta de cabelos negros, a sua velha e puída *papakha*,[14] e sentou-se sobre os calcanhares, em frente de Khadji-Murát.

Tal como fizera o velho, fechou os olhos, ergueu as mãos, as palmas para cima, proferiu uma oração, passou as mãos no rosto, e somente depois disso começou a falar. Contou que Chamil dera ordem de trazer Khadji-Murát vivo ou

[14] Chapéu de pele. (N. do T.)

morto, que ainda na véspera estiveram ali enviados de Chamil, que o povo temia desobedecer-lhe e que, por isso, era preciso tomar cuidado.

— Em minha casa — disse Sado —, enquanto eu estiver vivo, ninguém fará mal ao meu *kunák*.[15] Mas, o que será no campo? É preciso pensar.

Khadji-Murát ouvia-o atento e balançava aprobativo a cabeça. Depois que Sado terminou, ele disse:

— Está bem. Agora, precisamos mandar uma carta aos russos. O meu *miuride* vai levá-la, mas precisa de um guia.

— Vou mandar meu irmão Bata — disse Sado. — Vai chamar o Bata — acrescentou, dirigindo-se ao filho.

O menino se ergueu de um salto sobre as pernas ágeis, como se tivesse molas, e saiu rapidamente da *sáklia*, agitando os braços. Uns dez minutos depois, voltou com um tchetcheno de pele bem tostada, musculoso e de pernas curtas, que trazia uma *tcherkeska* amarela, quase desfeita, de mangas desfiadas em franjas e botões pretos pendentes. Khadji-Murát saudou o recém-chegado e imediatamente, sem palavras inúteis, disse:

— Podes levar o meu *miuride* para junto dos russos?

— Posso — respondeu Bata rápida e alegremente. — Posso fazer tudo. Nenhum outro tchetcheno fará o mesmo que eu. Outro iria, prometeria tudo, e no fim não faria nada. Mas eu posso.

— Está bem. Vais receber três pelo teu trabalho — disse Khadji-Murát, pondo para a frente três dedos.

Bata acenou com a cabeça, em sinal de que havia compreendido, mas acrescentou que não fazia questão de dinheiro, e que seria uma honra prestar serviço a Khadji-Murát,

[15] Amigo. (N. do T.)

pois todos os montanheses sabiam como ele batera os porcos russos...

— Está bem — disse Khadji-Murát. — A corda deve ser comprida, e a conversa, curta.

— Bem, vou ficar calado — disse Bata.

— Lá onde o Argun faz uma curva, em frente à margem escarpada, há uma clareira na mata, com duas medas de feno. Conheces?

— Sim.

— Lá estão me esperando os meus três cavaleiros — disse Khadji-Murát.

— *Aia!* — Bata fez um aceno com a cabeça.

— Vais perguntar por Cã-Makhoma, que sabe o que dizer e como proceder. Vais levá-lo ao comandante russo, príncipe Vorontzóv. Podes?

— Vou levá-lo.

— Levar e trazer de volta. Podes?

— Posso.

— Vais trazê-lo de volta à mata. Eu também estarei lá.

— Farei tudo — disse Bata, ergueu-se e, levando as mãos ao peito, saiu.

— É preciso mandar ainda um homem para Guékhi — disse Khadji-Murát ao dono da casa, depois que Bata saiu. — Eis o que se deve fazer em Guékhi — começou, segurando uma das cartucheiras da *tcherkeska*, mas no mesmo instante deixou cair o braço e calou-se, vendo duas mulheres que entravam na *sáklia*.

Uma delas era esposa de Sado, aquela mesma mulher magra que arrumara as almofadas. A outra era muito jovem: usava *charovári* vermelhos e *biechmiét* verde, tendo ainda uma rede com moedas de prata, que lhe cobria inteiramente o peito. Na extremidade da sua trança negra, não muito comprida, mas grossa e áspera, que se alojava entre os ombros magros, estava pendurado um rublo de prata; olhos igualmente negros, cor de groselha, como os do pai e do irmão, brilhavam alegres no rosto jovem, que procurava mostrar-se severo. Não olhava para os hóspedes, mas via-se que sentia a presença deles.

A mulher de Sado trouxe uma mesinha baixa e redonda, sobre a qual havia chá, bolinhos de massa, coscorões em azeite, queijo, *tchurék*[16] e mel. A menina trouxe um tacho, um *kumgan*[17] e uma toalha.

Sado e Khadji-Murát mantinham-se calados, enquanto as mulheres se moviam em silêncio, calçadas de chinelos macios, sem saltos, e dispunham tudo diante dos hóspedes. Eldar fixara os olhos de carneiro nas pernas cruzadas e mantinha-se imóvel como uma estátua, enquanto as mulheres permaneciam na *sáklia*. Somente depois que elas saíram, e os seus passos macios não se ouviam mais atrás da porta, Eldar soltou um suspiro de alívio e Khadji-Murát retirou a bala que cobria uma das cartucheiras da *tcherkeska*, puxando para fora um bilhete enrolado em canudo.

— Dar ao meu filho — disse, mostrando o bilhete.

— Para onde vai a resposta? — perguntou Sado.

— Deverás trazê-la para mim.

— Será feito — disse Sado e pôs o bilhete na cartucheira. Depois, segurou o *kumgan* e colocou o tacho perto de Khadji-Murát. Este arregaçou as mangas do *biechmiét* sobre os braços musculosos, de pele que alvejava logo acima dos punhos, e pôs as mãos sob o fio de água fria e cristalina que Sado despejava do *kumgan*. Tendo enxugado as mãos numa toalha grosseira e limpa, Khadji-Murát acercou-se da comida. Eldar fez o mesmo. Enquanto os hóspedes comiam, Sado permanecia sentado diante deles e agradecia-lhes a visita.

[16] Pão muito delgado. (N. do T.)

[17] Jarro alto de cobre, de bocal estreito. (N. do T.)

O rapazinho à porta não tirava de Khadji-Murát os olhos negros e brilhantes, sorrindo ao mesmo tempo, como se confirmasse com aquele sorriso as palavras do pai.

Embora Khadji-Murát estivesse em jejum havia mais de vinte e quatro horas, comeu apenas um pouco de pão e queijo e, retirando da bainha do punhal uma faquinha, passou com ela mel sobre o pão.

— O nosso mel é bom. Este ano saiu melhor que nunca: em grande quantidade e muito bom — disse o velho, evidentemente lisonjeado pelo fato de Khadji-Murát comer o seu mel.

— Obrigado — disse Khadji-Murát e afastou-se da comida. Eldar ainda estava com fome, mas seguiu o exemplo do seu *miurchide*:[18] saiu da mesa e passou a Khadji-Murát o tacho e o *kumgan*.

Sado sabia que, recebendo Khadji-Murát em sua casa, arriscava a vida, pois, em seguida ao rompimento entre Chamil e Khadji-Murát, fora declarado a todos os habitantes da Tchetchênia que não poderiam abrigar Khadji-Murát, sob pena de morte. Compreendia que, a qualquer momento, os vizinhos poderiam saber da presença dele em sua casa e exigir a sua prisão. Mas isso não assustava, até alegrava Sado, pois considerava como seu dever defender o hóspede, mesmo que tal defesa lhe custasse a vida, e orgulhava-se de estar procedendo como devia.

— Enquanto estiveres em minha casa e eu tiver a cabeça sobre os ombros, ninguém te fará nada — repetiu ele a Khadji-Murát.

Este fixou os olhos brilhantes do interlocutor e, compreendendo que era verdade, disse um tanto solenemente:

— Que recebas muita alegria em tua vida.

[18] Chefe de *miurides*. (N. do T.)

Sado levou em silêncio a mão ao peito, em sinal de gratidão pelas palavras carinhosas.

Tendo cerrado as persianas e preparado galhos secos para a lareira, ele saiu do quarto dos hóspedes num estado de alegria e excitação, e entrou no compartimento em que vivia toda a sua família. As mulheres ainda não dormiam e estavam conversando sobre os perigosos hóspedes alojados em sua casa.

II

Naquela mesma noite, três soldados e um suboficial saíram da fortaleza avançada de Vozdvíjenskoie, que distava quinze verstas do *aul*, e atravessaram o portão Tchakhguírinski. Os soldados vestiam peliça curta, *papakha*, capote enrolado às costas e grandes botas, cujo cano chegava acima do joelho, como se usava então nos regimentos caucasianos. Caminharam de arma ao ombro, a princípio pela estrada, e, depois de percorrerem uns quinhentos passos, dobraram à direita; farfalhando com as botas sobre as folhas secas, pararam junto a um plátano quebrado, cujo tronco negro se via mesmo na treva. Era o ponto para onde se costumava mandar patrulhas.

As estrelas brilhantes, que pareciam correr sobre o cimo das árvores, enquanto os soldados caminhavam pela mata, haviam parado e luziam intensamente entre os ramos despidos.

— Obrigado — disse ríspido o suboficial Panóv, tirando do ombro o fuzil comprido, armado de baioneta, e, batendo com ele no chão, encostou-o ao tronco da árvore.

Os soldados o imitaram.

— É isso mesmo: perdi! — resmungou zangado Panóv. — Esqueci ou deixei cair pelo caminho.

— O que é que procuras? — perguntou um dos soldados, a voz alegre e animada.

— O cachimbo. Diabo sabe onde foi parar.

— Mas a boquilha está inteira? — perguntou a voz animada.

— Está aqui.

— Por que não fuma direto na terra?

— Ora... como?

— Vamos logo dar um jeito.

Era proibido fumar em patrulha, mas aquela quase não merecia esse nome, pois era mais propriamente um posto avançado, colocado ali para que os montanheses não pudessem trazer em segredo um canhão, como faziam antes, e atirar sobre a fortificação. Panóv não julgou necessário privar-se do fumo e concordou com a proposta do soldado folgazão, que tirou do bolso uma faquinha e pôs-se a escavar a terra. Feito um pequeno buraco, alisou-o, ajeitou nele a boquilha, encheu o buraco de fumo, amassou-o, e o cachimbo estava pronto. O fósforo aceso iluminou por um instante o rosto de maçãs salientes do soldado deitado sobre a barriga. Ouviu-se um assobio na boquilha e Panóv sentiu o cheiro agradável do fumo barato.

— Está pronto? — perguntou ele, pondo-se de pé.

— Naturalmente.

— Este Avdiéiev é um bichão. É a minha vez!

Avdiéiev virou-se para o lado, cedendo lugar a Panóv e soltando fumaça pela boca.

Fumando, puseram-se a conversar.

— Dizem que o capitão avançou mais uma vez no dinheiro da companhia. Perdeu no jogo — disse, preguiçoso, um dos soldados.

— Vai devolver — replicou Panóv.

— Claro, é um bom oficial — confirmou Avdiéiev.

— Bom, bom — prosseguiu em tom aborrecido o soldado que iniciara a conversa —, na minha opinião, a companhia devia interrogá-lo sobre quanto ele tirou e quando vai devolver.

— Como é que a companhia pode julgá-lo? — disse Panóv, afastando a boca da boquilha.

— De fato, é difícil — confirmou Avdiéiev.

— É preciso comprar aveia, consertar as botas antes da primavera, e se ele tirou o dinheiro... — insistia o descontente.

— E eu digo que tudo sairá como a companhia quer — repetiu Panóv. — Não é a primeira vez: ele tira e depois devolve.

Naquele tempo, no Cáucaso, cada companhia administrava seus próprios recursos, por intermédio de indivíduos eleitos para esse fim. Ela recebia do tesouro seis rublos e meio para cada homem, e se abastecia sozinha, plantava repolho, ceifava feno, tinha as suas próprias carroças e cavalos bem alimentados. O dinheiro da companhia se guardava numa gaveta, cuja chave ficava com o capitão-comandante, e acontecia muitas vezes de ele tirar dinheiro de empréstimo. O mesmo sucedera daquela feita, o que motivara a conversa. O taciturno soldado Nikítin queria que se exigisse uma satisfação, mas Panóv e Avdiéiev achavam que não era necessário.

Depois de Panóv, Nikítin também fumou e, forrando o chão com o capote, sentou-se, apoiado numa árvore. Os soldados se calaram. Ouvia-se apenas farfalhar o vento nos cimos das árvores. De repente, acompanhando o farfalhar macio, ressoaram uivos, guinchos, choro e gargalhadas de chacais.

— Como riem os malditos! — disse Avdiéiev.

— Estão caçoando de ti, por causa da tua cara torta — disse o quarto soldado, com voz fina e sotaque ucraniano.

Os chacais se calaram e ouviu-se apenas o vento, que

agitava os galhos das árvores, ora mostrando, ora escondendo as estrelas.

— Diga-me uma coisa, Antônitch — perguntou de repente a Panóv o alegre Avdiéiev —, às vezes, não ficas caceteado?

— Por quê? — replicou Panóv, a contragosto.

— Quanto a mim, às vezes fico tão caceteado que nem sei o que seria capaz de fazer comigo mesmo.

— O quê! — disse Panóv.

— E quando gastei todo o dinheiro em bebida, também foi porque estava caceteado. Aquilo foi chegando, foi chegando, e eu pensei: "Agora, vou me afogar em bebida".

— Mas, com o álcool, às vezes é pior ainda.

— Tive disso também, mas o que se vai fazer?

— E por que estás tão caceteado?

— Eu? Saudades de casa.

— Então, vocês viviam com muita riqueza?

— Não éramos ricaços, mas vivíamos bem.

E Avdiéiev começou a contar o que já dissera muitas vezes àquele mesmo Panóv.

— Apresentei-me voluntário em lugar de meu irmão. Ele já tinha cinco filhos, e eu acabava de me casar. Mamãe começou a me pedir. Pensei: "Que me importa, e talvez as pessoas se lembrem da minha boa ação". Fui falar com o patrão.[19] Ele é muito bom, e me disse: "Fazes muito bem. Vai". E assim fui em lugar do meu irmão.

— E então? Foi muito bonito da tua parte — disse Panóv.

— E agora, acreditas, Antônitch? Estou sempre caceteado, perguntando-me por que fui apresentar-me em lugar de

[19] Cada proprietário rural devia mandar determinado número de camponeses para o exército. (N. do T.)

meu irmão. Digo a mim mesmo que estou sofrendo tudo isso, enquanto ele fica reinando por lá. E quanto mais penso, tanto pior. Certamente, é pecado.

Calou-se um pouco.

— Vamos fumar de novo? — perguntou ele depois.

— Está bem, prepara tudo.

Mas não chegaram a fumar. Avdiéiev acabava de se levantar e quis preparar de novo o cachimbo, quando se ouviram passos na estrada, de mistura com o farfalhar das árvores. Panóv apanhou o fuzil e empurrou Nikítin com o pé. Nikítin se ergueu e levantou o capote. Bondárenko, o terceiro soldado, também ficou de pé:

— Ah, meus velhos, vi um sonho...

Avdiéiev lhe fez sinal que se calasse, e os soldados ficaram imóveis, à escuta. Aproximavam-se passos macios de gente que não usava botas. Cada vez com maior nitidez, ressoava em meio ao silêncio um estalar de folhas e galhos secos. Depois se ouviu uma conversa, naquela língua gutural, diferente das demais, que falam os tchetchenos. Os soldados não ouviam apenas: agora já estavam vendo duas sombras que passavam entre as árvores. Uma das sombras era mais alta que a outra. Quando as sombras se acercaram dos soldados, Panóv e seus companheiros saíram de armas na mão para a estrada.

— Quem vem aí? — perguntou o suboficial.

— Tchetcheno de paz — disse o mais baixo dos recém-chegados (era Bata). — Fuzil *iok*,[20] sabre *iok* — disse, apontando para si mesmo —, preciso do príncipe.

O que era mais alto mantinha-se em silêncio ao lado do companheiro. (Tampouco trazia arma.)

[20] “Não” (em turcomano). (N. do T.)

— São espiões. Quer dizer que vamos levá-los ao coronel — disse Panóv aos companheiros.

— Príncipe Vorontzóv preciso muito, assunto muito importante, preciso — disse Bata.

— Está bem, está bem, vamos levar — replicou Panóv. — E agora, você e Bondárenko vão levá-los — acrescentou, dirigindo-se a Avdiéiev — e, depois que os entregar ao oficial de dia, volte para cá. Mas tome cuidado, mande eles caminharem na frente. Pois esses testas-lisas são uns espertalhões.

— E isto, não vale? — perguntou Avdiéiev, fazendo com o fuzil armado de baioneta um movimento como se fosse atravessar alguém. — Vou dar uma espetada, e acabou-se!

— Mas de que nos vão servir, se os espetas? — disse Bondárenko.

— Bem, andem!

Quando não se ouviam mais os passos dos dois soldados com os prisioneiros, Panóv e Nikítin voltaram ao lugar primitivo.

— O diabo os faz andar de noite — disse Nikítin.

— Quer dizer que é preciso — retrucou Panóv, acrescentando: — Está frio agora — e, desdobrando o capote, vestiu-o e sentou-se apoiado à árvore.

Passadas umas duas horas, Avdiéiev e Bondárenko voltaram.

— Então, entregaste? — perguntou Panóv.

— Entregamos. Ainda estavam todos acordados no alojamento do coronel. Levamos eles direto para lá. Que bons rapazes são esses sujeitos de testa lisa — prosseguiu Avdiéiev. — Juro por Deus! Conversei tanto com eles.

— Claro, estás sempre pronto a conversar — disse, contrariado, Nikítin.

— Palavra, são que nem nós outros, russos. Um deles é casado. "Maruchka", disse eu, "*bar?*" "*Bar*", disse ele. "*Ba-*

rantchuk", perguntei, "*bar?*". "*Bar.*" "Muitos?" "Um par", respondeu ele. Conversamos tão bem. São bons rapazes.

— Muito bons, não há dúvida — disse Nikítin —, se ele te pegasse sozinho, punha as tuas tripas para fora.

— Logo vai amanhecer — observou Panóv.

— Sim, as estrelas já começaram a se apagar — disse Avdiéiev, sentando-se.

E os soldados tornaram a calar-se.

III

Apagaram-se, fazia muito, as luzes da caserna e das casinhas dos soldados, mas estavam ainda iluminadas todas as janelas de uma das melhores casas da fortaleza. Ela era ocupada pelo comandante do regimento Kúrinski, ajudante de campo do príncipe Semion Mikháilovitch Vorontzóv, filho do comandante em chefe. Vivia ali com a mulher, Mária Vassílievna, célebre beldade de Petersburgo, e levava na pequena fortaleza caucasiana uma vida tão luxuosa como ninguém ainda tivera ali. Vorontzóv, e sobretudo a mulher, tinham, porém, a impressão de que levavam vida não só modesta, como também cheia de privações; mas os habitantes do lugar ficavam surpreendidos com aquele luxo extraordinário.

Agora, à meia-noite, no grande salão de visitas, com tapetes por todo o soalho e pesados reposteiros, os donos da casa estavam sentados com as visitas diante da mesa de jogo, iluminada por quatro velas, e jogavam baralho. Um dos jogadores era o próprio dono da casa: um coronel de rosto comprido, muito louro, com insígnias e alamares de ajudante de campo. O seu parceiro era um licenciado da Universidade de Petersburgo, um jovem cabeludo e taciturno; a princesa Vorontzova fizera-o vir como professor do filho pequeno, que ela tivera do primeiro marido. Dois oficiais jogavam contra eles: o comandante de companhia Poltorátzki, de rosto largo e corado, o qual se transferira da guarda, e o ajudante de ordens do coronel, que se mantinha bem aprumado, com uma expressão de frieza no rosto bonito. A princesa Vorontzova, uma bela mulher, algo corpulenta, de grandes olhos e sobrancelhas negras, estava ao lado de Poltorátzki, roçando-lhe as pernas com a crinolina e espiando as suas cartas. Mas nas suas palavras, nos olhares, no sorriso, em todos os movimentos do seu corpo, nos perfumes a que recendia, havia algo que fazia Poltorátzki esquecer tudo, com exceção da proximidade de Mária Vassílievna, e ele cometia engano após engano, irritando cada vez mais o seu parceiro.

— Não, assim não dá! Engoliram novamente o teu ás — disse, todo vermelho, o ajudante de ordens, depois que Poltorátzki deixou cair o ás.

Poltorátzki parecia ter acordado naquele instante, e olhava sem compreender, com os seus olhos negros, bondosos e muito arregalados, para o ajudante irritado.

— Bem, perdoe-o — disse Mária Vassílievna com um sorriso. — Está vendo, eu lhe dizia — acrescentou, dirigindo-se a Poltorátzki.

— A senhora dizia coisa muito diferente — e Poltorátzki sorriu.

— Será possível? — retrucou ela, e sorriu também. E esse sorriso de resposta deixou Poltorátzki tão perturbado e satisfeito que o seu rosto se tornou purpúreo, e ele se apoderou das cartas, começando a baralhá-las.

— Não é a tua vez de baralhar — disse, severo, o ajudante de ordens, e foi distribuindo as cartas com a sua alva mão provida de anel, com tal expressão como se quisesse apenas desfazer-se delas o quanto antes.

O camareiro do príncipe entrou no salão e avisou-o de que o oficial de dia o estava chamando.

— Com licença, senhores — disse Vorontzóv, em russo, mas com sotaque inglês. — Senta-te no meu lugar, Marie.

— Estão de acordo? — perguntou ela, erguendo-se depressa e com leveza, em todo o comprimento do seu alto corpo, farfalhando com as sedas e sorrindo com o seu sorriso de mulher feliz.

— Estou sempre de acordo — disse o ajudante de ordens, muito satisfeito por estar agora enfrentando a princesa, que absolutamente não sabia jogar. Poltorátzki fez apenas um gesto vago com as mãos e sorriu.

O róber[21] chegava ao fim, quando o príncipe voltou. Estava particularmente alegre e excitado.

— Sabem o que lhes vou propor?

— Diga.

— Vamos tomar champanhe.

— Para isso, estou sempre pronto — disse Poltorátzki.

— Por que não? Com muito gosto — acudiu o ajudante de ordens.

— Vassíli, traga champanhe — ordenou o príncipe.

— Para que te chamaram? — perguntou Mária Vassílievna.

— Estiveram aí o oficial de dia e mais uma pessoa.

— Quem? O quê? — perguntou depressa Mária Vassílievna.

— Não posso dizer — replicou Vorontzóv, dando de ombros.

— Não podes dizer? — repetiu Mária Vassílievna. — Isso nós ainda vamos ver.

Trouxeram champanhe. Cada convidado tomou uma taça; terminado o jogo, saldaram as contas e começaram todos a despedir-se.

[21] Série de duas partidas ganhas pelos mesmos parceiros, no jogo do uíste. (N. do T.)

— A sua companhia sai amanhã para a mata? — perguntou o príncipe a Poltorátzki.

— Sim, por quê?

— Nesse caso, vamos nos ver amanhã — retrucou o príncipe, com um ligeiro sorriso.

— Com muito prazer — disse Poltorátzki, não compreendendo bem o que lhe dizia Vorontzóv e preocupado unicamente com o aperto que ele daria logo em seguida na mão grande e branca de Mária Vassílievna.

Como de costume, a princesa Vorontzova não só apertou com força a mão de Poltorátzki, mas também a sacudiu. E lembrando-lhe mais uma vez o erro que cometera ao sair de ouros, teve um sorriso que o oficial achou encantador, carinhoso e significativo.

Poltorátzki ia para casa naquele estado de êxtase que só pode compreender gente como ele, que cresceu e se educou na sociedade, quando essa mesma gente, depois de meses de solitária vida militar, encontra novamente uma mulher do seu próprio meio social. E ainda uma mulher como a princesa Vorontzova.

Chegando à casinhola em que morava com outro oficial, empurrou a porta da frente, mas estava fechada. Bateu e ninguém veio abri-la. Ficou aborrecido e pôs-se a batucar com o pé e o sabre na porta fechada. Ouviram-se passos do outro lado, e Vavilo, servo de Poltorátzki, levantou o gancho.

— Por que inventaste de fechar a porta, imbecil?

— Como se pode, Aleksei Vladí...

— Bêbado mais uma vez! Vou te mostrar como se pode... — Poltorátzki quis bater em Vavilo, mas logo mudou de ideia.

— Bem, vá lá, vá lá. Acende a vela.

— Neste instante.

Vavilo estava realmente embriagado, o que lhe sucedera porque tinha estado no aniversário do guarda do paiol. Voltando para casa, ficara pensativo, comparando a sua vida com a do guarda Ivan Makéitch, que tinha as suas rendas, era casado e esperava dar baixa dentro de um ano. Quanto a Vavilo, ainda menino, fora levado para a casa de seus amos, para servir de criado, e agora, depois dos quarenta, era solteiro e levava uma vida de campanha, com o seu desorganizado amo. O patrão era bom, batia-lhe pouco, mas que espécie de vida era aquela! "Prometeu-me a alforria, para quando voltarmos do Cáucaso, mas o que vou fazer com essa alforria? Vida de cachorro!" — pensou Vavilo. E sentiu tanto sono que, temendo algum ladrão, fechou a porta a gancho e adormeceu.

Poltorátzki entrou no quarto em que estava alojado o seu companheiro Tíkhonov.

— Então, perdeste no jogo? — perguntou este, acordando.

— Não, ganhei dezessete rublos, e bebemos uma garrafinha de Clicquot.

— E ficaste olhando para Mária Vassílievna?

— Sim, fiquei olhando para Mária Vassílievna — repetiu Poltorátzki.

— Falta pouco para levantar — disse Tíkhonov. — Saímos às seis.

— Vavilo! — gritou Poltorátzki. — Olha, acorda-me com força, às cinco.

— Como é que vou acordá-lo, se o senhor me bate?

— Eu te digo que me acordes, estás ouvindo?

— Sim.

Vavilo saiu do quarto, levando as botas e a roupa.

Poltorátzki deitou-se, sorriu, acendeu o cigarro e apagou a vela. Na treva, ficou vendo na sua frente o rosto sorridente de Mária Vassílievna.

Em casa dos Vorontzóv, passou algum tempo antes que adormecessem. Depois que as visitas saíram, Mária Vassílievna acercou-se do marido e, parando diante dele, disse com severidade:

— *Eh bien, vous allez me dire ce que c'est?*

— *Mais, ma chère...*

— *Pas de ma chère! C'est un émissaire, n'est-ce pas?*

— *Quand même, je ne peux pas vous le dire.*

— *Vous ne pouvez pas? Alors c'est moi qui vais vous le dire.*

— *Vous?*[22]

— Khadji-Murát, não é verdade? — disse a princesa, que desde alguns dias ouvira falar de negociações com Khadji-Murát e supunha que seu marido tivesse recebido o chefe caucasiano em pessoa.

Vorontzóv não podia negar a verdade, mas desiludiu a sua mulher, dizendo-lhe que viera apenas um emissário de Khadji-Murát, com uma comunicação de que este iria conferenciar com ele no lugar marcado para a derrubada.

O jovem casal Vorontzóv estava contente com aquele acontecimento, que vinha romper a monotonia da vida na fortaleza. Depois de comentar o agrado com que o pai dele receberia a notícia, marido e mulher deitaram-se para dormir quando já passava das duas.

[22] Em francês no original: "Bem, vai me dizer o que é?" "Mas, minha querida..." "Nada de minha querida! É um emissário, não é verdade?" "Seja o que for, não lhe posso dizer." "Não pode? Nesse caso, eu é que lhe vou dizê-lo." "Você?". (N. do T.)

IV

Depois das três noites que passara acordado, fugindo dos *miurides* de Chamil, Khadji-Murát adormeceu logo que Sado lhe desejou boa noite e saiu da *sáklia*. Dormiu sem se despir, apoiado num braço, o cotovelo afogado nos travesseiros de pena, vermelhos, que o dono da casa ali pusera. Eldar dormia perto dele, junto à parede. Estava deitado de costas, os membros jovens e fortes largamente espalhados, de modo que o seu alto peito, com cartucheiras negras sobre a *tcherkeska* branca, ficava acima da cabeça recém-raspada e de cor azulada, que havia caído do travesseiro. O seu lábio superior, coberto de um buço ligeiro e arrepanhado que nem o de uma criança adormecida, comprimia-se e dilatava-se, como se estivesse sorvendo algo. Tal como Khadji-Murát, dormia vestido, com uma pistola pendendo do cinto e um punhal. Ramos secos estavam acabando de se consumir na lareira, e havia uma luzinha quase imperceptível dentro do fogão pequeno.

No meio da noite, rangeu a porta do quarto dos hóspedes, e Khadji-Murát se ergueu de um salto, pistola na mão. Sado entrou no quarto, pisando de leve o chão de terra.

— O que é preciso? — perguntou Khadji-Murát, que nem parecia ter dormido.

— É preciso pensar — disse Sado, sentando-se de cócoras diante de Khadji-Murát. — Uma mulher te viu do alto de um telhado quando passavas na rua, contou ao marido, e agora o *aul* em peso sabe da tua presença. Há pouco, uma vizinha veio correndo, para avisar a dona da casa de que os anciães se reuniram na mesquita e resolveram deter-te.

— Temos que ir embora.

— Os cavalos estão prontos — disse Sado, saindo apressadamente da *sáklia*.

— Eldar — murmurou Khadji-Murát. E Eldar, ouvindo

o seu nome e, sobretudo, a voz de seu *miurchide*, ergueu-se de um salto sobre as pernas fortes, ajeitando a *papakha*. Khadji-Murát vestiu a japona e tomou as armas, Eldar fez o mesmo e ambos saíram da *sáklia* para o alpendre. O rapazinho de olhos negros trouxe os cavalos. Quando se ouviu o patear sobre a terra batida da rua, uma cabeça apareceu fora da porta da *sáklia* vizinha, e, batendo com os sapatos de madeira, um vulto correu morro acima, na direção da mesquita.

Não havia luar, somente as estrelas luziam intensamente no céu negro, e via-se na treva o contorno dos telhados das *sáklias*, sobre os quais se destacava a sombra da mesquita, com o seu minarete, na parte superior do *aul*. Um zunir de vozes vinha da mesquita.

Khadji-Murát segurou com gesto rápido o fuzil, enfiou o pé no estribo estreito e, jogando sem ruído, insensivelmente, o corpo para cima, sentou-se na almofada alta da sela.

— Que Deus o recompense — disse, dirigindo-se ao dono da casa, procurando com o movimento habitual da perna direita o outro estribo, e tocou ligeiramente com o chicote o rapazinho que segurava o cavalo, fazendo-lhe assim sinal de se afastar. O rapazinho afastou o corpo, e o cavalo, como se soubesse sozinho o que devia fazer, saiu num passo animado, na direção da estrada principal. Eldar cavalgava em seguida, e Sado quase corria atrás deles, de peliça e agitando rapidamente os braços, passando ora para um, ora para outro lado da rua estreita. Ao chegarem à estrada principal, viram uma sombra movediça atravessada no caminho, depois outra.

— Pare! Quem vem aí? Pare! — gritou uma voz, e alguns homens se atravessaram no caminho.

Em vez de parar, Khadji-Murát tirou a pistola do cinto, soltou as rédeas e impeliu o cavalo na direção dos homens que obstruíram o caminho. Eles dispersaram-se e Khadji-Murát foi estrada abaixo, em andadura larga, sem olhar para trás. Eldar acompanhava-o num trote largo. Atrás deles, estalaram dois tiros, e duas balas passaram zunindo, sem os atingir. Khadji-Murát prosseguiu na mesma andadura. Depois de uns trezentos passos, parou o cavalo ligeiramente esbaforido e ficou à escuta. Em frente, embaixo, marulhava uma torrente rápida. Atrás, ouviam-se em desafio os galos do *aul*. No intervalo entre esses cantos, ressoou um galope de cavalos que se aproximavam e ouviram-se vozes. Khadji-Murát prosseguiu viagem no mesmo passo regular.

Os perseguidores vinham a galope e, pouco depois, alcançaram Khadji-Murát. Eram uns vinte homens a cavalo, todos habitantes do *aul*, que resolveram deter Khadji-Murát ou, pelo menos, dar a impressão de que pretendiam detê-lo, e, desse modo, não perder as boas graças de Chamil. Quando se aproximaram a ponto de se tornarem visíveis na escuridão, Khadji-Murát parou, largou as rédeas, desabotoou com o movimento habitual da mão esquerda a capa do fuzil e retirou-o com a direita. Eldar fez o mesmo.

— O que querem? — gritou Khadji-Murát. — Prender-me? Está bem, venham.

E ergueu o fuzil.

Os habitantes do *aul* estacaram. Khadji-Murát começou a descer para um pequeno vale, sempre de fuzil na mão. Os cavaleiros seguiam-no à mesma distância. Depois que ele subiu do outro lado do vale, os cavaleiros gritaram-lhe que ouvisse o que tinham a dizer. Em resposta, Khadji-Murát disparou o fuzil e pôs o cavalo a galope. Quando o fez parar, não se ouviam mais a perseguição nem o canto dos galos, mas percebia-se com mais nitidez o marulhar da água no meio do mato, e de quando em vez o chorar de um mocho. A muralha negra da mata estava bem perto. Era aquela mesma floresta em que os seus *miurides* o esperavam. Acercando-se da mata, Khadji-Murát fez parar o cavalo, encheu de muito ar os pulmões, assobiou e depois se calou, à escuta. Instantes mais tarde, um assobio igual se fez ouvir na mata. Khadji-Murát saiu da estrada e cavalgou para a floresta. Percorrendo uns cem passos, viu, por entre os troncos das árvores, uma fogueira, sombras humanas sentadas ao redor, e um cavalo peado e encilhado, que o fogo iluminava pela metade.

Um dos homens ali sentados ergueu-se rápido, acercou-se de Khadji-Murát e segurou-lhe as rédeas e o estribo. Era o avariano Khanéfi, irmão adotivo de Khadji-Murát, e que tomava conta de todas as suas coisas.

— Apaguem o fogo — disse Khadji-Murát, apeando-se.

Os homens puseram-se a espalhar e pisar os galhos acesos.

— Bata esteve aqui? — perguntou Khadji-Murát, aproximando-se de uma japona estendida no chão.

— Esteve e partiu há muito tempo com Cã-Makhoma.

— Que estrada tomaram?

— Esta mesma — respondeu Khanéfi, indicando a direção contrária àquela de onde viera Khadji-Murát.

— Está bem — disse este e, tirando o fuzil, começou a armá-lo.

— É preciso tomar cuidado, fui perseguido — continuou, dirigindo-se ao homem que estava apagando a fogueira.

Era o tchetcheno Gamzalo. Este se acercou da japona, apanhou o fuzil que estava em cima dela, protegido por uma capa, e foi silenciosamente para o limite da clareira, para o lugar por onde viera Khadji-Murát. Eldar desceu do cavalo, tomou pela rédea o animal de Khadji-Murát, apertou a ambos os cavalos a cabeçada e amarrou cada um numa árvore. Depois, seguindo o exemplo de Gamzalo, ficou de fuzil ao ombro na outra extremidade da clareira. Apagaram a fogueira, e a floresta agora não parecia tão negra como antes, já se via no céu o brilho pálido das estrelas.

Olhando para as estrelas, para as Plêiades, que se haviam erguido até a metade do céu, Khadji-Murát calculou que era muito mais de meia-noite e que, por conseguinte, deixara passar a hora da oração noturna. Pediu a Khanéfi o *kumgan*, que eles sempre traziam numa bolsa, e, vestindo a japona, caminhou para a água.

Khadji-Murát tirou os sapatos, praticou a ablução, pisou a japona com os pés descalços, sentou-se sobre a panturrilha, tapou os ouvidos com os dedos, fechou os olhos e, voltando-se para o Oriente, proferiu a oração habitual.

Em seguida, regressou ao seu lugar, onde estavam as bolsas de viagem, sentou-se sobre a japona, apoiou as mãos nos joelhos e ficou pensativo, a cabeça inclinada.

Khadji-Murát sempre acreditara na sua boa estrela. Empreendendo algo, estava de antemão certo do sucesso e tudo lhe saía bem. Assim acontecera, com raras exceções, em todo o decorrer da sua tumultuosa vida militar. Agora, esperava que sucedesse o mesmo. Imaginava já como avançaria contra Chamil, à frente do exército que Vorontzóv lhe daria, e como o faria prisioneiro e se vingaria dele; depois, o tsar russo iria premiá-lo e ele governaria não só a Avaria, mas toda a Tchetchênia, por ele submetida. Com tais pensamentos, adormeceu sem sentir.

Via-se em sonho, junto com os seus valentes, voando ao encontro de Chamil, cantando e gritando "Khadji-Murát vem aí", depois aprisionando Chamil com as suas mulheres, e ouvia o choro e os soluços das favoritas. Acordou. A canção "*La ilá*",[23] os gritos de "Khadji-Murát vem aí" e o pranto das mulheres de Chamil eram o uivar, o choro e o gargalhar dos chacais, que o acordaram. Khadji-Murát ergueu a cabeça, olhou para o céu que já luzia no Oriente por entre as ár-

[23] "*La ilá il Alá*": "Alá é o único Deus". (N. do T.)

vores, e perguntou por Cã-Makhoma ao *miuride* sentado a certa distância. Inteirando-se de que ele ainda não voltara, Khadji-Murát deixou pender a cabeça e tornou no mesmo instante a cair em modorra.

Foi acordado pela voz alegre de Cã-Makhoma, que voltava da sua embaixada, acompanhado de Bata. Cã-Makhoma logo se sentou junto a Khadji-Murát e pôs-se a contar como os soldados os receberam e levaram à presença do próprio príncipe, que falara com eles, mostrando-se muito contente, e marcara como ponto de encontro o lugar em que os russos iam iniciar a derrubada, aquela manhã, na clareira Chalínskaia, além do rio Mítchik. Bata interrompia de vez em quando o companheiro, acrescentando alguns pormenores.

Khadji-Murát interrogou-os minuciosamente sobre as palavras exatas com que Vorontzóv respondera ao seu oferecimento de ir ao encontro dos russos. Cã-Makhoma e Bata disseram a uma voz que o príncipe prometera receber Khadji-Murát como hóspede e fazer tudo para que se sentisse bem. Khadji-Murát ainda fez perguntas sobre o caminho a percorrer, e, quando Cã-Makhoma lhe afiançou que o conhecia bem, tirou o dinheiro e deu a Bata os três rublos prometidos. Ordenou aos seus homens que tirassem das bolsas de viagem as armas gravadas a ouro e a *papakha* com turbante, que ele trazia consigo, e que se limpassem também, para se apresentarem aos russos com boa aparência. Enquanto limpavam as armas, as selas e os cavalos, as estrelas empalideceram, clareou o dia e soprou uma leve aragem matinal.

V

De manhã cedo, ainda escuro, duas companhias saíram sob o comando de Poltorátzki, armadas de machados, para dez verstas além do portão Tchakhguírinski, e, deixando espalhados atiradores em posição, começaram a derrubada. Pouco antes das oito, o nevoeiro mesclado com a fumaça aromática dos ramos secos, que estalavam e farfalhavam nas fogueiras, começou a levantar-se, e os homens ocupados na derrubada, que até pouco antes não viam um ao outro a cinco passos de distância, mas apenas se ouviam, puderam ver as fogueiras e a estrada que atravessava a floresta atravancada de árvores derrubadas; o sol ora aparecia qual mancha clara no nevoeiro, ora tornava a desaparecer. Na clareira, a certa distância da estrada, diversos homens estavam sentados sobre os tambores: Poltorátzki com o seu oficial subalterno Tíkhonov, dois oficiais da Terceira Companhia e o colega de escola militar de Poltorátzki, barão Freze, ex-oficial da cavalaria, degradado por motivo de duelo. Ao redor dos tambores, estavam espalhados papéis de embrulho, pontas de cigarros e garrafas vazias. Os oficiais tinham bebido vodca e comido um pouco, e estavam tomando pórter.[24] O tamborileiro abria a oitava garrafa. Apesar de não ter dormido bem, Poltorátzki estava naquele particular estado de exaltação das forças do espírito e de alegria boa e descuidada em que se sentia sempre, entre os seus soldados e companheiros, nos momentos de perigo.

Prosseguia entre os oficiais uma conversa animada sobre a última notícia: a morte do general Slieptzóv. Nessa morte, ninguém via o momento capital daquela vida — o do seu término e da volta à fonte de onde surgira; via-se apenas a valentia do audaz oficial, que se lançara, sabre em punho, contra os montanheses e lutara desesperadamente com eles.

Embora todos os oficiais, principalmente aqueles que já estiveram em ação, soubessem ou pudessem saber que na Guerra do Cáucaso, e aliás em todas as guerras, nunca exis-

[24] Tipo de cerveja preta. (N. do T.)

tiu aquele corpo a corpo a arma branca, cuja existência sempre se supõe e se descreve (e se tal corpo a corpo a sabre e baioneta chega a existir, as cutiladas e golpes de baioneta se dão somente em fugitivos), essa ficção do corpo a corpo era reconhecida pelos oficiais e dava-lhes aquele calmo orgulho e aquela alegria, com a qual, uns em poses de valentia, outros em atitude bem modesta, ficavam sentados sobre os tambores, fumando, bebendo e dizendo gracejos, sem se preocuparem com a morte, que podia alcançar cada um deles a qualquer momento, tal como fizera a Slieptzóv. E realmente, como uma confirmação da sua espera, ouviu-se no meio da conversa, à esquerda da estrada, o som bonito e estimulante de um tiro de fuzil, que estalara bruscamente, e uma bala pequena, assobiando alegre, sulcou o ar nublado e cravou-se numa árvore. Outros tiros de fuzil reboaram pesados, respondendo ao fogo inimigo.

— Eh! — gritou Poltorátzki, a voz animada. — Isso é lá na linha. Bem, Kóstia,[25] meu irmão — disse, dirigindo-se a Freze —, estás com sorte. Vai para a companhia. Daqui a pouco, vamos arranjar um combate que será uma beleza. Depois, faremos uma representação a teu respeito.

O barão degradado levantou-se num salto e caminhou às pressas na direção do nevoeiro, onde estava a sua companhia. Trouxeram para Poltorátzki o seu pequeno cabardino[26] baio. Ele montou, formou a sua companhia e conduziu-a para a linha, na direção dos tiros. A linha de atiradores estava disposta na clareira da mata, diante de um declive escalvado, que era parte de um vale. O vento soprava na direção da mata, e via-se claramente não só o declive, mas também o lado oposto.

[25] Diminutivo de Constantin. (N. do T.)

[26] Raça de cavalos do Cáucaso. (N. do T.)

Quando Poltorátzki chegou à linha de atiradores, o sol espiava por entre o nevoeiro e, do outro lado do vale, junto a outra mata, a uns cem *sájens*,[27] viam-se alguns cavaleiros. Aqueles tchetchenos eram os mesmos que haviam perseguido Khadji-Murát e queriam ver a sua passagem para os russos. Um deles atirou na direção da linha. Alguns soldados lhe responderam. Os tchetchenos recuaram e o tiroteio cessou, mas, quando Poltorátzki chegou com a companhia, deu ordem de atirar, e, mal se transmitiu o comando, ouviu-se por toda a linha o estalido ininterrupto, alegre e estimulante dos fuzis, acompanhado do bonito espetáculo da fumaça que se espalhava. Alegrando-se com aquele divertimento, os soldados se apressavam a armar os fuzis e atiravam sem cessar. Os tchetchenos provavelmente se enfureceram e, aparecendo um após outro, mandaram alguns tiros na direção dos soldados. Um deles feriu aquele mesmo Avdiéiev que tomara parte na patrulha. Quando os companheiros se acercaram dele, estava deitado de bruços e, segurando com as mãos a barriga ferida, balançava ritmicamente o corpo.

— Eu só comecei a armar o fuzil, quando ouvi qualquer coisa que fez "tchic" — disse o soldado que estivera ao seu lado na posição. — Olhei e vi que ele largava o fuzil.

Avdiéiev pertencia à companhia de Poltorátzki. Vendo o grupinho de soldados, este aproximou-se deles.

— Então, irmão, apanhaste? — disse ele. — Onde foi?

Avdiéiev não respondeu.

— Eu só comecei a armar o fuzil, Vossa Nobreza[28] — disse o soldado que estivera ao lado de Avdiéiev —, quando

[27] Medida russa equivalente a 1,83 metros. (N. do T.)

[28] Tratamento que os soldados tinham de usar ao falar com oficiais. Os de patente superior recebiam o tratamento de "Vossa Alta Nobreza". (N. do T.)

ouvi uma coisa que fez "tchic", olhei e vi que ele largava o fuzil.

— *Te, te* — Poltorátzki deu um estalo com a língua. — Está doendo, Avdiéiev?

— Não está doendo, mas não me deixa andar. Gostaria de beber um pouco, Vossa Nobreza!

Achou-se um pouco de álcool puro, que os soldados bebiam no Cáucaso em lugar de vodca, e Panóv, franzindo com severidade o sobrolho, encostou à boca de Avdiéiev uma tampa de vasilha. Avdiéiev começou a beber, mas logo afastou a tampa com a mão.

— Não chega à alma — disse ele —, bebe sozinho.

Panóv acabou de beber o álcool. Avdiéiev tentou levantar-se mais uma vez e tornou a descair. Forraram o chão com um capote e deitaram Avdiéiev.

— Vossa Nobreza, o coronel vem aí — disse o sargento a Poltorátzki.

— Está bem, dê você as ordens necessárias — replicou este e, agitando o chicote, foi em trote largo ao encontro de Vorontzóv.

Este vinha em seu alazão puro-sangue inglês, acompanhado do ajudante de ordens, de um cossaco e de um intérprete tchetcheno.

— O que aconteceu aqui? — perguntou a Poltorátzki.

— Um destacamento atacou as nossas linhas.

— Ora, ora, e foi você quem arranjou tudo isso?

— Não fui eu, príncipe — disse Poltorátzki sorrindo —, fomos atacados.

— Ouvi dizer que feriram um soldado.

— Sim, dá muita pena. Um bom soldado.

— Ferimento grave?

— Parece que sim, na barriga.

— E sabe para onde vou agora? — perguntou Vorontzóv.

— Não, não sei.

— Será possível que não adivinha?

— Não.

— Khadji-Murát virá daqui a pouco ao nosso encontro.

— Não pode ser!

— Ontem, veio um emissário dele — disse Vorontzóv, contendo a custo um sorriso de satisfação. — Agora, já deve estar me esperando na clareira Chalínskaia; espalhe os seus atiradores até lá, e depois venha ter comigo.

— Pois não — disse Poltorátzki, encostando os dedos na *papakha*, e foi para a sua companhia. Estendeu a linha para a direita e ordenou ao sargento que fizesse o mesmo à esquerda. Nesse ínterim, quatro soldados carregaram Avdiéiev para a fortaleza.

Poltorátzki já estava indo para junto de Vorontzóv, quando viu atrás de si uns cavaleiros que vinham ao seu encalço. Fez parar o cavalo e esperou-os.

Na frente, montando um cavalo de crina branca, vinha um homem de *tcherkeska* branca, de turbante sobre a *papakha* e armas gravadas a ouro. Esse homem de aspecto imponente era Khadji-Murát. Acercou-se de Poltorátzki e disse-lhe algo em tártaro. Poltorátzki ergueu as sobrancelhas e fez um gesto vago com as mãos, em sinal de que não o compreendia, e sorriu. Khadji-Murát respondeu-lhe com um sorriso, que surpreendeu Poltorátzki por sua bonacheirice infantil. Poltorátzki não esperava de modo algum que aquele terrível montanhês tivesse tal expressão. Contava encontrar um homem seco, taciturno, distante, e em vez disso via uma criatura simples, com um sorriso tão camarada, como se eles se conhecessem desde muito tempo. Somente uma coisa havia nele de peculiar: eram os seus olhos desmesuradamente arregalados, que se fixavam nos olhos dos demais com uma expressão atenta, penetrante e serena.

O séquito de Khadji-Murát consistia em quatro homens,

entre os quais Cã-Makhoma, que estivera em casa de Vorontzóv aquela mesma noite. Era corado, de rosto redondo e olhos de um negro vivo, sem pálpebras, e irradiava uma viva expressão de alegria. Havia ainda um homem atarracado, cabeludo, de sobrancelhas unidas. Era o tauridiano Khanéfi, encarregado de todas as coisas de Khadji-Murát. Estava conduzindo um cavalo de carga, com bolsas de campanha repletas. Destacavam-se principalmente dois componentes do séquito: um jovem bonito, de cintura fina, como que de mulher, e ombros largos, de barbicha loura que mal despontava e olhos de carneiro: Eldar; o outro — zarolho, sem pestanas nem sobrancelhas, com barba ruiva aparada e uma cicatriz através do nariz e de todo o rosto: o tchetcheno Gamzalo.

Poltorátzki indicou a Khadji-Murát o príncipe Vorontzóv, que se via já na estrada. Khadji-Murát cavalgou na sua direção. Acercando-se dele, levou a mão direita ao peito, disse algo em tártaro e deteve o cavalo. O intérprete traduziu:

— Eu me entrego — diz ele — à disposição do tsar russo e quero ficar a seu serviço. Há muito tempo que pensava fazer isso, mas Chamil me impediu.

Tendo ouvido o intérprete, Vorontzóv estendeu para Khadji-Murát a mão com luva de camurça. Khadji-Murát olhou para aquela mão, ficou um instante sem se mover, mas depois a apertou com força e ainda disse qualquer coisa, olhando ora para o intérprete, ora para Vorontzóv.

— Ele diz que não queria sair ao encontro de ninguém, com exceção de ti, por seres filho do *sardar*.[29] Ele tem grande consideração por ti.

Vorontzóv fez um aceno com a cabeça, em sinal de agradecimento pela amabilidade. Khadji-Murát disse mais algumas palavras, apontando o seu séquito.

[29] Governador. (N. do T.)

— Ele diz que estes homens são seus *miurides* e que vão servir aos russos como ele próprio.

Vorontzóv olhou para eles e lhes acenou também com a cabeça.

O alegre Cã-Makhoma, de olhos negros desprovidos de pálpebras, também sacudiu a cabeça, provavelmente dizendo algo engraçado a Vorontzóv, pois o cabeludo avariano escancarou num sorriso os seus dentes de um branco vivo. Quanto ao ruivo Gamzalo, apenas faiscou por um instante com o único olho avermelhado na direção de Vorontzóv e fixou novamente o olhar nas orelhas do seu próprio cavalo.

Quando Vorontzóv e Khadji-Murát, acompanhados do séquito, passavam a caminho da fortaleza, os soldados retirados da linha ficaram reunidos num magote, comentando:

— Quantas almas destruiu o maldito! E agora você vai ver a contemplação com que será tratado — disse um.

— Como não?! Era o primeiro-comandante de Chamil. Agora, certamente...

— É um bichão, um *djiguit*[30] de verdade.

— Olha o ruivo, como espia torto, parece uma fera.

— Deve ser um grande cachorro, não tenho dúvida.

O ruivo despertara particularmente a atenção geral.

No lugar onde se procedia à derrubada, os soldados que estavam mais próximos da estrada corriam para olhar. O oficial gritou com eles, mas Vorontzóv o interrompeu.

— Deixa que olhem para o seu velho conhecido. Sabes quem é? — perguntou Vorontzóv ao soldado mais próximo, pronunciando as palavras lentamente, com o seu sotaque inglês.

[30] Entre os caucasianos, um cavaleiro audaz, valente. (N. do T.)

— Não sei, não, Alteza.

— É Khadji-Murát, ouviste falar dele?

— Como não, Alteza! Já o batemos muitas vezes.

— E apanhamos dele também.

— Exatamente, Alteza — respondeu o soldado, satisfeito por haver conseguido falar com o comandante.

Khadji-Murát compreendeu que falavam dele, e um sorriso alegre ficou brilhando em seus olhos. Vorontzóv regressou à fortaleza na melhor disposição de ânimo.

VI

Vorontzóv estava muito satisfeito por haver conseguido, ele e não outro, atrair e receber o maior e mais poderoso inimigo da Rússia depois de Chamil. Havia, contudo, uma circunstância desagradável: o comandante das tropas de Vozdvíjenskaia era o general Meller-Zakomélski e, na realidade, todo o caso devia ser tratado por seu intermédio. Mas Vorontzóv agira sozinho, sem relatar coisa alguma, de modo que podia surgir um contratempo. E esse pensamento perturbava um pouco a satisfação de Vorontzóv.

Aproximando-se da casa, ele confiou os *miurides* de Khadji-Murát ao ajudante de ordens e conduziu-o para sua residência.

A princesa Mária Vassílievna, elegante, sorridente, recebeu Khadji-Murát na sala de visitas, em companhia de seu filho, um menino de seis anos, bonitão e de cabelos encaracolados, e Khadji-Murát, pondo as mãos sobre o peito, disse com certa solenidade, por intermédio do intérprete, que ele se considerava *kunák* do príncipe, pois este o recebera em sua casa, e que toda a família era para ele tão sagrada como o próprio *kunák*. Tanto a aparência como as maneiras de Khadji-Murát agradaram a Mária Vassílievna. E o fato de ter ficado confuso e vermelho, quando ela lhe estendera a mão grande e branca, ainda mais a predispôs em seu favor. Pediu-lhe que se sentasse e, depois de perguntar se tomava café, mandou servi-lo. Mas, quando o trouxeram, Khadji-Murát recusou-o. Ele compreendia um pouco o russo, mas não o falava, e se algo lhe escapava, sorria, e esse sorriso agradou a Mária Vassílievna como agradara a Poltorátzki. Quanto ao filho de Mária Vassílievna, de cabelos encaracolados e olhos muito vivos, que a mãe chamava de Bulka, ficou parado junto dela, sem tirar os olhos de Khadji-Murát, de quem ouvira falar como de um guerreiro extraordinário.

Deixando Khadji-Murát em companhia da mulher, Vorontzóv foi para o escritório, a fim de informar os seus superiores sobre o passo dado por Khadji-Murát. Tendo escrito uma comunicação ao general Kozlóvski, comandante do flanco esquerdo, que se encontrava em Grózni, e uma carta ao pai, Vorontzóv apressou-se a voltar para casa, temendo que sua mulher se mostrasse descontente por ter sido obrigada à companhia de um homem estranho e terrível, a quem não se devia ofender, nem afagar em demasia. Mas era vão o seu temor. Khadji-Murát estava numa poltrona, tendo nos joelhos o pequeno Bulka, enteado de Vorontzóv, e ouvia de cabeça pendida o que lhe dizia o intérprete, transmitindo as palavras de Mária Vassílievna, que estava rindo e lhe dizia que, se ele desse a cada *kunák* o objeto que este elogiasse, em breve teria de andar em trajes de Adão...

Quando o príncipe entrou, Khadji-Murát tirou dos joelhos o pequeno Bulka, que se mostrou surpreso e ofendido, e ergueu-se, substituindo no mesmo instante a expressão travessa do rosto por outra, séria e severa. Sentou-se somente depois que Vorontzóv o fez. Prosseguindo a conversa, respondeu a Mária Vassílievna que era a lei entre eles: devia-se dar ao *kunák* tudo aquilo de que ele gostasse.

— Teu filho... *kunák* — disse em russo, afagando os cabelos encaracolados de Bulka, que lhe subira novamente nos joelhos.

— O teu bandoleiro é encantador — disse Mária Vassílievna ao marido, em francês. Bulka ficou admirando o punhal dele e recebeu-o logo de presente.

Bulka mostrou o punhal ao padrasto.

— *C'est un objet de prix* — disse Mária Vassílievna.

— *Il faudra trouver l'occasion de lui faire cadeau*[31] — disse Vorontzóv.

Khadji-Murát estava sentado de olhos baixos e, afagando a cabecinha crespa do menino, dizia:

— *Djiguit, djiguit.*

— É um punhal magnífico — disse Vorontzóv, desembainhando até a metade a lâmina de aço, que tinha um entalhe na parte central. — Diga obrigado.

— Pergunte em que lhe posso ser útil — acrescentou ele, dirigindo-se ao intérprete.

Khadji-Murát respondeu que não precisava de coisa alguma, porém pediu que o conduzissem naquele momento a um lugar onde pudesse fazer suas orações. Vorontzóv chamou um criado e ordenou-lhe que satisfizesse o desejo de Khadji-Murát.

Apenas este ficou sozinho no quarto que lhe fora reservado, o seu rosto se transformou: desapareceu dele a expressão de alegria, ora carinhosa, ora solene, e em seu lugar surgiu um ar preocupado.

A recepção que Vorontzóv lhe fizera fora muito melhor do que ele esperava. Mas, quanto melhor era essa recepção, tanto menor a confiança de Khadji-Murát em Vorontzóv e nos seus oficiais. Temia tudo: que o agarrassem, pusessem a

[31] Em francês no original: "É um objeto caro." "Será preciso encontrar oportunidade de lhe fazer um presente". (N. do T.)

ferros e mandassem para a Sibéria, ou simplesmente o matassem, e por isso estava à espreita.

Perguntou a Eldar, que viera ter com ele, onde foram alojados os *miurides*, onde deixaram os cavalos, e se não lhes tiraram as armas.

Eldar disse-lhe que os cavalos estavam na cavalariça do príncipe, que os homens foram alojados num barracão, ficando com todas as armas, e que o intérprete lhes estava servindo comida e chá.

Khadji-Murát meneou a cabeça, perplexo, despiu-se e começou a oração. Depois, mandou que lhe trouxessem um punhal de prata, vestiu-se, colocou o cinto e sentou-se com as pernas no sofá, aguardando os acontecimentos.

Depois das quatro, foi chamado para jantar com o príncipe.

Não comeu nada, com exceção de arroz cozido, do qual ele se serviu tirando a sua porção do mesmo lugar de onde se servira Mária Vassílievna.

— Tem medo de que o envenenemos — disse ela ao marido. — Ele serviu-se do mesmo lugar que eu.

Dirigiu-se a Khadji-Murát e perguntou-lhe, por intermédio do intérprete, quando ia rezar de novo. Ele ergueu os cinco dedos e apontou para o sol.

— Quer dizer que será daqui a pouco.

Vorontzóv tirou o relógio Bréguet[32] e apertou uma mola. O relógio bateu quatro e quinze. Khadji-Murát pareceu surpreender-se, pediu que se repetisse aquilo e quis ver o relógio.

[32] Relógio de bolso, que indicava também os dias do mês, e que, ao apertar-se determinada mola, batia as horas. Foi chamado assim em homenagem ao seu inventor, o relojoeiro francês Abraham-Louis Bréguet (1747-1823). (N. do T.)

— *Voilà l'occasion! Donnez-lui la montre*[33] — disse Mária Vassílievna ao marido.

Vorontzóv ofereceu o relógio a Khadji-Murát, que levou a mão ao peito e aceitou-o. Apertou diversas vezes a mola, e ficou escutando; ao mesmo tempo, balançava a cabeça, em sinal de aprovação.

Depois do jantar, anunciaram a chegada do ajudante de ordens do general Meller-Zakomélski.

O ajudante comunicou ao príncipe que o general, ao saber da deserção de Khadji-Murát, ficara muito descontente por não ter sido informado, e que ele exigia o envio imediato do caucasiano à sua presença. Vorontzóv respondeu que o faria e, transmitindo a Khadji-Murát, por intermédio do intérprete, a ordem do general, pediu-lhe que o acompanhasse à presença de Meller.

Mária Vassílievna, ao saber o motivo da visita do ajudante, compreendeu incontinente que poderia haver um contratempo e, apesar de todas as recomendações em contrário que lhe fazia o marido, preparou-se para ir com ele e Khadji-Murát.

— *Vous feriez beaucoup mieux de rester; c'est mon affaire, mais pas la vôtre.*

— *Vous ne pouvez pas m'empêcher d'aller voir madame la générale.*[34]

— Poderia escolher outra ocasião.

— Mas eu quero ir agora.

[33] Em francês no original: "Eis a ocasião! Dê-lhe o relógio". (N. do T.)

[34] "Seria bem melhor você ficar aqui; a questão é comigo, e não com você." "Não pode impedir-me de ir ver a mulher do general". (N. do T.)

Não havia remédio. Vorontzóv concordou e eles saíram os três.

Quando entraram em casa do general, Meller acompanhou Mária Vassílievna com uma cortesia taciturna até onde estava sua mulher, e deu ordem ao ajudante para levar Khadji-Murát à sala de recepções e não o deixar sair dali, até segunda ordem.

— Queira entrar — disse a Vorontzóv, abrindo a porta do seu gabinete, e deixando o príncipe passar na frente.

Entrando no gabinete, parou diante do príncipe e, sem o convidar a sentar-se, disse:

— Eu sou aqui o chefe militar, e por isso todas as negociações com o inimigo devem efetuar-se por meu intermédio. Por que não me comunicou a rendição de Khadji-Murát?

— Fui procurado por um emissário, que me informou sobre a intenção de Khadji-Murát de se entregar a mim — respondeu Vorontzóv, empalidecendo com a perturbação da espera de um ato grosseiro da parte do general enfurecido, e, ao mesmo tempo, contagiando-se com a sua ira.

— Eu lhe pergunto por que não me pôs ao corrente.

— Pretendia fazê-lo, barão, mas...

— Para o senhor, eu não sou barão, mas Vossa Excelência.

Nesse momento explodiu a irritação contida havia muito pelo barão. E ele deixou sair tudo o que lhe fervia desde tanto tempo no íntimo.

— Se eu servi ao tsar durante vinte e sete anos, não foi para que pessoas que entraram para o serviço outro dia aproveitem as suas relações de parentesco e providenciem, diante do meu nariz, sobre aquilo que não lhes compete.

— Excelência, peço-lhe não dizer o que não é justo — interrompeu-o Vorontzóv.

— Estou dizendo a verdade e não admito... — disse o general com irritação sempre crescente.

Nesse momento entrou Mária Vassílievna, farfalhando com as saias, seguida de uma senhora modesta, de baixa estatura: a mulher do general Meller-Zakomélski.

— Ora, barão, Simon não quis causar embaraços ao senhor — disse Mária Vassílievna.

— Eu, princesa, não disse isso...

— Sabe, é melhor deixarmos essas coisas de lado. A pior discussão vale mais que a melhor das brigas. O que eu digo... — E ela riu.

O zangado general rendeu-se ao sorriso tentador da linda mulher. E sorriu também sob os bigodes.

— Reconheço que não tive razão — disse Vorontzóv —, mas...

— Bem, eu também me precipitei — admitiu Meller e estendeu a mão ao príncipe.

Estabeleceu-se a paz e decidiu-se deixar Khadji-Murát provisoriamente com Meller e, depois, enviá-lo ao comando do flanco esquerdo.

Khadji-Murát estava na sala ao lado e, embora não compreendesse tudo o que diziam, percebeu aquilo de que precisava: que estavam discutindo a respeito dele, que a sua deserção era um caso de excepcional importância para os russos, e que, por isso, se não fosse exilado ou assassinado, poderia fazer-lhes grandes exigências. Além disso, compreendeu que, embora Meller-Zakomélski fosse o comandante, não tinha a mesma importância de Vorontzóv, seu subalterno; e por isso, quando o general chamou Khadji-Murát e pôs-se a interrogá-lo, ele se portou de modo altivo e solene, dizendo que saíra das montanhas para servir ao tsar branco e que de tudo faria relatório ao *sardar*, isto é, ao comandante em chefe, príncipe Vorontzóv, em Tiflis.[35]

[35] Forma russa de Tbilisi, atual capital da Geórgia. (N. da E.)

VII

Avdiéiev foi levado para o hospital, que se instalara numa casa pequena, coberta com tábuas, à entrada da fortaleza, e deixado na enfermaria coletiva, num dos leitos vagos. Havia ali quatro internados: um tifoso, que se revolvia em febre, um doente de malária, pálido, de olheiras azuladas, que esperava o paroxismo e bocejava sem cessar, e mais dois soldados feridos três semanas antes, numa incursão, um na mão, o outro no ombro; o primeiro estava de pé, o segundo permanecia sentado no leito. Todos, com exceção do tifoso, rodearam o recém-chegado e interrogaram os que o trouxeram.

— Muitas vezes, as balas chovem e não acontece nada, mas agora deram uns cinco tiros quando muito — contou um dos que carregaram o ferido.

— Cada qual com seu destino!

— Oh! — exclamou Avdiéiev muito alto, contendo a dor, quando começaram a transferi-lo para o leito. Depois que o estenderam, franziu o cenho e não gemeu mais; apenas mexia os pés sem cessar. Estava segurando a ferida com as mãos e mantinha o olhar fixo, dirigido para a frente. Chegou o médico e mandou virar o doente, para verificar se a bala não tinha saído do outro lado.

— O que é isto? — perguntou, apontando para umas grandes cicatrizes, que se cruzavam nas costas e no traseiro do ferido.

— Coisas antigas, Vossa Alta Nobreza — disse Avdiéiev gemendo.

Eram vestígios de um castigo por ter gastado em bebida dinheiro alheio.

Avdiéiev se virou mais uma vez, e o doutor passou muito tempo remexendo na sua barriga; finalmente, apalpou a bala, mas não conseguiu retirá-la. Passou sobre a ferida uma atadura, pregou-a com um emplastro pegajoso e saiu. Enquanto o doutor revolvia a ferida e pregava a atadura, Avdiéiev permaneceu deitado, os dentes apertados e os olhos fechados. Depois que o médico foi embora, abriu-os e olhou surpreendido em torno. Os seus olhos dirigiam-se para os demais internados e para o enfermeiro, mas parecia não os ver e estar fixando algo diferente, que o espantava.

Chegaram Panóv e Sierióguin, companheiros de Avdiéiev. Este permanecia deitado na mesma atitude, olhando perplexo em frente. Durante muito tempo, não pôde reconhecer os companheiros, embora os seus olhos estivessem dirigidos para eles.

— Não queres mandar um recado para casa? — perguntou Panóv.

Avdiéiev não respondeu, apesar de estar olhando para o rosto de Panóv.

— Pergunto se não queres mandar algum recado para casa! — repetiu Panóv, tocando-lhe a mão fria, de ossos largos.

Avdiéiev pareceu acordar.

— Ah, Antônitch chegou!

— Sim, está aqui. Não queres nada para casa? Sierióguin pode escrever.

— Sierióguin — disse Avdiéiev, dirigindo com dificuldade os olhos na direção de Sierióguin —, vais escrever?... Pois bem, escreve: "O filho de vocês Pietrukha[36] manda-lhes dizer que vivam muitos anos".[37] Eu tinha inveja do meu irmão. Ainda hoje, falei disso a você. Mas agora estou satisfeito. Que viva e seja feliz. Escreva assim mesmo.

Dito isso, ficou muito tempo calado, os olhos fixos em Panóv.

[36] Diminutivo de Piotr. (N. do T.)

[37] Forma popular de comunicar a morte de alguém. (N. do T.)

— Bem, encontrou o cachimbo? — perguntou de repente.

Panóv meneou a cabeça e não respondeu.

— O cachimbo, pergunto se encontrou o cachimbo — repetiu Avdiéiev.

— Estava no bornal.

— Muito bem. E agora me deem uma vela, que eu vou morrer.

Nesse momento, chegou Poltorátzki, para visitar o seu soldado.

— Então, irmão, estás mal?

Avdiéiev cerrou os olhos e meneou negativamente a cabeça. O seu rosto de maçãs salientes estava pálido e severo. Não respondeu e disse mais uma vez, dirigindo-se a Panóv:

— Me dá uma vela, que eu vou morrer.

Puseram-lhe nas mãos uma vela, mas os seus dedos não se dobravam; enfiaram-na entre eles e ficaram apoiando-a. Poltorátzki saiu. Cinco minutos depois, o enfermeiro encostou o ouvido ao coração de Avdiéiev e disse que estava morto.

Na comunicação enviada para Tiflis, descreveu-se do seguinte modo a morte de Avdiéiev:

> "No dia 23 de novembro, duas companhias do regimento Kúrinski saíram da fortaleza, a fim de proceder à derrubada. No meio da tarde, um agrupamento considerável de montanheses atacou de súbito a nossa tropa. Os soldados em linha começaram a recuar, mas nesse ínterim a Segunda Companhia lançou-se num ataque a baioneta e destroçou os montanheses. Na ação, tivemos dois soldados levemente feridos e um morto. Os montanheses tiveram perto de cem baixas, entre mortos e feridos."

VIII

No mesmo dia em que Pietrukha Avdiéiev morria no hospital de Vozdvíjenskaia, o seu velho pai, a mulher do irmão, em lugar de quem fora para o exército, e a filha do irmão mais velho, moça casadoura, procediam à batedura de inverno da aveia. Na véspera, caíra neve abundante, e o frio se tornara muito forte de manhã. O velho acordara com o canto do terceiro galo e, vendo pela janela congelada o brilho intenso da lua, desceu do fogão onde dormia, calçou-se, vestiu a peliça, pôs o chapéu e foi para a eira. Tendo trabalhado umas duas horas, voltou à isbá e acordou o filho e as mulheres. Quando elas chegaram à eira, encontraram o terreiro limpo, a pá de madeira enterrada na neve muito branca e solta, ao lado uma vassoura virada para cima, e os feixes de aveia arrumados em duas fileiras, haste contra haste, numa longa extensão sobre o terreiro limpo. Apanharam os manguais e foram batendo os feixes, dando de cada feita três batidas regulares. O velho batia com força o mangual pesado, esmagando a palha, a moça batia de cima com um golpe equilibrado, e a nora virava o feixe de lado.

A lua desaparecera, e começava a amanhecer; a batedura chegava ao fim, quando o filho mais velho, Akim, de peliça e chapéu, foi ter com eles.

— Que preguiça é esta? — gritou-lhe o velho, parando de bater e apoiando-se no mangual.

— É preciso arrumar os cavalos.

— Arrumar os cavalos — repetiu caçoando o pai. — A velha vai fazer isso. Apanha o mangual. Estás muito gordo, beberrão.

— Foste tu que me ofereceste a bebida. — resmungou o filho.

— O quê? — perguntou severo o velho, franzindo o cenho e deixando de dar um golpe.

O filho apanhou em silêncio um mangual, e o trabalho passou a ser executado em quatro batidas: *trap, ta-pa-tap, trap, ta-pa-tap... Trap!* — batia depois de três golpes o mangual pesado do velho.

— Olha o cachaço dele, parece um patrão de verdade. E eu estou sempre com as calças caindo — disse o pai, perdendo o seu golpe e virando a correia no ar, apenas para não sair do ritmo.

Acabaram de bater os feixes, e as mulheres começaram a separar a palha.

— Pietrukha foi um bobo por ter ido em teu lugar. Se fosses para o exército, perderias a bobeira nem que fosse à força, e ele aqui em casa valia por cinco sujeitos como tu.

— Basta, paizinho — disse a nora, jogando de lado o mango quebrado.

— Sim, é preciso alimentar vocês à farta, mas trabalhar, não trabalham, não. Pietrukha muitas vezes trabalhava sozinho por dois, muito diferente...

A velha veio pelo atalho de neve pisada, que se estendia do pátio, fazendo ranger os *lápti*[38] novos, calçados sobre os *ónutchi*[39] de lã, que lhe apertavam as pernas. Os homens juntavam os grãos num monte, as mulheres varriam o chão.

— O patrão mandou chamar para transportar tijolos — disse a velha. — Eu preparei de-comer para vocês, venham depressa.

— Está bem. Atrela o ruço e vai — disse o velho a Akim. — E cuidado para que não seja preciso responder por ti como da outra vez. Lembra-te de Pietrukha.

[38] Espécie de calçado de casca de tília. (N. do T.)

[39] Panos com que os camponeses enrolam as pernas no inverno. (N. do T.)

— Enquanto ele esteve em casa, gritavam com ele — replicou Akim ao pai —, e agora que não está mais, caem em cima de mim.

— Quer dizer que mereces — disse a mãe, no mesmo tom zangado. — Não se pode comparar-te a Pietrukha.

— Está bem — disse o rapaz.

— Isso, está bem! Ficaste bêbado com o dinheiro da farinha, e agora dizes que está bem.

— Águas passadas não movem moinhos — replicou a nora.

Todos largaram os manguais e foram para casa.

As divergências entre pai e filho começaram havia muito, quase a partir do dia em que Piotr fora recrutado. O velho sentira que tinha trocado um gavião por um cuco. É verdade que, de acordo com a lei, tal como a compreendia o velho, o homem sem filhos devia ir em lugar do chefe de família. Akim tinha quatro filhos e Piotr nenhum, mas o segundo era um trabalhador tão bom como o velho: ágil, esperto, forte, resistente e, sobretudo, operoso. Estava sempre fazendo algo. Se passava perto de gente trabalhando, fazia como o velho: punha-se logo a ajudar; tanto podia ceifar umas duas fileiras, encher uma carroça, derrubar uma árvore ou rachar um pouco de lenha. O velho tinha pena dele, mas não havia remédio. O serviço no exército era como a morte. O soldado era um galho arrancado, e não havia motivo para recordá-lo e estragar o humor. Somente de quando em quando o velho lembrava-o, para magoar o outro filho. Quanto à mãe, pensava com frequência no caçula e já era o segundo ano que pedia ao velho que mandasse algum dinheiro a Pietrukha. O marido, porém, mantinha-se calado.

Os Avdiéiev eram camponeses abastados, e o velho tinha o seu dinheirinho escondido, mas por nada deste mundo se resolveria a tocá-lo. Agora, quando a velha ouviu que lembrava o filho mais novo, resolveu pedir-lhe mais uma vez que lhe enviasse ao menos um rublo, depois de vender a aveia. Quando os moços foram trabalhar para o amo, conseguiu convencer o marido a mandar aquele rublo. Por isso, depois que se despejaram doze quartas[40] de aveia em sacos de aniagem e estes foram cuidadosamente fechados com grampos de pau, ela entregou ao velho uma carta que ditara ao sacristão, e o marido prometeu pôr no envelope um rublo e mandá-lo para Pietrukha.

De peliça nova, cafetã e *ónutchi* brancos de lã, o velho tomou a carta, pôs na bolsa de viagem e, tendo rezado a Deus, sentou-se no trenó e foi para a cidade. Num outro trenó, que vinha logo atrás, estava o seu neto. Na cidade, o velho disse ao zelador de uma casa que lesse para ele a carta, e ouviu-o com atenção e gestos aprobativos.

Na carta, a mãe de Pietrukha lhe mandava, em primeiro lugar, a sua bênção, em segundo, lembranças de todos e a notícia da morte do padrinho, e finalmente lhe comunicava que Aksínia (a mulher de Piotr) não quisera mais viver com eles e que, segundo se dizia, ela vivia bem e honestamente. Na carta, falava-se também do presente, um rublo, e acrescentava-se o que a velha ditara, lágrimas nos olhos, palavra por palavra, ao sacristão:

"E mais ainda, meu querido filhinho, meu bom Pietrúchenka, gastei os meus olhos de tanto chorar por ti. Luz da minha vida, com quem foste deixar-me..." Nesse ponto, a velha rompera em soluços, chorara e dissera:

— Que vá assim mesmo.

E assim foi a carta, mas Pietrukha não estava destinado a receber a notícia de que sua mulher deixara a casa, nem aquele rublo, nem as derradeiras palavras de sua mãe. A carta e o dinheiro voltaram, com a notícia de que Pietrukha mor-

[40] A quarta russa corresponde a 209,91 litros. (N. do T.)

rera na guerra, "defendendo o tsar, a pátria e a fé ortodoxa". Fora assim que se expressara o escrivão militar.

Recebida a notícia, a velha chorou enquanto teve tempo, e depois retomou o trabalho. No primeiro domingo, foi à igreja e distribuiu porções de hóstia "à boa gente, para lembrar Piotr, servo de Deus".

Aksínia também chorou ao saber da morte de seu "amado marido", com quem vivera apenas um "aninho". Lamentava o marido e toda a sua vida inutilizada, lembrando entre soluços os cachos louros de Piotr Mikháilovitch, o seu amor, a triste vida que ela levava com o órfão Vanka,[41] e censurava amargamente Pietrukha, por ter se compadecido do irmão e não ter pena dela, infeliz, que precisava agora andar entre gente estranha.

Mas, no fundo da alma, Aksínia ficou satisfeita com a morte de Piotr. Fora novamente engravidada pelo administrador, em casa de quem vivia, e agora ninguém mais teria motivo para insultá-la, e o administrador poderia casar-se com ela, conforme prometia quando procurava induzi-la ao amor.

IX

Mikhail Semiónovitch Vorontzóv, filho de um embaixador russo, fora criado na Inglaterra e era, entre os altos funcionários russos daquele tempo, um dos poucos que possuíam educação europeia; era ambicioso, delicado, afável no trato com os inferiores e um fino cortesão nas relações com os superiores. Não podia conceber a vida sem o poder e sem a fidelidade a alguém de cima. Possuía todos os títulos e conde-

[41] Diminutivo de Ivan. (N. do T.)

corações superiores, e era considerado um hábil guerreiro, que vencera o próprio Napoleão perto de Krásnoie. Em 1851, tinha mais de setenta anos, mas ainda era muito vivo, movia-se com animação e, sobretudo, dispunha de toda a agilidade do seu espírito fino e agradável, orientado para a sustentação do seu domínio, e para a consolidação e ampliação da sua popularidade. Dispunha de grande fortuna, tanto sua como da esposa, condessa Branítzkaia, e de um ordenado enorme na qualidade de governador, e gastava a maior parte dos seus bens na instalação de um palácio com parque, no litoral meridional da Crimeia.

Na noite de 7 de dezembro de 1851, uma troica de mensageiro chegou ao portão do palácio do príncipe em Tiflis. Um oficial cansado e negro de poeira, que trazia da parte do general Kozlóvski a notícia de que Khadji-Murát se bandeara para o lado dos russos, passou pelas sentinelas e entrou no palácio do governador. Eram seis da tarde, e Vorontzóv ia jantar, quando lhe comunicaram a chegada do mensageiro. O príncipe recebeu-o imediatamente e, por isso, atrasou-se alguns minutos para o jantar. Quando entrou na sala, os convidados, umas trinta pessoas, sentados perto da princesa Ielisavieta Ksaviérievna ou agrupados junto às janelas, ergueram-se e voltaram o rosto na sua direção. Vorontzóv estava com a sua habitual casaca militar preta, sem dragonas, com pequenos galões e uma cruz branca ao pescoço. O seu rosto escanhoado de raposa sorria agradável, e os olhos se entrecerravam, examinando todos os presentes.

Entrando com passos macios e apressados, ele se desculpou com as senhoras por chegar atrasado, cumprimentou os homens e, aproximando-se da princesa georgiana Manana Orbeliani, uma beldade alta e corpulenta, de quarenta e cinco anos, de tipo oriental, deu-lhe o braço para conduzi-la à mesa. A princesa Ielisavieta Ksaviérievna escolheu como seu par o general ruivo de bigodes crespos que chegara recentemente a Tiflis. O príncipe georgiano deu o braço à condessa de Choiseul, amiga da princesa. O dr. Andréievski, os ajudantes de ordens e demais convidados seguiram, uns com damas, outros sozinhos, aqueles primeiros pares. Lacaios de cafetã encostavam e desencostavam cadeiras para os convidados, e o *maître d'hôtel* servia solene a sopa fumegante, de uma terrina de prata.

Vorontzóv sentou-se no centro da mesa comprida. Na sua frente, ficou a princesa, sua mulher, ao lado do general. À direita, estava a sua dama, a linda Orbeliani, e à esquerda outra princesa georgiana, esbelta, morena, corada, coberta de enfeites coruscantes, e que não cessava de sorrir.

— *Excellentes, chère amie* — respondeu ele à pergunta de sua mulher, sobre as notícias que recebera do mensageiro. — *Simon a eu de la chance.*[42]

E ele se pôs a contar, em voz bastante alta para ser ouvido por todos os convivas, a notícia surpreendente (somente para ele não se tratava propriamente de novidade, pois as conversações se processavam havia muito tempo) de que o famoso Khadji-Murát, o mais valente dos auxiliares de Chamil, se passara para os russos e seria trazido a Tiflis por aqueles dias.

Todos os convivas, inclusive os mais moços, os ajudantes de ordens e os funcionários, sentados na extremidade mais afastada da mesa, e que antes disso riam baixinho, calaram-se e prestaram atenção.

— General, o senhor alguma vez se defrontou com esse Khadji-Murát? — perguntou a princesa ao seu vizinho, o general ruivo de bigodes crespos, depois que o príncipe acabou de falar.

— Mais de uma vez, princesa.

[42] Em francês no original: "Excelentes, cara amiga". "Semion teve sorte". (N. do T.)

E o general contou como Khadji-Murát, em 1843, depois da tomada de Guerguebil pelos montanheses, chocara-se com o destacamento do general Passek e quase matara, diante deles, o coronel Zolotúkhin.

Vorontzóv ouvia o general com um sorriso de agrado, provavelmente satisfeito porque o general começara a falar. Mas de repente o rosto do príncipe adquiriu uma expressão distraída e melancólica.

O general começou a contar como, pela segunda vez, se chocara com Khadji-Murát.

— Na verdade foi ele — disse o general —, como Vossa Alteza provavelmente está lembrado, quem organizou, por ocasião da expedição de Sukhárin, uma emboscada às forças de salvamento.

— A quem? — perguntou Vorontzóv, entrecerrando os olhos.

O valente general chamava de "salvamento" a operação da infeliz campanha de Darguin, em que teria perecido realmente todo o destacamento do príncipe Vorontzóv, com seu comandante à testa, se não fosse salvo por novas tropas. Todos sabiam que a campanha de Darguin, em que Vorontzóv tinha o comando supremo, e na qual os russos perderam muitos homens, entre mortos e feridos, e alguns canhões, fora um acontecimento vergonhoso, e por isso, se alguém se referia àquela campanha em presença de Vorontzóv, fazia-o no mesmo sentido da comunicação escrita ao tsar pelo príncipe, isto é, de que a campanha resultara numa vitória brilhante das tropas russas. Mas a palavra "salvamento" indicava claramente que não se tratava de uma operação brilhante, mas sim de um erro que custara a vida de muitos homens. Todos compreenderam isso, e, enquanto uns fingiam não ter percebido o sentido das palavras do general, outros esperavam sobressaltados o que se seguiria; havia mesmo quem trocasse olhares e sorrisse.

Somente o general ruivo de bigodes crespos não notava coisa alguma e, entusiasmado com o seu relato, respondeu tranquilo:

— Às forças de salvamento.

E, impelido para o seu tema predileto, contou como "esse Khadji-Murát cortou o destacamento em dois e tão habilmente que, se não acudissem em nosso salvamento (parecia repetir com especial predileção a palavra "salvamento"), teríamos ficado todos por lá, pois...".

Não teve tempo de dizer tudo, porque Manana Orbeliani, compreendendo do que se tratava, interrompeu o relato, interrogando o general sobre a sua residência em Tiflis. Ele ficou surpreendido, olhou para todos e para o seu ajudante de ordens, que o encarava de modo insistente e significativo da extremidade da mesa, e, de repente, compreendeu tudo. Sem responder à princesa, franziu o cenho, calou-se e pôs-se a devorar apressado, sem mastigar, os finos quitutes que tinha no prato, incompreensíveis para ele, quer pelo aspecto, quer mesmo pelo gosto.

Todos ficaram vexados, mas a situação foi resolvida pelo príncipe georgiano, um homem muito estúpido, mas extraordinariamente hábil e refinado como áulico e adulador, que estava sentado diante da princesa Vorontzova. Começou a contar alto, como se não tivesse percebido coisa alguma, o rapto da viúva de Akhmet-cã, de Mekhtul, por Khadji-Murát.

— Entrou de noite no povoado, levou tudo o que queria e partiu a galope, acompanhado dos seus homens.

— Mas por que precisava exatamente dessa mulher? — perguntou a princesa.

— Khadji-Murát era inimigo do marido, perseguia-o por toda parte, mas não o encontrou até a própria morte dele e, por isso, vingou-se na viúva.

A princesa traduziu-o para a sua velha amiga, condessa de Choiseul, que estava ao lado do príncipe georgiano.

— *Quelle horreur!*[43] — disse a condessa, cerrando os olhos e balançando a cabeça.

— Oh, não! — replicou Vorontzóv, sorrindo. — Disseram-me que ele tratou a prisioneira com um respeito cavalheiresco e depois a deixou partir.

— Sim, mediante resgate.

— Bem, naturalmente. Mas, assim mesmo, agiu com nobreza.

Essas palavras do príncipe deram o tom aos comentários ulteriores sobre Khadji-Murát. Os cortesãos compreenderam que seria agradável ao príncipe se todos dessem grande importância a Khadji-Murát.

— Ele tem uma coragem espantosa! Um homem extraordinário!

— Como não! Em 1849, entrou em pleno dia em Temir--cã-Chur e saqueou todas as lojas.

O armênio sentado na ponta da mesa, que estivera então em Temir-cã-Chur, contou com todos os pormenores aquela façanha.

De modo geral, o jantar decorreu todo entre conversas sobre Khadji-Murát. Todos lhe louvaram, à porfia, a coragem, a inteligência, a generosidade. Alguém contou que, de uma feita, ele mandara matar vinte e seis prisioneiros; mesmo para isso, porém, havia a réplica habitual:

— O que fazer? *À la guerre comme à la guerre*.[44]

— É um grande homem.

— Se tivesse nascido na Europa, talvez se tornasse um

[43] Em francês no original: "Que horror!". (N. do T.)

[44] "Guerra é guerra". (N. do T.)

novo Napoleão — disse o estúpido príncipe georgiano, que tinha o dom da lisonja.

Ele sabia que qualquer referência a Napoleão, pela vitória sobre quem Vorontzóv tinha aquela cruz branca no pescoço, era agradável ao príncipe.

— Bem, não digo tanto, mas que seria um valente general de cavalaria, não resta dúvida — disse Vorontzóv.

— Se não Napoleão, pelo menos Murát.

— E é por isso que ele se chama Khadji-Murát.

— Khadji-Murát se entregou, agora será o fim de Chamil — disse alguém.

— Eles sentem que, agora (esse "agora" queria dizer: quando Vorontzóv está aqui), não poderão mais resistir — disse outro.

— *Tout cela est grâce à vous*[45] — observou Manana Orbeliani.

O príncipe Vorontzóv procurou conter as ondas de lisonja, que já começavam a cobri-lo. Mas isso lhe fazia bem, e ele conduziu a sua dama da mesa para o salão de visitas, na melhor disposição de ânimo.

Depois do jantar, quando o café foi servido no salão, o príncipe se mostrou particularmente afável com todos e, ficando perto do general de bigodes ruivos e crespos, procurou fingir que não percebera a sua falta de habilidade.

Depois de passar por todos os convidados, o príncipe sentou-se à mesa de jogo. Ele só participava de um jogo antigo: o voltarete. Os parceiros de Vorontzóv eram o príncipe georgiano, o general armênio, que aprendera o voltarete com o camareiro do príncipe, e finalmente o dr. Andréievski, famoso pela influência que exercia.

[45] "Tudo é graças ao senhor". (N. do T.)

Pondo diante de si uma tabaqueira de ouro com o retrato de Alexandre I, Vorontzóv baralhou as cartas acetinadas e já se preparava para espalhá-las sobre a mesa, quando entrou o camareiro, o italiano Giovanni, com uma carta sobre uma bandeja de prata.

— Mais um mensageiro, Alteza.

Vorontzóv deixou o jogo; pedindo licença, rompeu o sobrescrito e começou a ler a mensagem.

A carta era do filho, que descrevia a rendição de Khadji-Murát e a briga ocorrida com Meller-Zakomélski.

A princesa aproximou-se e perguntou o que escrevia o filho.

— Sempre sobre o mesmo. *Il a eu quelques désagréments avec le commandant de la place. Simon a eu tort. But all is well what ends well*[46] — disse ele, passando a carta à mulher, e, dirigindo-se aos parceiros, que estavam em atitude respeitosa de espera, pediu-lhes que tomassem as cartas.

Depois que elas foram distribuídas, Vorontzóv abriu a tabaqueira e fez aquilo que indicava nele uma disposição de ânimo particularmente feliz: tirou com as mãos alvas, senilmente engelhadas, uma pitada de rapé francês, encostou-a ao nariz e jogou-a fora.

X

Quando, no dia seguinte, Khadji-Murát foi à presença de Vorontzóv, a sala de espera estava cheia de gente. Encontravam-se ali: o general da véspera, de bigodes crespos, com

[46] "Ele teve alguns contratempos com o comandante da praça. Semion não teve razão." Em inglês: "Mas está bem tudo o que termina bem". (N. do T.)

uniforme de gala e todas as condecorações, que viera despedir-se; um comandante de regimento, ameaçado de processo por malversação de fundos destinados ao abastecimento da unidade; um ricaço armênio, protegido do dr. Andréievski, negociante de vodca, e que estava procurando obter renovação do contrato de distribuição;[47] a viúva de um oficial, toda de negro, que viera pedir uma pensão ou que os filhos fossem educados por conta do Estado; um príncipe georgiano arruinado, em magnífico traje nacional, que havia conseguido para si um domínio cuja posse pela Igreja fora anulada; um delegado de polícia, com um grande rolo, que continha o projeto de um novo método para subjugar o Cáucaso; e um cã, que viera apenas para dizer depois em casa que estivera com o príncipe.

Todos esperavam a vez e eram introduzidos sucessivamente no gabinete do príncipe, pelo ajudante de ordens, um bonito jovem muito louro.

Quando Khadji-Murát entrou na sala de espera, com passo decidido, mancando ligeiramente, todos os olhares se dirigiram para ele, que pôde ouvir o seu nome murmurado em diferentes cantos da sala.

Trajava uma comprida *tcherkeska* branca, sobre *biechmiét* castanho, com passamanes prateados na gola, e estava calçado com perneiras pretas e sapatos de pano da mesma cor, que lhe revestiam os pés como luvas. Estava de *papakha* com turbante, a mesma por causa da qual, por denúncia de Akhmet-cã, ele fora preso pelo general Klügenau, o que provocara a sua adesão a Chamil. Khadji-Murát caminhou com passo apressado pelo parquete da sala de espera, balançando todo o seu corpo esguio, por causa daquele seu manquejar ligeiro sobre uma perna mais curta que a outra. Os olhos,

[47] O governo tinha o monopólio de fabricação da bebida. (N. do T.)

desmesuradamente arregalados, dirigiam-se tranquilos para a frente e pareciam não ver ninguém.

O bonito ajudante de ordens cumprimentou-o e pediu--lhe que se sentasse, enquanto ia comunicar a sua chegada ao príncipe. Mas Khadji-Murát se recusou a sentar-se e permaneceu de pé, a mão metida atrás do punhal e um pé recuado, examinando com desdém todos os presentes.

O intérprete, príncipe Tarkhanov, aproximou-se de Khadji-Murát e começou a conversar com ele, que respondia contrariado e com frases curtas. Do gabinete saiu um príncipe kumiko,[48] que viera queixar-se do delegado de polícia, e, em seguida, o ajudante de ordens chamou Khadji-Murát, levou-o até a porta do gabinete e indicou-lhe que passasse.

Vorontzóv recebeu Khadji-Murát, parado na extremidade da mesa. O velho rosto alvo do comandante em chefe não estava sorridente como na véspera, parecia antes severo e solene.

Entrando na grande sala, com a mesa enorme e as janelas amplas, de rótulas verdes, Khadji-Murát encostou as mãos pequenas e queimadas de sol àquela parte do peito em que se cruzava a *tcherkeska* branca e disse clara e respeitosamente, em dialeto kumiko, que ele conhecia bem, sem se apressar e de olhos baixos:

— Entrego-me à alta proteção do grande tsar e à vossa. Prometo servir ao tsar branco fielmente, até a última gota de sangue, e espero ser útil na guerra contra Chamil, inimigo meu e vosso.

Depois de ouvir o intérprete, Vorontzóv olhou para Khadji-Murát, que também lançou um olhar ao rosto do príncipe.

Os olhos daqueles dois homens se encontraram e disse-

[48] Kumikos: povo que habita o Daguestão. (N. do T.)

ram um ao outro muita coisa inexprimível por palavras e algo bem diferente daquilo que dizia o intérprete. Diretamente, sem palavras, exprimiam mutuamente toda a verdade: os olhos de Vorontzóv diziam que ele não acreditava em uma palavra sequer do que lhe dizia Khadji-Murát e que sabia ser esse homem um inimigo de tudo o que era russo, que assim permaneceria, e que se submetia agora unicamente por ter sido obrigado a tal passo. Khadji-Murát compreendia isso e, apesar de tudo, afirmava a sua fidelidade. Os seus olhos, porém, diziam que aquele velho devia pensar na morte e não em guerras, mas que, apesar da idade, era muito esperto e, por conseguinte, devia-se tomar cuidado. Vorontzóv compreendia isso muito bem, mas, assim mesmo, prosseguiu dizendo a Khadji-Murát aquilo que considerava necessário para o êxito da guerra.

— Diga-lhe — dirigiu-se Vorontzóv ao intérprete (ele tratava por você os oficiais jovens) — que o nosso soberano é tão misericordioso quanto poderoso, e que, depois do meu pedido, provavelmente há de perdoá-lo e aceitar os seus préstimos. Disse isso? — perguntou, olhando para Khadji-Murát. — Diga-lhe agora que, enquanto espero a decisão misericordiosa do meu soberano, encarrego-me de recebê-lo e tornar agradável a sua permanência entre nós.

Khadji-Murát apertou mais uma vez a mão contra o centro do peito e pôs-se a dizer algo com animação.

Conforme transmitiu o intérprete, ele afirmava que, mesmo antes, quando governava a Avaria, em 1839, servira fielmente aos russos e que nunca os trairia, se não fosse o seu inimigo Akhmet-cã, que desejava a sua perdição e o caluniara perante o general Klügenau.

— Eu sei, eu sei — disse Vorontzóv (na realidade, mesmo se sabia isso, já o esquecera havia muito). — Eu sei — repetiu mais uma vez, sentando-se e indicando para Khadji-Murát o sofá junto à parede. Mas Khadji-Murát não se sentou e apenas encolheu os ombros vigorosos, em sinal de que não se atrevia a sentar-se na presença de um homem tão importante.

— Akhmet-cã e Chamil são meus inimigos — prosseguiu, dirigindo-se ao intérprete. — Diga ao príncipe que Akhmet-cã morreu sem que eu pudesse vingar-me. Mas Chamil ainda vive e eu não morrerei sem ter tirado vingança dele — disse, franzindo o sobrolho e apertando com força os maxilares.

— Sim, sim — respondeu calmamente Vorontzóv. — Mas como é que ele pretende vingar-se de Chamil? — acrescentou, dirigindo-se ao intérprete. — E diga-lhe que pode sentar-se.

Khadji-Murát recusou-se mais uma vez a fazê-lo e respondeu à pergunta, dizendo que por isso mesmo se passara para os russos, para ajudá-los a aniquilar Chamil.

— Está bem, está bem — disse Vorontzóv. — Mas o que é que ele pretende exatamente fazer? Sente-se, sente-se.

Khadji-Murát sentou-se e disse que, se lhe entregassem um exército e o mandassem para a frente do Lesguin, ele garantiria o levante de todo o Daguestão contra Chamil, que não se sustentaria mais.

— Está bem, pode-se fazer isso — disse Vorontzóv. — Vou pensar.

O intérprete transmitiu essas palavras a Khadji-Murát, que ficou pensativo.

— Diga ao *sardar* — acrescentou ele — que a minha família encontra-se nas mãos do meu inimigo; e que, enquanto eles permanecerem nas montanhas, estarei amarrado e não poderei prestar serviços. Chamil vai matar minha mulher, minha mãe e meus filhos, se eu lutar abertamente contra ele. Que o príncipe liberte minha família, trocando-a por prisioneiros de guerra, e eu me comprometo a aniquilar Chamil ou morrer.

— Está bem, está bem — disse Vorontzóv. — Vamos pensar nisso. Agora, que vá expor minuciosamente ao chefe do Estado-Maior a sua situação, suas intenções e desejos.

Assim terminou a primeira entrevista de Khadji-Murát com Vorontzóv.

Naquela mesma noite representava-se uma ópera italiana no teatro recém-construído, decorado ao gosto oriental. Vorontzóv estava no seu camarote, e, na plateia, aparecia o vulto facilmente reconhecível de Khadji-Murát, com a sua perna curta e o seu turbante. Entrou acompanhado do ajudante de ordens de Vorontzóv, Loris-Miélikov, que fora destacado para lhe fazer companhia, e sentou-se na primeira fila. Depois de assistir ao primeiro ato, com uma dignidade oriental e muçulmana, sem mostrar surpresa e até com uma expressão de indiferença, Khadji-Murát se levantou e, olhando calmamente para o público, saiu, concentrando sobre si a atenção de todos os espectadores.

O dia seguinte era uma segunda-feira, isto é, dia de recepção em casa dos Vorontzóv. Na grande sala profusamente iluminada, tocava uma orquestra oculta no jardim de inverno. Mulheres jovens e outras já maduras, com vestidos que lhes desnudavam o pescoço, os braços e quase o peito, rodopiavam abraçadas a homens de uniforme vistoso. Junto à montanha de guloseimas, lacaios de fraque vermelho enchiam copos de champanhe e serviam bombons às senhoras. A mulher do *sardar*, apesar da idade avançada, estava igualmente meio despida e passava entre os convidados sorrindo afavelmente, e disse, por intermédio do intérprete, algumas palavras amáveis a Khadji-Murát, que examinava os convivas com a mesma indiferença com que, na véspera, olhara para o público no teatro. Depois da dona da casa, outras mulheres meio despidas também se acercaram de Khadji-Murát e permaneciam diante dele, sem se envergonharem, sorrindo sempre e fazendo-lhe a mesma pergunta: se estava gostando de tudo o que via. O próprio Vorontzóv, de dragonas douradas e passamanes, a cruz branca pendendo de uma fita no pescoço, aproximou-se dele e perguntou o mesmo, provavelmente convencido, como os demais, de que não podia desagradar a Khadji-Murát tudo o que estava vendo. E Khadji-Murát respondeu a Vorontzóv o mesmo que a todos os outros: que, entre os montanheses, aquilo não existia, sem dizer se considerava um bem ou um mal a falta de tais costumes.

Khadji-Murát tentou falar com Vorontzóv ali mesmo, no baile, sobre o seu assunto do resgate da família, mas o príncipe se afastou, fingindo não ter ouvido a pergunta. Loris-Miélikov disse depois a Khadji-Murát que o lugar não era apropriado para falar de negócios.

Quando bateram as onze, Khadji-Murát conferiu as horas no relógio com que fora presenteado por Mária Vassílievna e perguntou a Loris-Miélikov se já podia retirar-se. O ajudante respondeu que sim, mas que era melhor ficar. Mesmo assim, Khadji-Murát partiu, no coche posto à sua disposição, para a casa que lhe fora designada.

XI

No quinto dia da permanência de Khadji-Murát em Tiflis, Loris-Miélikov foi a sua casa, com um recado do comandante em chefe.

— Minha cabeça e minhas mãos alegram-se em servir ao *sardar* — disse Khadji-Murát com a sua habitual expressão diplomática, inclinando a cabeça e levando a mão ao peito. — Dê as suas ordens — disse, fitando carinhoso os olhos de Loris-Miélikov.

O ajudante sentou-se na poltrona, junto à mesa. Khadji-Murát se acomodou diante dele, sobre um sofá baixo; apoiando as mãos nos joelhos e inclinando a cabeça, ficou ouvindo atento o que Loris-Miélikov lhe dizia. O ajudante, que se expressava livremente em tártaro, disse que o príncipe, apesar de conhecer todo o passado de Khadji-Murát, desejava que ele contasse pessoalmente a sua vida.

— Conte-me tudo — disse Loris-Miélikov —, eu vou anotar, depois traduzirei para o russo, e o príncipe vai mandar tudo ao tsar.

Khadji-Murát permaneceu calado (ele não só nunca interrompia o interlocutor como sempre aguardava que este dissesse mais alguma coisa), depois ergueu a cabeça, empurrou o chapéu para trás, com um movimento da cabeça, e sorriu com aquele sorriso infantil que enfeitiçara Mária Vassílievna.

— Posso fazer isso — disse, provavelmente lisonjeado com a ideia de que a história da sua vida seria lida pelo tsar.

— Conte-me (em tártaro não existe o tratamento de "senhor") tudo desde o começo e não te apresses — disse Loris-Miélikov, tirando do bolso o seu caderninho de anotações.

— Posso fazer isso, mas há muito, muito para contar. Aconteceram muitas coisas — disse Khadji-Murát.

— Se não puder contar tudo hoje, vais acabar amanhã — disse Loris-Miélikov.

— Começar desde o início?

— Sim, dize-me onde nasceu e passou os primeiros anos.

Khadji-Murát deixou pender a cabeça e ficou muito tempo sentado naquela posição; depois apanhou uma vareta junto ao sofá, retirou de sob o punhal, de cabo de marfim com arabescos dourados, uma faquinha de aço, afiada como navalha, e pôs-se a cortar a vareta enquanto falava.

— Escreva: nasci em Tzelmes, um pequeno *aul*, do tamanho de uma cabeça de burro, como se diz nas montanhas — começou ele. — Perto de lá, a uns dois tiros de distância, ficava Khunzakh, residência dos cãs. As nossas famílias eram relacionadas. Minha mãe amamentava o cã mais velho, Abununtzal-cã, e foi assim que eu me tornei íntimo dos cãs. Eles eram três: Abununtzal-cã, irmão de leite de meu irmão Osmã, Uma-cã, meu irmão de leite, e Bulatch-cã, o menor de todos, que Chamil jogou do alto de uma escarpa. Mas sobre isso vou falar mais tarde. Eu tinha uns quinze anos quando os *miurides* começaram a andar pelos *auis*. Batiam nas pedras com sabres de madeira, gritando: "Muçulmanos, *khazavát*!".[49] Os tchetchenos passaram-se todos para o lado dos *miurides*, e os avarianos começaram a aderir também. Naquele tempo, eu vivia no palácio e era como que um irmão dos cãs: fazia o que bem entendia e estava rico. Tinha cavalos, armas, dinheiro. Vivia ao meu bel-prazer e não pensava em nada. E assim vivi até que Kazi-mulá foi morto e Gamzat se colocou em seu lugar. Gamzat mandou emissários aos cãs, anunciando-lhes que, se não aceitassem o *khazavát*, ele destruiria Khunzakh. Era preciso pensar. Os cãs temiam os russos e por isso não pretendiam reconhecer o *khazavát*, e a mãe dos cãs mandou-me em companhia do segundo filho, Uma-cã, a Tiflis, a fim de pedir ao comandante em chefe russo ajuda contra Gamzat. O comandante em chefe era o barão Rosen. Não nos recebeu, mandou dizer que daria seu auxílio e nada fez. Somente, os seus oficiais começaram a visitar-nos e a jogar cartas com Uma-cã. Embebedavam-no com vinho e levavam-no a lugares indecentes, e Uma-cã perdeu para eles no jogo tudo o que trazia. De corpo, era forte como um touro e valente como um leão, mas, de alma, fraco que nem água. Teria perdido os últimos cavalos e as armas, se eu não o levasse embora. Depois de ter estado em Tiflis, mudei de ideia, e passei a convencer os jovens cãs e a mãe deles a aceitar o *khazavát*.

[49] Guerra santa. (N. do T.)

— E por que mudou de ideia? — perguntou Loris-Miélikov. — Não gostou dos russos?

Khadji-Murát calou-se algum tempo.

— Não, não gostei — disse com firmeza e fechou os olhos. — E ainda houve um caso devido ao qual eu quis aceitar o *khazavát*.

— Que caso foi esse?

— Perto de Tzelmes, o cã e eu chocamo-nos com três *miurides*: dois foram embora e eu matei o terceiro a tiros de pistola. Quando me acerquei dele para tirar-lhe as armas, ainda estava vivo. Olhou para mim. "Você me matou", disse ele. "Estou bem. Mas você, que é muçulmano, jovem e forte, aceite o *khazavát*. Deus o ordena."

— E então você o aceitou?

— Não o aceitei, mas comecei a pensar — disse Khadji-Murát, e continuou o relato. — Quando Gamzat se aproximou de Khunzakh, enviamos os anciães ao seu encontro, para lhe dizer que estávamos prontos a aceitar o *khazavát*, mas pedíamos que nos mandasse um homem sábio para nos explicar como fazê-lo. Gamzat mandou raspar os bigodes dos anciães e furar-lhes as narinas, para pendurar nelas umas bolachas, e mandou-os de volta. Os anciães disseram que Gamzat estava disposto a mandar-nos um xeique, que nos ensinaria o *khazavát*, mas com a condição de que a mulher do cã lhe mandasse como *amanat*[50] o filho mais moço. Ela confiou em Gamzat e mandou-lhe Bulatch-cã. Gamzat recebeu-o bem e enviou emissários, pedindo que lhe fossem encaminhados os outros filhos. Mandou dizer que desejava servir aos cãs, tal como seu pai tinha servido ao deles. A mãe dos cãs era mulher fraca, estúpida e insolente, como são todas as mulheres que vivem ao seu bel-prazer. Teve medo de mandar

[50] Refém. (N. do T.)

os dois filhos, e enviou apenas Uma-cã. Eu fui com ele. Os *miurides* nos encontraram a uma versta e ficaram cantando, dando tiros e fazendo piruetas a cavalo em torno de nós. E quando chegamos, Gamzat saiu da barraca, aproximou-se do estribo de Uma-cã e recebeu-o como cã. E então ele disse: "Eu não fiz nenhum mal à sua família e não pretendo fazer. Apenas, não me matem e não me impeçam de levar os homens para o *khazavát*. E eu vou servir-lhes com todo o meu exército, tal como o meu pai servia ao seu. Deixem-me viver na sua casa. Vou auxiliá-los com os meus conselhos, mas não os impedirei de fazer o que bem entendam". Uma-cã expressava-se com dificuldade. Não soube o que dizer e manteve-se calado. Respondi em seu lugar que, se era assim, que ele, Gamzat, fosse para Khunzakh, onde o receberiam com todas as honras. Mas não me deixaram falar até o fim e, nessa ocasião, choquei-me pela primeira vez com Chamil. Estava também ali, perto do imame. "Não é a você que estão fazendo a pergunta, mas ao cã", disse-me ele. Calei-me, e Gamzat acompanhou Uma-cã à barraca. Depois, Gamzat me chamou e me ordenou que fosse com os seus emissários para Khunzakh. Fui. Os emissários ficaram convencendo a mãe dos cãs a mandar a Gamzat também o filho mais velho. Eu estava percebendo a traição e disse-lhe que não mandasse o filho. Mas a mulher tem tanto miolo quanto pelos tem um ovo. Ela acreditou nos emissários e ordenou ao filho que seguisse para o acampamento de Gamzat. Abununtzal-cã se opôs. Então ela disse: "Parece que você está com medo". Como uma abelha, ela sabia o lugar onde picá-lo mais dolorosamente. Abununtzal-cã zangou-se, não quis mais falar com ela e mandou preparar os cavalos. Fui com ele. Gamzat nos fez recepção ainda melhor que a Uma-cã. Foi em pessoa ao nosso encontro, até o sopé da montanha, a uma distância de dois tiros. Atrás dele, vinham homens a cavalo, trazendo estandartes, cantando "*Lá ilá il Alá*", dando tiros e fazendo piruetas a cavalo. Quando chegamos ao acampamento, Gamzat introduziu o cã na sua barraca. E eu fiquei com os cavalos. Estava no sopé da montanha, quando ouvi tiros na barraca de Gamzat. Corri para lá. Uma-cã jazia de bruços, numa poça de sangue, e Abununtzal-cã lutava com os *miurides*. Metade do seu rosto fora cortada a sabre, e estava pendente. Segurou-a com uma das mãos, e com a outra dava golpes de punhal em todos os que dele se acercavam. Na minha frente, abateu o irmão de Gamzat e preparava-se para atacar o segundo irmão, quando os *miurides* começaram a atirar e ele caiu.

Khadji-Murát parou de falar, o seu rosto queimado adquiriu tons vermelhos e marrons, e os seus olhos injetaram-se de sangue.

— Tive medo e fugi.

— O quê! — disse Loris-Miélikov. — Pensei que nunca tivesses temido nada.

— Depois, nunca mais tive medo. Desde então, sempre lembrei aquela vergonha e, lembrando-a, não temia nada mais.

XII

— E agora basta. É preciso rezar — disse Khadji-Murát. Tirou do bolso interior da *tcherkeska* o relógio Bréguet de Vorontzóv, apertou cauteloso a mola e, deixando pender de lado a cabeça, conteve um sorriso infantil e ficou à escuta. O relógio bateu doze e quinze.

— *Kunák* Vorontzóv *pechkech*[51] — disse, continuando a sorrir. — Uma boa pessoa.

[51] "Presente". (N. do T.)

— Sim, sem dúvida — disse Loris-Miélikov. — E o relógio também é bom. Agora reza, que eu espero.

— *Iakchi*[52] — disse Khadji-Murát e se retirou para o quarto de dormir.

Ficando só, Loris-Miélikov anotou em seu livrinho o essencial de tudo o que lhe contara Khadji-Murát, acendeu um cigarro e pôs-se a caminhar de um canto a outro da sala. Chegando à porta, em frente do quarto de dormir, ouviu vozes animadas de gente que falava depressa em tártaro. Adivinhou que eram os *miurides* de Khadji-Murát e, abrindo a porta, entrou no quarto deles.

Pairava no compartimento aquele particular cheiro azedo a couro, típico dos lugares em que há montanheses. No chão, junto à janela, estava sentado sobre uma japona o ruivo zarolho Gamzalo, que vestia um *biechmiét* sujo e rasgado, e estava tecendo um bridão. Falava animadamente com a sua voz rouquenha, mas apenas Loris-Miélikov entrou, ele calou-se e, sem lhe prestar atenção, prosseguiu na sua tarefa. Diante dele, estava o alegre Cã-Makhoma, que arreganhava os dentes brancos e fazia luzir os olhos negros, sem pestanas, enquanto repetia sempre o mesmo. O bonito Eldar, de mangas arregaçadas sobre os fortes braços, enxugava a cilha da sela pendurada num prego. Khanéfi, auxiliar número um e responsável pelas coisas domésticas, não se achava no quarto. Estava na cozinha, preparando o jantar.

— Qual era o tema da discussão? — perguntou Loris-Miélikov a Cã-Makhoma, que o cumprimentara.

— Ele não para de elogiar Chamil — disse Cã-Makhoma, dando a mão a Loris. — Diz ele que Chamil é um grande homem: sábio, santo e *djiguit*.

[52] "Está bem". (N. do T.)

— Como? Bandeou-se para o outro lado e ainda o elogia?

— Bandeou-se, mas elogia — disse Cã-Makhoma, arreganhando os dentes e fazendo cintilar os olhos.

— Então, tu o consideras santo? — perguntou Loris-Miélikov.

— Se não fosse santo, o povo não o escutaria — disse depressa Gamzalo.

— Chamil não é santo, Mansur é que foi — disse Cã-Makhoma. — Era um santo de verdade. Em seu tempo de imame, todo o povo era diferente. Percorria os *auis*, o povo lhe vinha ao encontro, beijava a aba da sua *tcherkeska*, arrependia-se dos pecados e jurava não praticar o mal. Os velhos dizem: naquele tempo, todos viviam como santos; não fumavam, não bebiam, não perdiam as orações, perdoavam-se mutuamente as ofensas e até se deixava de vingar sangue derramado. Quando se encontravam objetos perdidos ou dinheiro, amarrava-se tudo sobre varas e deixava-se à beira da estrada. Naquele tempo, Deus dava em tudo êxito ao povo, e não como em nossos dias — disse Cã-Makhoma.

— Hoje em dia, nas montanhas, também não se bebe nem se fuma — disse Gamzalo.

— O teu Chamil é *lamorói* — disse Cã-Makhoma, piscando o olho para Loris-Miélikov. (*Lamorói* era um apelido depreciativo que se dava aos nativos.)

— *Lamorói* quer dizer montanhês, e nas montanhas vivem as águias — respondeu Gamzalo.

— Eh, bichão, rebateste bem — disse Cã-Makhoma, arreganhando os dentes e alegrando-se com a resposta hábil do seu opositor.

Vendo a cigarreira de prata na mão de Loris-Miélikov, pediu um cigarro. E quando Loris-Miélikov lhe observou que eles estavam proibidos de fumar, piscou um olho, inclinou a cabeça na direção do quarto de Khadji-Murát e disse que se podia fazê-lo enquanto não estavam vendo. E logo se pôs a fumar, sem tragar e dobrando desajeitadamente os lábios vermelhos, quando expelia a fumaça.

— Isso não está bem — disse Gamzalo, severo, e saiu do quarto. Cã-Makhoma piscou o olho na sua direção e, fumando, começou a interrogar Loris-Miélikov sobre o lugar em que seria melhor comprar um *biechmiét* de seda e uma *papakha* branca.

— Será que tens tanto dinheiro?

— Sim, o suficiente — respondeu Cã-Makhoma, piscando sempre.

— Pergunta de onde lhe veio esse dinheiro — disse Eldar, virando o seu bonito rosto sorridente na direção de Loris-Miélikov.

— Ganhei no jogo — disse depressa Cã-Makhoma. E ele contou como, na véspera, quando passeava pelas ruas de Tiflis, encontrara um magote de gente, armênios e ordenanças russos, jogando cara ou coroa. A aposta era grande: três moedas de ouro e muita prata. Cã-Makhoma logo compreendeu em que consistia o jogo e, fazendo tinir as moedas de cobre que trazia no bolso, entrou na roda e disse que apostava tudo.

— Como assim? Tinhas com que pagar? — perguntou Loris-Miélikov.

— Tinha apenas doze copeques — disse Cã-Makhoma, arreganhando os dentes.

— E se perdesses?

— Então... isto!

E Cã-Makhoma mostrou a pistola.

— Como? Devolverias?

— Para que devolver? Fugiria, e se alguém me perseguisse, eu o mataria. E pronto!

— Então, ganhaste?

— *Aia*, juntei as moedas e fui embora.

Loris-Miélikov compreendia perfeitamente Cã-Makhoma e Eldar. Cã-Makhoma era um homem alegre, um gozador, que não sabia onde meter o excesso de vida, sempre risonho, leviano, jogando com a sua existência e com a dos outros, que por causa desse jogo se bandeara para os russos, do mesmo modo que, pelo mesmo motivo, poderia amanhã passar de volta para o lado de Chamil. Eldar também era facilmente compreensível: um homem completamente dedicado ao seu *miurchide*, calmo, forte, seguro. Loris-Miélikov só não podia compreender o ruivo Gamzalo. Via que esse homem não só era dedicado a Chamil, mas que sentia uma repugnância irreprimível, desprezo, asco e ódio a todos os russos; por isso, Loris-Miélikov não podia compreender por que ele se bandeara. Às vezes, vinha a Loris-Miélikov a ideia, partilhada aliás por algumas autoridades, de que a rendição de Khadji-Murát e as suas histórias sobre a hostilidade com Chamil não passavam de mentira, e que ele se passara para os russos apenas para comprovar os pontos fracos e, depois de fugir novamente para as montanhas, dirigir para tais pontos as suas forças. E Gamzalo confirmava com todo o seu ser essa suposição. "Os outros e o próprio Khadji-Murát", pensava Loris-Miélikov, "sabem esconder as intenções, mas este se delata pelo seu ódio inocultável."

Loris-Miélikov tentou conversar com ele. Perguntou-lhe se não se aborrecia. Mas ele, sem abandonar a tarefa, olhando de viés para Loris-Miélikov com o seu único olho, rosnou, a voz rouquenha e entrecortada:

— Não, não me aborreço.

E assim respondia também a todas as outras perguntas.

Enquanto Loris-Miélikov estava no quarto, entrou o outro *miuride* de Khadji-Murát, o avariano Khanéfi, de rosto e pescoço cabeludos e peito saliente e hirsuto, qual pele de animal. Era um trabalhador muito robusto, sempre ocupado com as suas tarefas, obedecendo em tudo ao seu amo, tal como Eldar, sem refletir.

Quando ele entrou no quarto para apanhar arroz, Loris-Miélikov o deteve e perguntou-lhe de onde ele era, e se fazia tempo que estava a serviço de Khadji-Murát.

— Cinco anos — respondeu Khanéfi. — Somos do mesmo *aul*. Meu pai matou o tio dele, e a sua família queria matar-me — disse, olhando calmamente, por baixo das sobrancelhas juntas, para o rosto de Loris-Miélikov. — Então, pedi que me aceitassem como irmão.

— O que significa: aceitar como irmão?

— Passei dois meses sem raspar a cabeça, nem cortar as unhas, e fui para a casa deles. Deixaram-me entrar no quarto de Patimat, mãe de Khadji-Murát. Patimat me deu o seio, e eu me tornei irmão dele.

No quarto ao lado, ouviu-se a voz de Khadji-Murát. Eldar logo reconheceu o chamado do seu amo e, enxugando as mãos, dando largas passadas, foi para a sala de visitas.

— Está chamando — disse ao voltar.

Depois de dar mais um cigarro ao alegre Cã-Makhoma, Loris-Miélikov foi para a sala.

XIII

Quando Loris-Miélikov entrou, Khadji-Murát o recebeu com o semblante alegre.

— Então, prossigo? — perguntou, ajeitando-se no sofá.

— Sim, sem falta — disse Loris-Miélikov. — Eu fui ver os teus *núkeres*[53] e conversei com eles. Há um que é muito alegre.

[53] Membros da guarda pessoal. (N. do T.)

— Sim, Cã-Makhoma, um homem leviano — disse Khadji-Murát.

— Gostei daquele jovem bonito.

— Sim, Eldar. É moço, mas é firme, de ferro.

Calaram-se um pouco.

— Falar mais?

— Sim, sim.

— Já contei como foram mortos os cãs. Bem depois da morte deles, Gamzat entrou em Khunzakh e se instalou no palácio do cã — começou Khadji-Murát. — Ficou a mãe dos cãs. Gamzat a chamou. Ela começou a recriminá-lo. Ele piscou o olho para o seu *miuride* Aselder, que a matou pelas costas.

— Mas por que a matou? — perguntou Loris-Miélikov.

— Que remédio? Atravessado o muro com as patas da frente, é preciso atravessá-lo também com as de trás. Era preciso exterminar toda a raça. E assim fizeram. Chamil matou o filho menor, atirando-o do alto de um penhasco. Toda a Avaria se submeteu a Gamzat, somente eu e meu irmão não nos submetemos. Precisávamos derramar seu sangue para vingar os cãs. Fingimos submissão, mas só pensávamos no modo de tirar-lhe o sangue. Aconselhamo-nos com o avô, e resolvemos esperar o dia em que ele saísse do palácio, para matá-lo de emboscada. Alguém nos tinha ouvido e contou a Gamzat, que mandou chamar nosso avô e lhe disse: "Olha, se é verdade que os teus netos pretendem coisa ruim contra mim, vão ficar pendurados contigo no mesmo travessão. Eu faço obra sagrada, e não podem estorvar-me. Vai e lembra-te do que eu disse". O avô foi para casa e nos contou o que lhe tinha dito Gamzat. Depois disso, resolvemos não esperar mais e executar a tarefa no primeiro dia de festa na mesquita. Os amigos recusaram-se a ajudar-nos e ficamos sozinhos, meu irmão e eu. Cada um de nós tomou duas pistolas, vestimos as japonas e fomos para a mesquita. Gamzat entrou acompanhado de trinta *miurides*, todos de sabre desembainhado. Ao lado de Gamzat caminhava Aselder, o seu *miuride* predileto, aquele mesmo que tinha decapitado a mãe dos cãs. Vendo-nos, gritou que tirássemos as japonas e acercou-se de mim. Eu tinha o punhal na mão; matei-o e lancei-me na direção de Gamzat. Mas o meu irmão Osmã já havia atirado nele. Gamzat ainda estava vivo e lançou-se de punhal sobre meu irmão, porém acabei de matá-lo com um golpe na cabeça. Os *miurides* eram trinta, e nós, dois apenas. Eles mataram o meu irmão Osmã, mas eu consegui repeli-los, pulei por uma janela e fui embora. Quando se soube que mataram Gamzat, todo o povo se revoltou. Os *miurides* fugiram quase todos, e os restantes foram massacrados.

Khadji-Murát fez uma pausa e aspirou pesadamente o ar.

— Tudo isso foi bom — disse ele —, mas depois tudo se estragou. Chamil se colocou em lugar de Gamzat. Ele me enviou emissários, para que eu me unisse a ele contra os russos; ameaçava, no caso contrário, destruir Khunzakh e matar-me. Respondi que não iria ter com ele, nem permitiria que fosse ter comigo.

— Por que não te uniste a ele? — perguntou Loris-Miélikov.

Khadji-Murát franziu o sobrecenho e demorou um pouco a responder.

— Não podia. Sobre Chamil estava o sangue do meu irmão Osmã e de Abununtzal-cã. Não fui ter com ele. O general Rosen me concedeu patente de oficial e nomeou-me comandante da Avaria. Tudo isso estava bem, mas Rosen indicou para governar a Avaria o cã de Kazikum, Maomé-Mirza, e, depois, Akhmet-cã, que me odiava. Ele queria casar um filho com a irmã dos cãs, Saltanet, e sofreu recusa. Pensou que a culpa fosse minha. Mais de uma vez, mandou seus *núkeres* me assassinarem, mas eu sempre escapava. Então, ele me caluniou perante o general Klügenau, dizendo que eu proibia aos avarianos dar lenha aos soldados. Disse-lhe ainda que eu usava este turbante — acrescentou Khadji-Murát, indicando o turbante que trazia sobre a *papakha* — e que isso significava adesão a Chamil. O general não acreditou e mandou deixar-me em paz. Mas, quando ele foi para Tiflis, Akhmet-cã fez o que pretendia: comandando uma companhia de soldados, aprisionou-me, pôs-me correntes e amarrou-me a um canhão. Mantiveram-me assim durante seis dias. No sétimo, desamarraram-me e conduziram-me para Temir-cã-Chur. Acompanhavam-me quarenta soldados de armas embaladas. Tinha amarradas as mãos, e havia ordem para matar-me, se tentasse fugir. Eu sabia disso. Perto de Moksokh, tivemos de passar por um atalho estreito, à direita do qual havia um despenhadeiro de uns cinquenta *sájens*. Passei para a direita do soldado que me acompanhava, para a beirada do despenhadeiro. O soldado quis deter-me, mas eu saltei para o fundo do primeiro barranco e arrastei o soldado comigo. Ele morreu, e eu fiquei vivo. Quebrei tudo: as costelas, a cabeça, as mãos, as pernas. Quis arrastar-me e não pude. Fiquei tonto e adormeci. Acordei molhado de sangue. Um pastor me viu, chamou mais gente, levaram-me para um *aul*. Sararam as costelas e a cabeça, a perna sarou também, apenas ficou mais curta.

E Khadji-Murát estendeu para a frente a perna aleijada.

— Ainda me serve, e está bem — disse ele. — O povo soube do acontecido, e eu comecei a ser visitado. Curado, mudei-me para Tzelmes. Os avarianos me chamaram novamente para governá-los — disse Khadji-Murát com um orgulho calmo e convicto — e eu concordei.

Khadji-Murát ergueu-se rapidamente e, tomando uma pasta da bolsa de viagem, tirou dela duas cartas amareladas e passou-as a Loris-Miélikov. As cartas eram do general Klügenau. Loris-Miélikov as leu. Eis a primeira:

> "Subtenente Khadji-Murát! Estiveste a meu serviço, eu estava satisfeito contigo e considerava-te uma boa pessoa. Recentemente, o major-general Akhmet-cã informou-me de que és um traidor, que puseste um turbante, manténs relações com Chamil e ensinaste o povo a desobedecer às autoridades russas. Mandei prender-te e trazer-te à minha presença, mas tu fugiste; não sei se isso é para o bem ou para o mal, pois não sei se és culpado. Agora, presta atenção ao que digo. Se a tua consciência está limpa perante o grande tsar, se não és culpado, vem até aqui. Não tenhas medo de ninguém, pois sou teu defensor. O cã nada te fará; ele próprio é meu subordinado, não tens, portanto, motivo algum de temor."

Adiante, Klügenau escrevia que ele sempre mantivera a palavra e fora justo, e mais uma vez convidava Khadji-Murát a ir ter com ele.

Quando Loris-Miélikov terminou a leitura da primeira carta, Khadji-Murát tirou uma segunda, mas, antes de passá-la às suas mãos, contou como tinha respondido à primeira.

— Escrevi que usava turbante, mas não por causa de Chamil e sim para salvar a alma, que não queria nem podia passar para o lado de Chamil, pois meu pai, meus irmãos e outros parentes foram mortos por seu intermédio, mas que não podia também voltar para o lado dos russos, pois fui desonrado. Em Khunzakh, enquanto estava amarrado, um canalha mijou em cima de mim. E eu não podia passar-me para os russos enquanto aquele homem não fosse morto. E, sobretudo, temia o traiçoeiro Akhmet-cã. Então, o general mandou-me esta carta — disse Khadji-Murát, passando a Loris-Miélikov outro papel igualmente amarelecido.

— "Respondeste à minha carta e eu te agradeço" — leu Loris-Miélikov. — "Escreves que não tens medo de voltar, mas que a desonra de que foste vítima por parte de um infiel te impede; afianço-te, porém, que a lei russa é justa, e com os teus próprios olhos hás de ver o castigo daquele que se atreveu a ofender-te. Já ordenei um inquérito. Escuta, Khadji-Murát. Tenho o direito de não estar satisfeito contigo, porque não crês em mim, nem confias na minha honra, mas eu te perdoo, pois conheço o caráter desconfiado dos montanheses em geral. Se tens a consciência tranquila, se puseste o turbante somente para a salvação da alma, nesse caso tens razão e podes olhar sem temor as autoridades russas e a mim mesmo nos olhos; e aquele que te desonrou, eu te afianço, há de ser castigado. Os teus bens te serão devolvidos, e hás de ver o que significa a lei russa. Além disso, os russos encaram tudo isso de maneira diversa; aos seus olhos, tu não perdeste a dignidade pelo fato de teres sido desonrado por um canalha. Eu próprio permiti aos hinrinos[54] usar turbante e encaro os atos deles de modo conveniente; por conseguinte, repito mais uma vez, nada tens a temer. Vem à minha presença, em companhia do homem que agora te envio; ele me é fiel, não é um escravo dos teus inimigos, mas é amigo de um homem que mereceu do governo uma atenção especial."

Adiante, Klügenau prosseguia procurando convencer Khadji-Murát a passar-se para o seu lado.

— Eu não acreditei — disse Khadji-Murát, depois que Loris-Miélikov terminou a leitura — e não fui ter com Klügenau. O meu objetivo principal era a vingança contra Akhmet-cã, e eu não poderia fazer isso por intermédio dos russos. Nesse ínterim, Akhmet-cã sitiou Tzelmes, a fim de me aprisionar ou matar. Eu tinha muito pouca gente e não po-

[54] Habitantes de uma parte da Avaria. (N. do T.)

dia repeli-lo. E foi nesse tempo que chegou um emissário de Chamil com uma carta para mim. Prometia ajudar-me a repelir Akhmet-cã e matá-lo e concedia-me o governo de toda a Avaria. Refleti muito e passei-me para o lado de Chamil. E desde aquele dia, fiz sem cessar guerra aos russos.

Nesse ponto, Khadji-Murát contou todas as suas ações militares. Eram muitas, e Loris-Miélikov as conhecia em parte. Todas as suas campanhas e incursões eram surpreendentes pela extraordinária rapidez dos movimentos e ousadia dos assaltos, sempre coroados de êxito.

— Nunca existiu amizade entre mim e Chamil — disse Khadji-Murát, terminando seu relato —, mas ele me temia e precisava de mim. Aconteceu, porém, que me perguntaram quem seria imame depois de Chamil. Respondi que seria aquele que tivesse o sabre bem afiado. Transmitiram isso a Chamil, e ele quis livrar-se de mim. Enviou-me para Tabassaran. Fui e apresei mil carneiros e trezentos cavalos. Mas ele disse que eu não tinha feito o que era preciso, retirou-me o posto de *naíb* e ordenou-me que lhe mandasse todo o dinheiro. Enviei-lhe mil moedas de ouro. Ele dirigiu os seus *miurides* contra mim e me tirou todos os bens. Exigiu-me que fosse à sua presença, mas eu sabia que pretendia matar-me e não fui. Mandou prender-me, eu repeli os seus homens e entreguei-me a Vorontzóv. Mas não consegui levar minha família. Minha mãe, minha mulher e meu filho estão nas suas mãos. Diga ao *sardar*: enquanto minha família estiver com ele, nada posso fazer.

— Vou transmitir — disse Loris-Miélikov.

— Cuida do meu caso, esforça-te. O que é meu é teu, mas presta-me auxílio junto ao príncipe. Estou amarrado, e a ponta da corda está na mão de Chamil.

E com essas palavras Khadji-Murát terminou o seu relato a Loris-Miélikov.

XIV

No dia 20 de dezembro, Vorontzóv escreveu a Tchernichóv, ministro da Guerra, a seguinte carta, em francês:

"Não lhe mandei carta com a mala anterior, amável príncipe, porque desejava decidir antes disso o que fazer com Khadji-Murát, e há dois ou três dias não me sinto bem de saúde. Na minha última carta, eu anunciava a vinda de Khadji-Murát; ele chegou a Tiflis no dia 8; eu o conheci no dia seguinte e passei uns oito ou nove dias conversando com ele e refletindo sobre o que poderá fazer em nosso auxílio no futuro e, sobretudo, sobre o que devemos fazer com ele agora, pois está muito preocupado com a sorte de sua família e diz, com todos os indícios de plena sinceridade, que, enquanto ela estiver nas mãos de Chamil, encontra-se paralisado e incapaz de nos prestar serviços e demonstrar a sua gratidão pela recepção carinhosa e pelo perdão que lhe foi concedido. O desconhecimento em que se encontra da sorte das pessoas que lhe são caras provoca nele um estado febril, e as pessoas designadas por mim para viver em sua companhia aqui afiançam que ele passa as noites em claro, quase não se alimenta, reza sem cessar e somente pede permissão para passear um pouco a cavalo, acompanhado de alguns cossacos — única distração possível para ele e cujos movimentos se tornaram indispensáveis, em virtude do hábito de muitos anos. Vem ver-me todos os dias, para saber se tenho alguma notícia sobre a sua família, e me pede que reúna todos os prisioneiros de que dispomos e os ofereça a Chamil para uma troca, e compromete-se ainda a dar também uma pequena quantia em dinheiro. Há pessoas que lhe fornecerão fundos para tal fim. Não cessa de repetir: 'Salvem a minha família e depois me deem a possibilidade de lhes prestar serviços' — (ele julga que tais serviços seriam mais úteis na frente do Lesguin) —, 'e se, no decorrer de um mês, eu não lhes prestar um grande auxílio, castiguem-me como julgarem mais conveniente'.

Observei-lhe que tudo isso me parecia muito justo, e que entre nós havia muita gente que até não acreditaria nele, se a sua família permanecesse nas montanhas, e não do nosso lado, como garantia; que faria todo o possível para reunir prisioneiros em nossas fronteiras e que, não tendo, pelos nossos regulamentos, o direito de lhe entregar dinheiro para o resgate, em acréscimo daquele que Khadji-Murát arranjasse, eu talvez achasse outros meios de lhe prestar auxílio. Depois disso, expus-lhe francamente a minha opinião de que Chamil em hipótese alguma lhe entregaria a família; que ele talvez prometa o perdão e o posto primitivo, ameaçando-o, em caso contrário, de matar-lhe a mãe, a mulher e os seis filhos. Perguntei-lhe se podia dizer-me com franqueza o que faria se recebesse tal declaração de Chamil. Khadji-Murát ergueu os olhos e os braços para o céu e disse que tudo estava nas mãos de Deus, mas que ele nunca se entregaria a seu inimigo, pois estava plenamente convicto de que Chamil não lhe concederia perdão, e que não teria muitos dias de vida. Quanto ao aniquilamento da sua família, ele não julga que Chamil possa agir com tanta leviandade, por dois motivos principais: para não fazer dele um inimigo ainda mais desesperado; e porque existem no Daguestão muitas pessoas, bem influentes até, que o dissuadiriam de tal ato. Finalmente, repetiu-me diversas vezes que, seja qual for o desígnio de Deus para o futuro, no momento ele não tem outro pensamento a não ser o resgate da sua família; implorou-me em nome de Deus que o ajudasse nisso e lhe permitisse voltar para as proximidades da Tchetchênia, onde, por intermédio das nossas autoridades, ou com a permissão delas, poderia manter comunicação com a sua família e ter notícias constantes sobre a sua localização atual e sobre os meios de libertá-la; disse-me, ainda, que muitas pessoas dessa parte do país inimigo, inclusive alguns *naíbes*, são-lhe mais ou menos afeiçoadas; que em toda aquela população já dominada pelos russos, ou neutra, ele poderia encontrar facilmente relações muito úteis para a consecução do objetivo que o atormenta dia e noite, o que lhe daria a possibilidade de agir a nosso favor e merecer nossa confiança. Ele pede que o deixemos voltar para Grózni, com uma escolta de vinte ou trinta valentes cossacos, que serviriam como defesa contra os seus inimigos e, ao mesmo tempo, nos garantiriam a sinceridade das suas intenções.

O senhor há de compreender, meu amável príncipe, que tudo isso me deixou muito preocupado, pois, seja qual for o passo dado, uma grande responsabilidade fica pesando sobre mim. Confiar nele totalmente seria uma grande imprudência; mas, se lhe quiséssemos tirar todas as possibilidades de fuga, teríamos de o enclausurar; e isso, na minha opinião, seria uma injustiça e um ato de má política. Tal medida, cuja notícia se espalharia rapidamente por todo o Daguestão, causar-nos-ia grande prejuízo, pois tiraria a vontade a todos aqueles (e são muitos) que estão prontos a se oporem mais ou menos abertamente a Chamil e que tanto se interessam pela situação entre nós do mais valente e empreendedor dos auxiliares do imame, que se viu forçado a entregar-se em nossas mãos. Se tratássemos Khadji-Murát como prisioneiro, perderíamos todas as consequências benéficas da sua traição a Chamil.

Em vista disso, julgo que não poderia ter procedimento diverso daquele que adotei, embora se possa inculpar-me de grave erro, se Khadji-Murát quiser passar-se mais uma vez para o outro lado. Quando se deparam no serviço casos tão complicados, é difícil, para não dizer impossível, seguir uma estrada reta, sem risco de errar e sem aceitar uma responsabilidade; mas, se a estrada nos parece certa, temos de segui-la, haja o que houver.

Peço-lhe, amável príncipe, entregar o caso ao exame de Sua Majestade, o tsar e imperador, e eu serei feliz se o nosso Augustíssimo Soberano se dignar aprovar a minha conduta. Tudo o que escrevi acima foi por mim também comunicado aos generais Zavadóvski e Kozlóvski, para as relações diretas de Kozlóvski com Khadji-Murát, e este foi advertido por mim de que não poderia tomar atitude alguma, nem sair para lugar algum, sem aprovação daquele. Disse-lhe que seria até melhor para nós se ele saísse a cavalo, embora com nossa escolta, pois, no caso contrário, Chamil poderia apregoar que mantemos Khadji-Murát enclausurado; mas tomei dele o compromisso de nunca ir a Vozdvíjenskoie, pois o meu filho, a quem ele se rendeu e a quem considera seu *kunák* (amigo), não é o comandante da praça, em vista do que poderiam surgir equívocos. Além disso, Vozdvíjenskoie fica perto demais de um importante povoado inimigo, e, para as relações que ele deseja manter com os seus homens de confiança, Grózni apresenta todas as comodidades.

Além de vinte cossacos escolhidos, que, a seu próprio pedido, não o abandonarão, mandei que lhe fizesse companhia o capitão Loris-Miélikov, um oficial digno, capaz e muito inteligente, que fala o tártaro e conhece bem Khadji-Murát, o qual, segundo parece, também tem plena confiança nele. Aliás, durante os dez dias que Khadji-Murát passou aqui, morou na mesma casa com o tenente-coronel príncipe Tarkhanov, comandante do distrito de Chuchin, que se encontra aqui a serviço; é um homem realmente digno, em quem confio plenamente. Ele merece também a confiança de Khadji-Murát, e unicamente por seu intermédio, pois fala correntemente o tártaro, discutíamos os assuntos mais secretos e delicados.

Aconselhei-me com Tarkhanov sobre Khadji-Murát, e ele concordou plenamente comigo em que era preciso agir como eu decidira, ou trancafiar Khadji-Murát numa prisão e vigiá-lo com a possível severidade — pois, tratando-o mal, essa vigilância não seria fácil —, ou ainda mandá-lo para longe. Mas estas duas últimas medidas não só anulariam toda a vantagem decorrente para nós da briga entre Khadji-Murát e Chamil, como também deteriam inevitavelmente quaisquer protestos e possíveis sublevações de montanheses contra o poder de Chamil. O príncipe Tarkhanov me disse que estava convencido da lealdade de Khadji-Murát, o qual não duvida que Chamil nunca lhe perdoaria e mandaria executá-lo, mesmo que lhe tivesse prometido perdão. O único ponto que deixou Tarkhanov preocupado nas suas relações com Khadji-Murát foi a religiosidade deste, e não ocultou ser possível a Chamil agir sobre ele nesse sentido. Mas, conforme já escrevi acima, ele nunca poderia convencer Khadji-Murát de que não lhe tiraria a vida, imediatamente ou algum tempo depois do seu regresso.

Eis aí, amável príncipe, tudo o que eu pretendia dizer-lhe sobre esse episódio do serviço local."

XV

Essa comunicação foi mandada de Tiflis em 24 de dezembro. E, na véspera do ano-novo de 1852, um mensageiro, depois de extenuar uma dezena de cavalos e espancar atrozmente uns dez cocheiros, entregou-a ao ministro da Guerra, príncipe Tchernichóv.

Este, no dia 1º de janeiro de 1852, entre outros assuntos, levou ao imperador Nicolau I também essa comunicação.

Tchernichóv não gostava de Vorontzóv, por causa do respeito geral de que este gozava, por sua enorme riqueza, por ser Vorontzóv um verdadeiro grão-senhor e Tchernichóv, apesar de tudo, um *parvenu*[55] e, principalmente, pela especial boa disposição do imperador em relação a Vorontzóv. E por isso Tchernichóv se valia de toda oportunidade para prejudicar Vorontzóv. Na audiência anterior sobre assuntos do Cáucaso, Tchernichóv conseguira provocar a indisposição de Nikolai em relação a Vorontzóv, porque, por relaxamento

[55] Pessoa que ascendeu recentemente na escala social. (N. da E.)

das autoridades, os montanheses aniquilaram quase totalmente um pequeno destacamento de tropas caucasianas. Dessa feita, pretendia mostrar sob aspecto desfavorável a decisão de Vorontzóv sobre Khadji-Murát. Queria incutir no tsar a ideia de que Vorontzóv, em prejuízo dos russos, sempre se mostrara benevolente e mesmo débil com os nativos, e que, deixando Khadji-Murát no Cáucaso, agira com imprudência; que, provavelmente, Khadji-Murát se passara para o nosso lado com o fito único de sondar os nossos meios de defesa, e que, por conseguinte, seria melhor enviá-lo para o interior da Rússia e aproveitá-lo quando a sua família já tivesse sido retirada das montanhas e fosse possível comprovar sua dedicação.

Mas Tchernichóv não teve êxito com o seu plano, o que se deve unicamente ao fato de que, na manhã de 1º de janeiro, Nikolai estava particularmente mal-humorado, e não aceitaria, simplesmente por espírito de contradição, alguma proposição, fosse de quem fosse; e sobretudo, não estava predisposto a aceitar uma proposição de Tchernichóv, que ele apenas tolerava, considerando-o, provisoriamente, um homem insubstituível, mas, conhecendo os seus esforços para causar a perda de Zakhar Tchernichóv, no processo dos dezembristas,[56] e a sua tentativa de se apossar das propriedades deste, considerava-o um grande canalha. Desse modo, graças ao mau humor de Nikolai, Khadji-Murát permaneceu no Cáucaso e a sua sorte não mudou, como poderia ter mudado, se Tchernichóv tivesse feito o seu relatório outro dia.

Eram nove e meia quando, em meio ao nevoeiro de um dia frio, de vinte graus abaixo de zero, o gordo e barbudo cocheiro de Tchernichóv, coberto com um chapéu pontudo, de veludo azul-celeste, sentado na boleia do pequeno trenó,

[56] Participantes da revolta de 14 de dezembro de 1825, o primeiro movimento armado contra a autocracia dos tsares. (N. do T.)

em tudo semelhante àquele em que passeava Nikolai Pávlovitch,[57] levou o veículo até a entrada menor do Palácio de Inverno e cumprimentou afavelmente o seu amigo, o cocheiro do príncipe Dolgorúki, o qual, fazia muito tempo, deixara ali o seu amo, e estava parado à entrada do palácio, as rédeas largadas sob o gordo traseiro algodoado, e esfregava as mãos enregeladas.

Tchernichóv usava capote com gola de castor grisalha e felpuda e tricórnio, com penas de galo, segundo o uniforme regulamentar. Pondo de lado a coberta de pele de urso, tirou cautelosamente para fora do trenó os seus pés congelados, sem galochas (orgulhava-se de jamais as ter usado) e, procurando animar-se, tilintando as esporas, caminhou sobre o tapete, passando para o vestíbulo pela porta que o porteiro abriu respeitosamente, a fim de deixá-lo entrar. Tirando o capote e jogando-o nos braços de um velho lacaio que acorrera, Tchernichóv aproximou-se do espelho e retirou cauteloso o chapéu que lhe cobria a peruca encaracolada. Olhando-se no espelho, frisou com um movimento habitual das suas mãos senis os cabelos das têmporas e o topete e ajeitou a condecoração, os passamanes, as grandes dragonas com brasões, e, removendo com dificuldade as pernas decrépitas, que não lhe obedeciam bem, começou a subir pelo tapete a escada de um declive brando.

Passando pelos lacaios de uniforme de gala, parados junto às portas, e que o cumprimentavam servilmente, Tchernichóv entrou no salão de espera. Um ajudante de campo recém-nomeado estava de plantão ali e recebeu-o respeitosamente, radiante em seu uniforme novo, de dragonas e alamares, e com um rosto corado, ainda não consumido, de bigodinho negro e cachinhos sobre as têmporas, ajeitados na

[57] O tsar Nicolau I. (N. do T.)

direção dos olhos, como os usava Nikolai Pávlovitch. O vice-ministro da Guerra, príncipe Vassíli Dolgorúki, que tinha uma expressão de tédio no rosto obtuso, enfeitado com suíças, bigode e cachinhos também iguais aos que usava Nikolai, levantou-se ao encontro de Tchernichóv e cumprimentou-o.

— *L'empereur?* — dirigiu-se Tchernichóv ao ajudante de campo, indicando, interrogador, a porta do gabinete.

— *Sa Majesté vient de rentrer*[58] — disse o ajudante de campo, evidentemente ouvindo com prazer a sua própria voz, e, caminhando tão suave e harmoniosamente que um copo d'água que lhe fosse posto sobre a cabeça não se derramaria, acercou-se da porta que se abria silenciosa e, mostrando com todo o seu ser o respeito que tinha por aquele lugar onde entrava, desapareceu atrás da porta.

Nesse ínterim, Dolgorúki abriu a sua pasta de couro, verificando os papéis que ali se encontravam.

Quanto a Tchernichóv, foi caminhando de sobrolho franzido, desentorpecendo as pernas e recordando tudo o que tinha a relatar ao imperador. Estava à porta do gabinete, quando esta se abriu novamente e dela saiu o ajudante de campo, ainda mais radiante e respeitoso que antes, e, com um gesto, convidou o ministro e seu imediato a entrarem no gabinete do tsar.

Fazia muito tempo que o Palácio de Inverno fora reconstruído depois do incêndio,[59] mas Nikolai ainda morava no segundo andar. O gabinete em que tinha despacho com os ministros e os comandantes superiores era uma sala de teto muito alto e quatro grandes janelas. Na parede principal, es-

[58] Em francês no original: "O imperador?" "Sua Majestade acaba de voltar". (N. do T.)

[59] Construído entre 1754 e 1762 por Bartolomeo Rastrelli, o Palácio de Inverno foi reconstruído após o incêndio de 1837. (N. do T.)

tava um grande retrato de Alexandre I. Entre as janelas, duas escrivaninhas. Havia diversas cadeiras encostadas às paredes e uma enorme secretária no centro da sala, diante da qual ficavam a poltrona de Nikolai e cadeiras para quem estivesse despachando com ele.

Nikolai estava sentado à secretária, de sobretudo preto, com galões pequenos em lugar de dragonas, e, tendo inclinado para trás o busto volumoso, fortemente apertado sobre a barriga túmida, dirigia para os recém-chegados o seu olhar imóvel e sem vida. O rosto branco e comprido, de enorme fronte inclinada, que sobressaía sob os cachinhos das têmporas, cuidadosamente alisados e habilmente unidos à peruca, que lhe cobria a calva, estava naquele dia particularmente frio e imóvel. Os seus olhos, sempre embaçados, que pareciam ainda mais turvos que de costume, os lábios apertados, sob os bigodes virados para cima, as faces flácidas, recém-barbeadas, escoradas por um colarinho alto e cobertas pelas salsichinhas regulares das suíças, e o queixo comprimido contra o colarinho, davam ao seu rosto uma expressão de aborrecimento ou mesmo de ira.

Tal estado de ânimo era causado pelo cansaço. E esse cansaço devia-se ao fato de que, tendo estado na véspera no baile de máscaras, e passeando então com o seu capacete de cavalaria, adornado com uma figura de pássaro, por entre o público que se comprimia na sua direção e dava passagem timidamente ao seu vulto enorme, que ressumava orgulho, encontrara mais uma vez aquela criatura mascarada que, no baile anterior, despertara nele, com a alvura da pele, a linda constituição e a voz carinhosa, a sensualidade senil, e que desaparecera prometendo-lhe novo encontro no próximo baile de máscaras. Na véspera, fora ter com ele, que não a largara mais. Levara-a para o camarote sempre preparado para tal fim, e onde podia ficar a sós com a sua dama. Chegando em silêncio à porta do camarote, Nikolai virou-se, procurando com os olhos um criado, mas não o encontrou. Franziu o sobrolho e empurrou sozinho a porta do camarote, deixando passar na frente a sua dama.

— *Il y a quelqu'un*[60] — disse ela, parando. Com efeito, havia gente no camarote: num divãzinho aveludado, estavam sentados, muito próximos um do outro, um oficial de ulanos e certa mulher jovem, bonita, de cachos bem louros, de dominó e sem máscara. Vendo o vulto inteiriçado e enfurecido de Nikolai, a loura se cobriu apressadamente com a máscara; quanto ao oficial de ulanos, estava petrificado de terror e, sentado no divã, dirigia para Nikolai os olhos parados.

Por mais habituado que estivesse Nikolai com o terror que despertava nas pessoas, este lhe era sempre agradável, e ele gostava, às vezes, de deixar espantado o súdito a quem infundira tal sentimento, dirigindo-lhe, por contraste, palavras afáveis. E assim agiu daquela vez.

— Bem, irmão, és mais moço do que eu — disse ao oficial gelado de terror. — Podes ceder-me o lugar.

O oficial ergueu-se de um salto e, ora empalidecendo, ora ruborizando-se, saiu em silêncio, após a mulher loura, e Nikolai ficou a sós com o seu par.

A criatura mascarada se revelou moça de vinte anos, inocente e bonita, filha de uma preceptora sueca. Contou a Nikolai que se apaixonara por ele ainda na infância, vendo o seu retrato, que o bendizia e decidira alcançar a qualquer custo a sua atenção. E, agora que a conseguira, dizia não precisar de nada mais. A moça foi conduzida para o lugar costumeiro das entrevistas de Nikolai com as mulheres, onde passou com ela mais de uma hora.

Quando, nessa noite, voltou para seu quarto e se deitou na sua cama dura e estreita, de que se orgulhava, e se cobriu

[60] Em francês no original: "Há alguém aí". (N. do T.)

com o capote, que ele considerava (e dizia assim mesmo) tão célebre como o chapéu de Napoleão, levou muito tempo para conciliar o sono. Lembrava ora a expressão assustada e extática do rosto alvo daquela moça, ora os ombros cheios e vigorosos de Nielídova, sua amante de sempre, e comparava-as. Não lhe vinha sequer à mente a ideia de que a libertinagem de um homem casado fosse algo censurável, e ele estranharia muito se alguém o censurasse por isso. Mas, embora se convencesse de que estava agindo como devia, ficava nele uma espécie de resíduo desagradável, e, para abafar tal sentimento, pôs-se a pensar naquilo que o consolava sempre: no grande homem que ele era.

Embora tivesse adormecido tarde, ergueu-se pouco depois das sete e, após esfregar com gelo, como de costume, o seu grande corpo obeso, e rezar a Deus (repetiu as orações proferidas diariamente desde a infância: Mãe de Deus, Credo e Pai-Nosso, sem dar a mínima importância às palavras proferidas), saiu, de capote e boné, do portão menor para o cais.

No meio da rua, encontrou um estudante da Faculdade de Direito, de estatura enorme como ele próprio, de uniforme e chapéu. Vendo o uniforme da faculdade que lhe desagradava pelo seu espírito livre-pensador, Nikolai Pávlovitch franziu o cenho, mas a elevada estatura do estudante, bem como a esforçada posição de sentido e a continência, com o cotovelo bem erguido, suavizaram-lhe o desprazer.

— Teu sobrenome? — perguntou.

— Polossatov, Majestade Imperial.

— Muito bem!

O estudante permanecia parado, a mão encostada ao chapéu. Nikolai se deteve.

— Queres entrar para o serviço militar?

— De modo algum, Majestade Imperial.

— Imbecil!

E, virando-se para o outro lado, Nikolai prosseguiu em

seu caminho, pronunciando em voz alta as primeiras palavras que lhe vinham à mente. "Kopperwein, Kopperwein" — repetiu algumas vezes o nome da moça da véspera. "Mau, mau." Não pensava no que dizia, mas abafava o seu sentimento prestando atenção às palavras que lhe saíam. "Sim, o que seria da Rússia sem mim?", disse a si mesmo, pressentindo voltar-lhe uma sensação de mal-estar. "Sim, o que seria sem mim, já não digo da Rússia, mas de toda a Europa?" E ele se lembrou do cunhado, o rei da Prússia, da sua estupidez e fraqueza, e meneou a cabeça.

De volta, aproximando-se da escadaria do palácio, viu a carruagem de Ielena Pávlovna, que chegava ao portão de Saltikóv, acompanhada de um lacaio vermelho. Ielena Pávlovna era para ele a personificação daquela gente fútil, que falava não só de ciências e poesia, mas até das formas de governo, acreditando que os homens poderiam governar-se melhor do que ele, Nikolai, os governava. Ele sabia que, por maiores perseguições que movesse a tais pessoas, elas sempre acabavam vindo à tona. Lembrou-se do seu irmão Mikhail Pávlovitch, recentemente falecido. E um sentimento de tristeza o invadiu. Franziu o sobrolho com expressão sombria e pôs-se a murmurar novamente as primeiras palavras que lhe acudiam. Deixou de murmurar somente ao entrar no palácio. Chegando ao seu quarto, alisou diante do espelho as suíças, os cabelos sobre as têmporas e a dobra no alto da cabeça. Depois, torcendo as pontas dos bigodes, foi diretamente para o gabinete em que decorriam os despachos.

Tchernichóv foi recebido em primeiro lugar. Imediatamente, pela expressão do rosto e sobretudo dos olhos de Nikolai, Tchernichóv compreendeu que ele estava particularmente mal-humorado, e, sabendo das aventuras da véspera, compreendeu os motivos de tal disposição de ânimo. Cumprimentando-o com frieza e convidando-o a sentar-se, Nikolai fixou nele os olhos sem vida.

Em primeiro lugar, Tchernichóv tratou de um desfalque recém-descoberto de funcionários da Intendência, do deslocamento de tropas na fronteira prussiana, da outorga de gratificações de ano-bom a certas pessoas que não entraram na primeira relação, da comunicação de Vorontzóv sobre a passagem de Khadji-Murát para os russos e, finalmente, do caso desagradável do estudante da Academia de Medicina que atentara contra a vida de um professor.

Nikolai permaneceu calado, apertando os lábios, enquanto afagava folhas de papel com as suas grandes mãos alvas, com um anel de ouro, e ouvia o relatório sobre o desfalque, não tirando os olhos da fronte e do topete de Tchernichóv.

Nikolai estava certo de que todos roubavam. Ele sabia que seria preciso castigar agora os funcionários da Intendência, e resolveu engajá-los como soldados, mas sabia também que isso não impediria aqueles que os substituíssem de fazer exatamente o mesmo. Roubar era algo inerente aos funcionários, e a obrigação dele consistia em castigá-los, e, por mais entediado que estivesse com semelhante tarefa, cumpria conscienciosamente essa obrigação.

— Pelo que se vê, existe na Rússia um único homem honesto — disse ele.

Tchernichóv compreendeu imediatamente que esse único homem honesto na Rússia era o próprio Nikolai, e sorriu em sinal de aprovação.

— Deve ser exato, Majestade — disse ele.

— Deixa, vou escrever a minha resolução — disse Nikolai, tomando o papel e passando-o para a esquerda da mesa.

Depois disso, Tchernichóv começou a relatar o caso das gratificações e o dos movimentos de tropas. Nikolai examinou a lista, riscou alguns nomes e, depois, em poucas palavras e tom decidido, ordenou a transferência de duas divisões para a fronteira prussiana.

Nikolai não podia de modo algum perdoar ao rei da Prússia a Constituição outorgada depois de 1848 e, por isso, embora manifestasse ao seu cunhado, em cartas e verbalmente, a mais calorosa afeição, julgava necessário ter para qualquer eventualidade tropas na fronteira prussiana. Essas tropas podiam ser necessárias para, em caso de revolta do povo prussiano (Nikolai via em toda parte disposição para a revolta), serem destacadas em defesa do trono do seu cunhado, tal como enviara um exército para defender a Áustria contra os húngaros. Essas tropas na fronteira eram necessárias ainda para dar mais peso e significação aos seus conselhos ao rei da Prússia.

"Sim, o que seria agora da Prússia sem mim?" — pensou mais uma vez.

— Bem, e o que mais?

— Um mensageiro do Cáucaso — disse Tchernichóv, e começou a expor o que escrevia Vorontzóv sobre a adesão de Khadji-Murát.

— O quê! — disse Nikolai. — Um bom começo.

— Como se vê, o plano elaborado por Vossa Majestade começa a produzir seus frutos — disse Tchernichóv.

Esse elogio à sua capacidade como estrategista era particularmente agradável a Nikolai, porque, embora se orgulhasse dessa capacidade, no fundo da alma reconhecia não a possuir. E agora queria ouvir lisonjas mais pormenorizadas.

— Como é que compreendes isso? — perguntou.

— Penso que se tivessem seguido há mais tempo o plano de Vossa Majestade e as tropas avançassem, passo a passo, ainda que lentamente, derrubando as matas e destruindo os meios de aprovisionamento, o Cáucaso estaria subjugado há muito tempo. É assim que explico a rendição de Khadji-Murát. Ele compreendeu que a resistência tornou-se impossível.

— Exato — disse Nikolai.

Embora o avanço lento na região do inimigo, com a derrubada das florestas e a destruição dos meios de abastecimento, tivesse sido elaborado por Iermolóv e Vieliaminov, e fosse justamente o contrário do plano de Nikolai, de acordo com o qual os russos deviam apoderar-se, de um golpe, da sede de Chamil e destruir o ninho dos bandidos, e em obediência ao qual se organizara em 1845 a expedição de Darguin, que custara tantas vidas humanas, Nikolai atribuía também a si o plano do avanço lento, com derrubadas sistemáticas e destruição dos meios de abastecimento. Aparentemente, para acreditar que fosse ele o autor deste último plano, seria preciso ocultar que, em 1845, insistira numa operação militar diametralmente oposta. Mas ele não a ocultava, orgulhando-se de ambos os planos, ainda que fossem evidentemente contraditórios. A lisonja permanente, asquerosa e sem rebuços, dos que o cercavam, reduzira-o a tal estado que não via mais as suas contradições e não fazia concordar os seus atos e palavras com a realidade, a lógica ou sequer com o comezinho bom senso, e estava plenamente convencido de que todas as suas disposições se tornavam inteligentes, justas e coerentes entre si, pelo simples fato de provirem dele.

O mesmo aconteceu com a sua resolução sobre o estudante da Academia de Medicina e Cirurgia, cujo caso Tchernichóv começou a relatar após os negócios do Cáucaso.

A ocorrência consistia em que o rapaz, reprovado duas vezes consecutivas, fora a exame pela terceira vez e, quando o examinador o reprovou novamente, o estudante, muito nervoso, viu nisso uma injustiça e, num ataque de furor, agarrou sobre a mesa um canivete e lançou-se contra o professor, causando-lhe alguns ferimentos insignificantes.

— O sobrenome? — perguntou Nikolai.

— Brzezowski.

— Polaco?

— De origem polonesa e católico — respondeu Tchernichóv. Nikolai franziu o sobrolho.

Ele causara muito mal aos poloneses. Para explicá-lo, precisava estar convencido de que todos os poloneses eram canalhas. E Nikolai considerava-os como tais e odiava-os na medida do mal que lhes fizera.

— Espera um pouco — disse ele e, fechando os olhos, deixou pender a cabeça.

Tchernichóv sabia, tendo ouvido isso mais de uma vez de Nikolai, que, nas ocasiões em que precisava resolver alguma questão importante, bastava-lhe concentrar-se por alguns instantes, e então lhe vinha a inspiração e a decisão se formava por si, a mais justa das decisões, como se uma voz interior lhe dissesse o que se devia fazer. Ele estava pensando agora no modo mais cabal de saciar o seu ódio aos poloneses, que fora espicaçado pelo ato daquele estudante, e a voz interior lhe sugeriu a seguinte decisão. Apanhou o relatório e, na margem, escreveu com a sua letra graúda:

"Merece a pena de morte. Mas, graças a Deus, nós não temos pena de morte. E não é a mim que compete introduzi-la. Passar doze vezes por entre mil homens. Nikolai", assinou ele com a sua rubrica enorme e afetada.

Nikolai sabia que doze mil bastonadas eram não só uma execução capital certa e torturante, mas também uma crueldade desnecessária, pois cinco mil golpes seriam suficientes para matar o homem mais forte. Agradava-lhe, porém, ser inexoravelmente cruel e, ao mesmo tempo, saber que, entre nós, não existia a pena de morte.

Tendo escrito a sua resolução sobre o estudante, passou-a a Tchernichóv.

— Está aqui — disse ele. — Lê.

Tchernichóv leu-a e inclinou a cabeça, em sinal de respeitosa surpresa por tão sábia decisão.

— E conduzir todos os estudantes à praça, para que assistam à execução — acrescentou Nikolai.

"Será útil para eles. Vou extirpar esse espírito revolucionário, arrancá-lo com a raiz" — pensou.

— Será feito — disse Tchernichóv. E, depois de calar-se algum tempo e corrigir a posição do topete, retornou aos negócios do Cáucaso. — Como deseja que escreva a Mikhail Semiónovitch?

— Que siga fielmente o meu sistema de destruição das moradias e dos meios de abastecimento na Tchetchênia, incomodando-os também com incursões — disse Nikolai.

— O que ordena em relação a Khadji-Murát? — perguntou Tchernichóv.

— Vorontzóv escreve que pensa aproveitá-lo no Cáucaso.

— Não será arriscado? — disse Tchernichóv, evitando o olhar de Nikolai. — Temo que Mikhail Semiónovitch seja confiante em demasia.

— E o que pensas tu? — perguntou-lhe rispidamente Nikolai, percebendo a intenção de Tchernichóv de mostrar sob aspecto desvantajoso as disposições de Vorontzóv.

— Penso que seria mais seguro enviá-lo para a Rússia.

— Tu pensas assim — disse Nikolai, zombeteiro —, mas eu sou de opinião diferente, e estou de acordo com Vorontzóv. Escreve-lhe isso mesmo.

— Será feito — disse Tchernichóv e, erguendo-se, começou as mesuras de despedida.

O mesmo fez Dolgorúki, que, durante todo o despacho, apenas dissera poucas palavras, respondendo a perguntas de Nikolai sobre movimentos de tropas.

Depois de Tchernichóv, foi recebido Bíbikov, governador militar da região ocidental, que viera apresentar suas despedidas. Tendo concordado com as medidas tomadas por Bíbikov contra camponeses rebeldes, que não queriam aceitar a religião ortodoxa, ordenou-lhe que fizesse julgar por um tribunal militar todos os que não se submetessem, o que significava condenar a bastonadas por uma tropa em forma. Além disso, mandou engajar como soldado o redator de um jornal, que publicara uma informação sobre a transferência de alguns milhares de camponeses do Estado para a condição de servos da família real.

— Eu o faço porque julgo necessário — disse ele — e não permito discutir tais ordens.

Bíbikov compreendia toda a crueldade da disposição sobre os camponeses católicos e a injustiça da redução dos camponeses do Estado, os únicos livres, à condição servil. Mas não se podia replicar. Discordar de uma ordem de Nikolai significaria perder toda a brilhante situação, que lhe custara quarenta anos de esforços e que estava gozando agora. E, por isso, inclinou a sua cabeça de cabelos negros, que estavam começando a ficar grisalhos, em sinal de fidelidade e disposição de executar a cruel, insana e desonesta ordem superior.

Depois de se despedir de Bíbikov, Nikolai se espreguiçou, com a consciência do dever bem cumprido, olhou o relógio e foi vestir-se para aparecer ante a corte. Tendo vestido o uniforme com dragonas, condecorações e uma fita, saiu para a sala de espera, onde mais de cem pessoas, em lugares predeterminados, os homens de uniforme e as mulheres de elegantes vestidos com decote, aguardavam ansiosos o seu aparecimento.

Com um olhar sem vida, o peito inflado e a barriga comprimida, que transbordava por cima e por baixo da compressão, apareceu ante os que o aguardavam e, sentindo todos os olhares dirigidos para si, com ansiedade e servilismo, assumiu uma atitude ainda mais solene. Encontrando com os olhos rostos conhecidos, lembrava-se de quem se tratava, parava e dizia, ora em russo, ora em francês, algumas palavras e, traspassando os interlocutores com o seu olhar frio e sem vida, ouvia o que lhe diziam.

Tendo recebido congratulações, Nikolai foi à igreja.

Deus, por intermédio dos seus serviços, saudava e louvava Nikolai, tal como o fizeram os homens do mundo, e ele aceitava essas saudações e elogios como algo que lhe fosse devido, embora o aborrecesse. Tudo devia ser assim, porque dele dependiam o bem-estar e a felicidade do mundo, e, embora isso o cansasse, ele não podia recusar ao mundo a sua cooperação. Quando, terminada a missa, um diácono magnífico, muito bem penteado, proclamou: "Que reine por muitos anos", e os cantores, com lindas vozes, repetiram em uníssono essas palavras, Nikolai se voltou e viu, parada junto à janela, Nielídova com os seus ombros opulentos, e decidiu a seu favor a comparação com a moça da véspera.

Terminada a missa, foi ter com a imperatriz e passou alguns momentos em família, gracejando com a mulher e os filhos. Depois, através do Palácio do Hermitage, foi falar com o ministro da corte Volkônski e encarregou-o de entregar, dos seus fundos privados, uma pensão anual à mãe da mocinha da véspera. E de lá dirigiu-se para o seu passeio habitual.

O jantar, naquele dia, decorreu na Sala Pompeana. Além dos filhos menores, Nikolai e Mikhail, foram convidados o barão Liven, o conde Rjevúski, Dolgorúki, o embaixador prussiano e o ajudante de campo do rei da Prússia.

Enquanto esperavam o imperador e a imperatriz, o embaixador prussiano e o barão Liven entabularam uma conversa interessante sobre as últimas notícias alarmantes recebidas da Polônia.

— *La Pologne et le Caucase, ce sont les deux cautères de la Russie* — disse Liven. — *Il nous faut 100.000 hommes à peu près dans chacun de ces deux pays.*[61]

[61] Em francês no original: "A Polônia e o Cáucaso são os dois cautérios da Rússia. Precisamos de quase cem mil homens em cada um desses países". (N. do T.)

O embaixador fingiu-se surpreendido.

— *Vous dites, la Pologne...* — disse ele.

— *Oh! oui, c'était un coup de maître de Metternich de nous en avoir laissé d'embarras...*[62]

Nesse ponto da conversa, entrou a imperatriz, com a sua cabeça trêmula e o sorriso imobilizado, seguida de Nikolai.

À mesa, Nikolai falou sobre a adesão de Khadji-Murát e disse que a Guerra do Cáucaso devia terminar em breve, graças à sua ordem de acossar os nativos com a derrubada das matas e com um sistema de fortificações.

O embaixador trocou um olhar furtivo com o ajudante de campo prussiano, com quem falara ainda naquela manhã da malfadada fraqueza de Nikolai de se considerar um grande estrategista, mas elogiou muito esse plano, o qual, segundo ele, mostrava mais uma vez a grande capacidade estratégica de Nikolai.

Depois do jantar, Nikolai foi ao balé, onde viu desfilarem de malha centenas de mulheres seminuas. Uma delas lhe agradou particularmente, e, chamando o coreógrafo, Nikolai agradeceu-lhe o espetáculo e mandou presenteá-lo com um anel cravejado de brilhantes.

No dia seguinte, no despacho de Tchernichóv, Nikolai confirmou mais uma vez a sua ordem a Vorontzóv de que, depois da rendição de Khadji-Murát, devia-se mais que nunca inquietar a Tchetchênia e comprimi-la com uma linha de fortificações.

Tchernichóv escreveu a Vorontzóv nesse sentido, e outro mensageiro viajou para Tiflis, fazendo cair cavalos de cansaço e quebrando a cara dos cocheiros.

[62] "O senhor diz, a Polônia..." "Oh, sim, foi um golpe de mestre de Metternich ter nos deixado este trambolho...". (N. do T.)

XVI

Em cumprimento da referida determinação de Nikolai Pávlovitch, logo em seguida, ainda em janeiro de 1852, empreendeu-se uma incursão na Tchetchênia.

O destacamento designado para a operação consistia em quatro batalhões de infantaria, dois esquadrões de cossacos e oito canhões. A coluna avançou pela estrada. De ambos os lados, em cadeia ininterrupta, descendo e subindo quebradas, caminhavam os caçadores, de botas altas, peliça curta e *papakha*, as armas a tiracolo e a munição presa em cintos. Como de costume, o destacamento atravessava território inimigo mantendo o possível silêncio. Apenas, de quando em quando, rechinavam sobre as valas os canhões sacudidos, ou, não compreendendo a ordem de silêncio, fungava ou relinchava um cavalo de artilharia, ou ainda algum comandante gritava, contendo a voz rouquenha, enfurecido com os subordinados, porque a fila de caçadores se dispersara demais ou estava caminhando muito perto ou muito longe da coluna. De uma feita apenas, o silêncio se rompeu por algo diferente: de trás de umas sarças de espinho, entre os infantes e a coluna, pulou uma cabra, cinzenta nas costas e branca na barriga, seguida de um bode da mesma pelagem, de chifres pequenos que lhe apontavam para as costas. Os bonitos animais assustados, dando grandes saltos, as patas da frente encolhidas, aproximaram-se tanto da coluna, que alguns soldados correram atrás deles, aos gritos e gargalhadas, pretendendo espetá-los com as baionetas, mas os bichos deram meia-volta, passaram por entre os infantes e, perseguidos por alguns cavalarianos e pelos cachorros da companhia, fugiram para as montanhas que nem pássaros.

O inverno ainda estava em curso, mas o sol começava a erguer-se mais alto e, ao meio-dia, quando o destacamento saído de manhã cedo percorrera já umas dez verstas, aquecia tanto que se sentia calor, e os seus raios tinham tamanha intensidade que doía olhar para o aço das baionetas e para o brilho, semelhante a pequenos sóis, que aparecia súbito sobre o bronze dos canhões.

Atrás, ficava um riacho rápido e límpido, que acabava de ser transposto pelo destacamento; na frente, campos trabalhados e pastos, em vales não muito profundos; mais na frente ainda, montanhas negras e misteriosas, cobertas de florestas; além das montanhas negras, penhascos que se destacavam e, no horizonte alto, os picos nevados, eternamente belos, sempre diferentes, faiscando qual diamantes.

Na frente da Quinta Companhia, caminhava, de sobrecasaca preta, *papakha* e sabre ao ombro, o alto e bonito oficial Butler, transferido recentemente da guarda. Experimentava um sentimento animador de alegria, de vida e, ao mesmo tempo, de perigo mortal e desejo de agir, e tinha consciência da sua participação num todo incomensurável, governado por uma vontade única. Era a segunda vez que saía para uma ação, e pensava que dentro em pouco estariam sob os tiros inimigos, e que ele não só não abaixaria a cabeça, quando uma granada passasse por cima, e não daria importância ao silvar das balas, mas, como já fizera, levantaria a cabeça ainda mais alto, e, os olhos sorridentes, fixaria os seus companheiros e os soldados, discorrendo sobre algum outro assunto, com a voz mais indiferente.

O destacamento deixou a estrada principal e avançou por outra quase abandonada, que atravessava campos de milho, e foi se aproximando da mata, quando, sem que se visse de onde, um projétil passou com assobio sinistro e bateu perto do centro do comboio, num milharal junto à estrada, revolvendo a terra.

— Já começa — disse Butler, com um sorriso alegre, ao companheiro que ia a seu lado.

E, com efeito, depois de explodir a granada, surgiu da

mata um magote compacto de tchetchenos a cavalo, com os seus estandartes. No centro do grupo, havia um grande estandarte verde, e o velho primeiro-sargento da companhia, que tinha vista excelente, comunicou ao míope Butler que devia ser o próprio Chamil. O grupo descia a montanha. Logo em seguida, apareceu no alto do declive mais próximo, prosseguindo a descida. O general miúdo, de sobrecasaca preta e quente, de *papakha* com um grande pompom branco, montado em seu cavalo de passo esquipado, acercou-se da companhia de Butler, ordenando-lhe que se deslocasse para a direita e enfrentasse a cavalaria que descia o morro. Butler conduziu rapidamente a companhia na direção indicada, mas, antes que descesse ao fundo do vale, ouviu atrás de si dois tiros consecutivos de canhão. Voltou-se e viu duas nuvens de fumaça azulada, que se ergueram de duas peças e estavam vagando sobre o vale. O grupo, que provavelmente não esperava encontrar artilharia, recuou. A companhia de Butler começou a atirar sobre os montanheses, e todo o fundo do vale cobriu-se de fumaça de pólvora. Mais acima, porém, via-se como os nativos se retiravam precipitadamente, atirando contra os cossacos que os perseguiam. O destacamento avançou mais, seguindo os montanheses, e, no declive do vale seguinte, descortinou-se um *aul*.

Butler e sua companhia entraram no povoado em passo acelerado, logo após os cossacos. Os habitantes haviam partido. Os soldados tiveram ordem de incendiar os depósitos de trigo, o feno e as próprias *sáklias*. Por todo o *aul*, pairava uma fumaça penetrante, por entre a qual se movimentavam os soldados, retirando das *sáklias* tudo o que encontravam e principalmente apanhando ou fuzilando as galinhas que os montanheses não tiveram tempo de levar. Os oficiais sentaram-se um pouco afastados da fumaça, almoçaram e beberam. Um sargento trouxe-lhes alguns favos de mel, sobre uma tábua. Não se ouviam os tchetchenos. Pouco depois do meio-dia, recebeu-se ordem de abandonar o *aul*. A companhia formou em coluna, atrás do povoado, e Butler teve de ficar na retaguarda. Mal se iniciou o movimento, apareceram tchetchenos, que acompanharam o destacamento com tiros.

Quando se saiu em campo aberto, os montanheses ficaram para trás. Na companhia de Butler, ninguém fora ferido, e ele voltava no mais alegre e animador estado de espírito.

Quando o destacamento vadeou de volta o riacho por que passara naquela manhã, e se estendeu pelos prados e campos de milho, os cantores formaram na frente das companhias e ressoaram canções. Não havia vento. O ar era fresco, puro e tão transparente que as montanhas nevadas, a uma distância de cem verstas, pareciam muito próximas, e, quando os cantores se calavam, ouviam-se o pisar cadenciado e o tilintar das armas, como um fundo sobre o qual começava e terminava cada canção. Na companhia de Butler, a Quinta, cantava-se a composição de um aspirante, em honra ao regimento, com motivo de dança, acompanhada do estribilho: "*Será isso, será isso, caçadores, caçadores?*".

Butler ia ao lado do seu superior imediato, o major Pietróv, com quem morava e em cuja companhia não cessava de se maravilhar com a sua decisão de se transferir da guarda para o exército em ação no Cáucaso. O motivo principal da sua transferência da guarda consistia em que perdera nas cartas, em Petersburgo, tudo o que possuía. Temia não ter forças para resistir à tentação do jogo, se ficasse na guarda, e agora não tinha mais o que perder. Mas tudo aquilo passara e diante dele estava outra vida, muito boa e repleta de galhardia. Esqueceu a pobreza a que se reduzira e as dívidas a pagar. O Cáucaso, a guerra, os soldados, os oficiais, aquele valente, borracho e bonachão major Pietróv, tudo isso lhe parecia tão bom que às vezes não podia crer que não estivesse mais em Petersburgo, naquelas salas cheias de fumaça de cigarro, apostando contra a banca, odiando o banqueiro e sentindo na cabeça uma dor compressora, mas ali, naquela região maravilhosa, entre galhardos caucasianos.

"*Será isso, será isso, caçadores, caçadores?*" — repetiam os cantores da companhia. O cavalo acompanhava aquela música num passo alegre. A cinzenta Triezorka, a cadela felpuda, mascote da companhia, corria como um comandante, o ar preocupado e a cauda enrolada, diante dos comandados de Butler. O oficial estava animado, calmo, alegre. A guerra consistia, a seu ver, unicamente em que ele agora se expunha ao perigo e, desse modo, ficava merecendo prêmios, bem como o respeito dos seus companheiros de regimento e dos amigos que ficaram na Rússia. Por mais estranho que isso pareça, o outro lado da guerra, a morte, os ferimentos em soldados, oficiais e montanheses, não lhe vinha sequer à lembrança. Inconscientemente, para manter essa imagem poética da guerra, sempre evitava olhar os mortos e feridos. O mesmo fizera naquela ocasião. Do nosso lado, tinha havido três mortos e doze feridos. Ele passou por um cadáver deitado de costas, e somente com um olho viu a posição algo estranha da mão, que parecia de cera, e a mancha vermelho-escura na cabeça, mas não o examinou mais detidamente. Quanto aos montanheses, via neles apenas *djiguites* a cavalo, dos quais era preciso defender-se.

— Pois é isso, paizinho — disse o major, no intervalo de duas canções —, isto aqui é bem diferente da vida de vocês em Petersburgo: esquerda-volver, direita-volver. Agora, fizemos o nosso servicinho e vamos para casa. Machurka[63] nos servirá *piróg*[64] e *schchi*.[65] Eh, vida! Não é mesmo? E agora:

[63] Diminutivo de Mária. (N. do T.)

[64] Espécie de pastelão. (N. do T.)

[65] Sopa de repolho. (N. do T.)

"*Quando se ergueu a madrugada*", comandou ele a sua canção predileta.

O major vivia maritalmente com a filha do enfermeiro, a princípio Machka[66] e, agora, Mária Dmítrievna.[67] Era uma mulher de trinta anos, sem filhos, bonita, muito loura, coberta de sardas. Fosse qual fosse o seu passado, era agora a fiel companheira de Pietróv, tratava dele como uma ama-seca, e isso era necessário ao major, que frequentemente se embebedava até perder os sentidos.

Quando chegaram à fortaleza, tudo se passou como previra o major. Mária Dmítrievna deu de-comer a ele, a Butler e a mais dois oficiais convidados, servindo-lhes o seu farto e saboroso jantar, e o major comeu e bebeu tanto que não podia mais falar e retirou-se para dormir. Butler, também cansado, mas satisfeito e ligeiramente embriagado com *tchikhir*,[68] foi para o quarto e, mal se despiu, pôs a palma da mão sob a sua bonita cabeça crespa e adormeceu com sono forte, sem sonhos nem interrupções.

XVII

O *aul* destruído na incursão era aquele mesmo em que Khadji-Murát passara a noite, antes de se bandear para os russos.

Sado, em casa de quem Khadji-Murát se detivera, fora com a família para as montanhas, quando os russos se aproximaram do *aul*. Voltando, encontrou a sua *sáklia* destruída,

[66] Outro diminutivo de Mária. (N. do T.)

[67] O uso do patronímico indica tratamento respeitoso. (N. do T.)

[68] Variedade de vinho caseiro caucasiano, mais exatamente mosto de uva. (N. do T.)

o telhado derrubado, a porta e os postes da galeria queimados e todo o interior da casa coberto de imundície. O seu filho, aquele rapazinho bonito, de olhos coruscantes, que tinha olhado com deslumbramento para Khadji-Murát, fora trazido morto para a mesquita, sobre um cavalo coberto com uma japona. Tinha as costas atravessadas por uma baioneta. A mulher de ar venerável, que servira a refeição a Khadji-Murát durante a sua visita, estava agora com a camisa rasgada no peito, deixando à mostra os seios decrépitos, pendentes, e, os cabelos soltos, mantinha-se curvada sobre o filho, dilacerando o rosto com as unhas e vociferando sem cessar. Sado apanhara a pá e a picareta e fora com os parentes cavar o túmulo do filho. O velho avô estava sentado contra a parede da *sáklia* destruída e, afinando uma vareta, olhava estupidamente diante de si. Acabava de voltar do seu colmeal. Foram incendiadas as duas medas de feno que lá havia, quebradas e queimadas as cerejeiras e os abricoteiros plantados pelo velho e, sobretudo, destruídas todas as colmeias. Ouvia-se o uivar das mulheres em todas as casas e na praça, aonde foram levados mais dois corpos. As crianças pequenas urravam, acompanhando as mães. Urrava também o gado faminto, que não recebia mais nada para comer. As crianças mais crescidas não brincavam, encarando os adultos com olhos assustados.

O chafariz estava emporcalhado, provavelmente deixado assim a propósito, de modo que não se podia apanhar água nele. Igualmente emporcalhada estava a mesquita, e o muezim com os *mutalins*[69] a estavam limpando. Os velhos, chefes de família, reuniram-se na praça e, de cócoras, discutiam a situação. Ninguém falava sequer do ódio aos russos. O sentimento que experimentavam todos os tchetchenos

[69] Discípulos. (N. do T.)

era mais forte que o ódio. Não odiavam, mas simplesmente não reconheciam aqueles cães russos como gente. Era uma sensação de asco e estupefação ante a crueldade absurda daquelas criaturas, e o desejo de destruí-las, a exemplo do desejo de destruir os ratos, as aranhas venenosas e os lobos, era um sentimento natural como o instinto de conservação.

Os habitantes não tinham alternativa: permanecer nos próprios lugares e reconstruir, com esforço tremendo, tudo o que fora adquirido com tanto trabalho e destruído tão fácil e inutilmente, esperando a qualquer momento sua repetição, ou, contrariando a lei religiosa e o sentimento de repulsa e desprezo pelos russos, submeter-se a estes.

Os anciães rezaram e decidiram, por unanimidade, enviar emissários a Chamil, pedindo-lhe auxílio, e imediatamente se puseram a reconstruir o que fora destruído.

XVIII

No terceiro dia após a incursão, Butler saiu de manhã, relativamente tarde, pelos fundos da casa, para a rua, pretendendo passear um pouco e respirar ar puro antes do chá matinal, que ele costumava tomar em companhia de Pietróv. O sol se erguera já por trás das montanhas, e doía a vista quando se olhava para as casas brancas de taipa, à direita da rua, mas em compensação, como sempre, alegrava e descansava o espírito olhar para a esquerda, para as montanhas negrejantes que se erguiam e se afastavam, cobertas de florestas, e para a cadeia fosca das alturas nevadas que, aparecendo além do desfiladeiro, procuravam, como de costume, passar por nuvens.

Butler olhava aquelas montanhas e respirava a plenos pulmões, alegrando-se por estar vivo, e por ser precisamente ele quem vivia, e ainda neste mundo magnífico. Alegrava-

-o um pouco também o fato de se ter comportado tão bem na ação da véspera, tanto nos avanços como, principalmente, na retirada, quando a ação se tornara um tanto intensa; alegrava-o ainda a lembrança de que na véspera, ao voltarem, Machka, isto é, Mária Dmítrievna, companheira de Pietróv, lhes servira a refeição e fora particularmente simples e amável com todos, mas sobretudo, conforme lhe parecera, carinhosa com ele. Com a sua grossa trança, os ombros largos, o peito elevado e o sorriso radiante no rosto bondoso, coberto de sardas, ela atraía involuntariamente Butler na sua qualidade de homem moço, forte e solteiro, e ele tinha até a impressão de que Mária Dmítrievna o desejava. Mas ele achava que isso não seria correto em relação ao seu bom e sincero amigo, e conduzia-se em relação a Mária Dmítrievna do modo mais singelo e respeitoso, alegrando-se por isso consigo mesmo. E era nessas relações que pensava naquele momento.

Os seus pensamentos foram distraídos por um patear amiudado, que ouviu na frente, de muitos cascos de cavalos sobre a estrada poeirenta, como se viessem alguns cavaleiros. Ergueu a cabeça e viu no fim da rua um grupo que se aproximava. Dois homens vinham à frente de umas duas dezenas de cossacos: um estava de *tcherkeska* branca e *papakha* coberta de turbante; o outro era um oficial russo, moreno, nariz encurvado, de *tcherkeska* azul, com abundância de prata no traje e sobre as armas. O cavaleiro do turbante montava um lindo alazão, de cabeça pequena e olhos magníficos. O oficial montava um cavalo alto e vistoso, da raça *karabakh*.[70] Butler, que apreciava cavalos, atribuiu imediatamente o devido valor à força e ao ânimo do primeiro animal e parou, para verificar quem eram aqueles homens. O oficial dirigiu-se a Butler.

[70] Antiga raça do Cáucaso. (N. do T.)

— É casa comandante praça? — perguntou ele, sem declinar as palavras, mostrando assim e pelo sotaque a sua origem estrangeira, e indicando com a chibata a casa de Ivan Matvéievitch. Butler respondeu afirmativamente.

— Quem é ele? — perguntou, acercando-se mais do oficial e indicando com os olhos o homem do turbante.

— É Khadji-Murát. Vem para cá, vai hospedar-se em casa comandante — disse o oficial.

Butler sabia da passagem de Khadji-Murát para o lado dos russos, mas de modo algum esperava encontrá-lo ali, naquela pequena fortificação.

Khadji-Murát olhava para ele com expressão amistosa.

— Bom dia, *kochkoldi*[71] — disse a saudação em tártaro que decorara.

— *Saubul*[72] — respondeu Khadji-Murát, acenando com a cabeça.

Aproximou-se de Butler e estendeu-lhe a mão, com um pinguelim preso a dois dedos.

— Comandante? — perguntou ele.

— Não, vou chamar o comandante — disse Butler, dirigindo-se ao oficial. Em seguida, subiu a escadinha e empurrou a porta.

Mas a porta da "entrada de gala", como a chamava Mária Dmítrievna, estava fechada. Butler bateu na porta, e, não recebendo resposta, rodeou a casa, para entrar pelos fundos. Chamou a sua ordenança, mas não recebeu resposta, e, não tendo encontrado também a ordenança do major, entrou na cozinha. Mária Dmítrievna, muito vermelha, a cabeça coberta com um lenço, as mangas arregaçadas sobre os

[71] "Seja bem-vindo". (N. do T.)

[72] "Desejo-te saúde". (N. do T.)

braços brancos e roliços, cortava em pedaços pequenos, para bolinhos, a massa enrolada, que era tão alva como os seus braços.

— Aonde foram as ordenanças? — perguntou Butler.

— Embebedar-se — disse Mária Dmítrievna. — Mas para que precisa deles?

— Para abrir a porta. Em frente da sua casa, está um bando inteiro de montanheses. Khadji-Murát chegou.

— Invente mais alguma coisa — disse Mária Dmítrievna, e sorriu.

— Não estou brincando, é verdade. Estão parados diante da casa.

— Será possível? — disse ela.

— Para que ia eu inventar? Vá ver, ele está aí.

— Que coisa! — disse Mária Dmítrievna, deixando cair as mangas e apalpando com a mão uns grampos em sua grossa trança. — Agora, vou acordar Ivan Matvéievitch.

— Não, vou eu — disse Butler. — E tu, Bondárenko, vai abrir a porta.

— Está bem — e Mária Dmítrievna voltou à sua tarefa.

Sabendo que Khadji-Murát chegara, Ivan Matvéievitch, que já ouvira falar da sua permanência em Grózni, não se espantou nem um pouco e, levantando-se, enrolou um cigarro, acendeu-o e começou a vestir-se, tossindo alto e resmungando contra o comando, que lhe enviara "aquele diabo". Depois de se vestir, exigiu que a ordenança lhe desse "remédio". E o soldado, sabendo que o nome remédio designava vodca, serviu-a.

— Nada pior que misturar as bebidas — resmungou ele, depois de tomar vodca e morder um pedaço de pão preto. — Ontem, bebi *tchikhir*, e hoje tenho dor de cabeça. Bem, agora estou pronto — acrescentou, e foi para a sala de visitas, para onde Butler já conduzira Khadji-Murát e o oficial que o acompanhava.

Esse oficial transmitiu a Ivan Matvéievitch a ordem do comandante do flanco esquerdo de receber Khadji-Murát e, permitindo-lhe manter comunicação com os montanheses, por meio de emissários, não deixar que saísse da fortaleza, a não ser com escolta de cossacos.

Tendo lido a comunicação, Ivan Matvéievitch olhou fixamente para Khadji-Murát e tornou a concentrar-se na leitura. Passando assim diversas vezes os olhos do papel para Khadji-Murát, deteve finalmente nele o olhar e disse:

— *Iakchi, bek, iakchi.*[73] Que more aqui. Diga-lhe assim mesmo, que tenho ordens de não o deixar sair. E as ordens são sempre sagradas. Mas onde vamos alojá-lo? O que pensas, Butler? Vamos deixá-lo no escritório?

Butler não chegou a responder, pois Mária Dmítrievna, que viera da cozinha e estava parada à porta, dirigiu-se a Ivan Matvéievitch:

— Para quê? Deixe-o aqui. Vamos dar-lhe o quarto dos hóspedes e a despensa. Pelo menos, estará sempre à vista — disse, olhou para Khadji-Murát e, encontrando seu olhar, voltou precipitadamente a cabeça.

— Eu creio que Mária Dmítrievna tem razão — disse Butler.

— Bem, bem, anda, isso não é assunto para mulheres — observou Ivan Matvéievitch, franzindo o sobrolho.

Enquanto durou a conversa, Khadji-Murát manteve-se sentado, a mão metida atrás do cabo do punhal e um ligeiro sorriso de desprezo. Finalmente, disse que lhe era indiferente onde morar. A única coisa de que precisava, e que o *sardar* lhe permitira, era manter ligação com os montanheses, e por isso queria que os deixassem vir falar com ele. Ivan Ma-

[73] "Está bem, senhor, está bem". (N. do T.)

tvéievitch disse que assim se faria e pediu a Butler que se ocupasse dos hóspedes, enquanto lhes trariam algo para comer e preparariam os quartos, e ele próprio preencheria alguns papéis em seu escritório e daria as ordens necessárias.

Logo se definiram com muita nitidez as relações de Khadji-Murát com os seus novos conhecidos. Desde o primeiro momento em que conheceu Ivan Matvéievitch, sentiu por ele repugnância e desprezo, tratando-o sempre com ar superior. Gostou particularmente de Mária Dmítrievna, que lhe preparava e servia as refeições. Agradavam-lhe a sua simplicidade, a beleza diferente de um povo que lhe era estranho, a atração que ela sentia por ele e da qual também se contagiou inconscientemente. Procurava não a olhar nem conversar com ela, mas os seus olhos seguiam-na sem querer e acompanhavam-lhe os movimentos.

Travou relações de amizade com Butler, logo depois do primeiro encontro; falava com ele de bom grado, fazendo-lhe perguntas sobre a vida que levara, contando-lhe a sua e comunicando-lhe as notícias que os emissários lhe traziam sobre a situação da sua família e, até, pedindo-lhe conselhos sobre o que deveria fazer.

Não eram boas as notícias que recebia. Nos quatro dias que passou na fortaleza, recebeu duas vezes os seus homens, e ambas as vezes elas foram más.

XIX

Logo depois da passagem de Khadji-Murát para o lado dos russos, a família dele fora levada para o *aul* de Vedeno e colocada sob vigilância, à espera da decisão de Chamil. A velha Patimat, as duas esposas de Khadji-Murát e os seus cinco filhos pequenos moravam sob guarda na *sáklia* do comandante de esquadrão Ibraim Rachid, mas Iussuf, o filho de dezoito anos de Khadji-Murát, estava na prisão, isto é, numa fossa com mais de um *sájen* de profundidade, em companhia de sete criminosos, que esperavam como ele a decisão do seu destino.

Essa decisão não vinha porque Chamil estava fora, lutando com os russos.

Em 6 de janeiro de 1852, ele estava regressando para Vedeno, depois de um combate com os russos, no qual, segundo a opinião destes, fora derrotado e obrigado a fugir, e, segundo sua própria opinião e a de todos os *miurides*, tivera uma vitória e expulsara os russos. Naquele combate, ele atirara pessoalmente de fuzil, o que acontecia muito raramente, e, desembainhando o sabre, quisera impelir o seu cavalo contra os russos, mas os *miurides* que o acompanhavam detiveram-no. Dois deles foram mortos ali mesmo, ao lado de Chamil.

Era meio-dia quando ele se aproximou do seu local de moradia, cercado por um grupo de *miurides*, que faziam piruetas a cavalo, atiravam de fuzil e de pistola e cantavam sem cessar: "*La ilá il Alá*".

Toda a população do grande *aul* de Vedeno estava na rua e sobre os telhados, saudando o seu chefe, e em sinal de regozijo também disparava fuzis e pistolas. Chamil montava um cavalo árabe branco, que repuxava alegremente as rédeas, sentindo a proximidade de casa. Os arreios eram muito simples, sem enfeites de ouro ou prata: brida de couro vermelho, finamente trabalhado, com um risquinho no meio, estribos de metal e manta escarlate sob a sela. O imame vestia uma peliça coberta com fazenda castanha, sob a qual aparecia um pouco de pele negra, junto ao pescoço e às mangas; a peliça estava apertada sobre o corpo comprido e fino por um cinto negro com punhal. Na cabeça, tinha uma alta *papakha* de fundo chato, com um pompom preto, na qual se enrolava um turbante branco, cuja ponta lhe descia abaixo do pescoço.

Os pés estavam calçados com sapatos de pano verde, e trazia polainas pretas, ligadas com simples barbante.

De modo geral, não havia sobre o imame nenhum objeto brilhante, de ouro ou prata, e o seu vulto alto, ereto, vigoroso, num traje sem enfeites, rodeado de *miurides* cobertos de brilhos dourados e prateados sobre o traje e as armas, causava precisamente aquela impressão de grandeza que ele queria e sabia dar ao povo. O seu rosto pálido, emoldurado por uma barba ruiva, aparada, de olhos pequenos, constantemente entrecerrados, parecia de pedra e mantinha-se absolutamente imóvel. Atravessando o *aul*, sentia fixos sobre si milhares de olhos, mas os seus não se dirigiam para ninguém. As mulheres de Khadji-Murát, acompanhadas dos filhos, saíram com todos os habitantes da *sáklia* para a galeria, a fim de ver a chegada do imame. Somente a velha Patimat, mãe de Khadji-Murát, não saiu e permaneceu na mesma atitude, os cabelos brancos espalhados, sentada no chão da *sáklia*, abraçando os joelhos magros com os braços compridos, e, piscando os ardentes olhos negros, fitava os ramos que estavam acabando de se consumir na lareira. Tal como o filho, sempre odiara Chamil; agora o odiava mais ainda e não queria vê-lo.

O filho de Khadji-Murát também não viu a entrada triunfal de Chamil. Ouvira apenas, do fundo da sua fossa escura e fétida, os tiros e as canções, e se atormentava como se atormentam os homens jovens e cheios de vida, quando privados da liberdade. Sentado em sua fossa fedorenta e vendo sempre os mesmos homens enclausurados com ele, infelizes, imundos, depauperados, na maioria odiando-se, ele invejava ardentemente aqueles outros homens que, aproveitando a luz, o ar, a liberdade, volteavam em torno do chefe, davam tiros e cantavam em uníssono: "*La ilá il Alá*".

Atravessado o *aul*, Chamil penetrou num grande pátio, ligado a outro, no qual se encontrava o seu serralho. Dois lesguinos[74] armados esperavam-no junto ao portão aberto do primeiro pátio, repleto de gente. Ali estavam homens vindos de longe, a negócios, solicitadores e outros cuja presença fora exigida por Chamil, para que pudesse julgá-los e decidir a sua sorte. Quando Chamil entrou, todos os que se encontravam no pátio se ergueram e saudaram respeitosos o imame, encostando as mãos no peito. Alguns se ajoelharam, e assim permaneceram enquanto Chamil percorria o pátio, de um portão a outro. Embora Chamil tivesse reconhecido entre os que o aguardavam muitos indivíduos que lhe eram antipáticos e inúmeros solicitadores maçantes, que exigiam atenção para os seus casos, passou por eles com o mesmo rosto imutável, pétreo, e, entrando no pátio interior, apeou-se junto à galeria da sua residência, à esquerda de quem atravessasse o portão.

Depois da tensão, menos física do que moral, da campanha (pois Chamil, apesar de apregoar que ela constituíra uma vitória, sabia que se tratava de um insucesso, que muitos *auis* tinham sido devastados e queimados e que o volúvel povo dos tchetchenos vacilava, e alguns deles, os que ficavam mais perto dos russos, já estavam prontos a passar para o outro lado, e tudo isso era difícil), precisava tomar medidas, mas naquele momento Chamil não queria pensar em nada. Desejava uma coisa apenas: o repouso e o encanto dos carinhos domésticos da mais querida de suas mulheres, a kistiniana[75] Aminet, de dezoito anos, olhos negros e pernas muito ágeis.

Mas não somente não podia pensar agora em ver Aminet, que estava ali mesmo, atrás do muro que separava, no pátio interno, o apartamento feminino do masculino (Cha-

[74] Um dos povos que habitam o Cáucaso. (N. do T.)

[75] Isto é, da região do rio Kistin. (N. do T.)

mil tinha certeza de que, no próprio instante em que descia do cavalo, Aminet e outras mulheres estavam espiando por uma fenda no muro), não somente não podia ir vê-la, como não era lícito sequer deitar-se no colchão de penas e repousar da viagem. Era preciso, antes de tudo, realizar a unção do meio-dia, para a qual não tinha a menor disposição, mas que não podia deixar de levar a efeito, não só por ser o chefe religioso do seu povo, mas também porque tal ato lhe era indispensável como o pão de cada dia. E ele procedeu à unção e à reza, depois da qual mandou chamar os que o esperavam.

O primeiro a entrar foi o seu sogro e mestre, Djemal-Edin, um ancião alto, encanecido, venerável, de barba alva como neve e rosto muito corado, que, depois de rezar a Deus, pôs-se a interrogar Chamil sobre o ocorrido na campanha e a contar o que sucedera nas montanhas, na sua ausência.

Entre notícias da mais variada natureza, sobre mortes por vingança, roubo de gado, transgressão das prescrições do *Tarikat*[76] quanto ao fumo e ao álcool, Djemal-Edin comunicou que Khadji-Murát enviara gente a fim de conduzir a sua família para o lado russo, mas que se descobrira a trama e os membros da família foram levados para Vedeno, onde se encontravam sob guarda, à espera da decisão do imame. No quarto dos hóspedes, ao lado, estavam reunidos os anciães, para discutir esses casos, e Djemal-Edin aconselhou Chamil a dispensá-los, pois fazia já três dias que esperavam por ele.

Depois de comer nos seus aposentos o jantar que lhe trouxe a mais velha das suas esposas, Zaidet, de nariz aguçado, pele escura e rosto desagradável, e de quem ele não gostava, Chamil passou para o quarto dos hóspedes.

Seis homens, que constituíam o seu conselho, velhos de barbas brancas, grisalhas ou ruivas, alguns de turbante e to-

[76] Código muçulmano de costumes. (N. do T.)

dos de *papakha* alta e *biechmiét* e *tcherkeska* novos, com punhais pendentes de cintos de couro, ergueram-se ao seu encontro. Chamil era uma cabeça mais alto que todos eles. Seguindo o seu exemplo, os seis levantaram as mãos com as palmas para cima e, fechando os olhos, proferiram uma oração, depois passaram as mãos no rosto, fazendo-as descer pela barba e juntando-as. A seguir, cada um se sentou, com Chamil no centro, sobre uma almofada mais alta, e começou a discussão dos diferentes casos.

Julgaram-se os crimes de acordo com a *Charia*:[77] dois acusados de roubo foram condenados à perda de um braço, um acusado de homicídio, ao degolamento, e três foram absolvidos. A seguir, passaram ao caso mais importante: as medidas a serem tomadas a fim de evitar a passagem dos tchetchenos para o lado dos russos. Djemal-Edin tinha escrito a seguinte proclamação:

> "Desejo-vos paz eterna com Deus onipotente. Ouvi dizer que os russos vos fazem agrados e vos convidam à submissão. Não lhes deis crédito e tende paciência. Se não fordes premiados por isso na vida presente, sê-lo-eis na futura. Lembrai-vos do que sucedeu outrora, quando vos tiraram as armas. Se, em 1840, Deus não tivesse feito descer sobre vós a razão, seríeis agora soldados, usaríeis baioneta em vez de punhal, as vossas mulheres não usariam *charovári* e estariam desonradas. Julgai o futuro pelo passado. É melhor morrer na guerra contra os russos do que viver com os infiéis. Tende paciência, e eu irei até onde estais, com o sabre e o Corão, e conduzir-vos-ei contra os russos. E agora vos orde-

[77] Código baseado no Corão. (N. do T.)

no severamente que não tenhais intenção ou sequer o mais ligeiro desígnio de vos submeter aos russos."

Chamil aprovou essa proclamação e, depois de assiná-la, resolveu enviá-la ao destino.

Em seguida, discutiu-se o caso de Khadji-Murát, que era muito importante para Chamil. Embora não quisesse reconhecer, ele sabia que, se Khadji-Murát estivesse com ele, graças à sua habilidade, coragem e denodo, não teriam lugar os acontecimentos que estavam ocorrendo agora na Tchetchênia. Seria bom fazer as pazes com Khadji-Murát e usar mais uma vez os seus serviços; mas, se não fosse possível, em todo caso devia-se evitar que ele prestasse auxílio aos russos. Por isso, era preciso atraí-lo, para matá-lo depois. O meio de realizar isso era mandar a Tiflis alguém que desse cabo dele, ou chamá-lo a Vedeno e matá-lo ali. Havia um único meio de executar este último desígnio: aproveitar a família e sobretudo o filho de Khadji-Murát, por quem este, como sabia Chamil, tinha um afeto ardente. Devia-se, pois, agir por intermédio do filho.

Depois que os conselheiros discutiram o assunto, Chamil fechou os olhos e se calou.

Os conselheiros sabiam que isso significava estar ele ouvindo agora a voz do profeta, que lhe indicava o que devia ser feito. Depois de um silêncio solene que durou cinco minutos, Chamil abriu os olhos, entrecerrou-os ainda mais e disse:

— Tragam à minha presença o filho de Khadji-Murát.

— Está aqui — disse Djemal-Edin.

Com efeito, Iussuf, o filho de Khadji-Murát, magro, pálido, esfarrapado e fedorento, mas ainda belo de corpo e de semblante, de olhos negros e ardentes como os da sua avó Patimat, estava ao portão do pátio externo, esperando que o chamassem.

Iussuf não partilhava os sentimentos do pai em relação a Chamil. Ele não conhecia tudo o que se passara, ou, se conhecia, não tendo sofrido aquilo, não compreendia por que seu pai hostilizava Chamil com tamanha persistência. Desejando unicamente o prosseguimento da vida fácil e devassa que levara em Khunzakh, na qualidade de filho do *naíb*, considerava de todo desnecessário hostilizar Chamil. Em choque e contradição com seu pai, admirava particularmente Chamil e tinha por ele a veneração extática comum aos montanheses. Foi com um sentimento de ansiedade e reverência pelo imame que ele entrou no quarto dos hóspedes e, parando à porta, encontrou o olhar fixo e entrecerrado de Chamil. Ficou parado algum tempo, depois se acercou de Chamil e beijou a sua grande mão alva, de dedos compridos.

— És o filho de Khadji-Murát?

— Sim, imame.

— Sabes o que ele fez?

— Sei, imame, e lamento.

— Sabes escrever?

— Eu estudei para muezim.

— Escreve, pois, a teu pai que, se ele voltar para o meu lado agora, antes do *Bairam*,[78] vou perdoar-lhe e tudo será como antes. No caso contrário, se ele ficar do lado dos russos — Chamil franziu, ameaçador, o sobrolho —, vou soltar tua avó e tua mãe pelos *auis* e degolar-te.

Nenhum músculo estremeceu no rosto de Iussuf, e ele inclinou a cabeça, em sinal de que havia compreendido as palavras de Chamil.

— Escreve isso e entrega ao meu emissário.

Chamil calou-se e ficou olhando muito tempo para Iussuf.

[78] Feriado muçulmano. (N. do T.)

— Escreve, melhor, que tive pena de ti e que, por isso, em vez de te matar, vou vazar-te os olhos, como faço a todos os traidores. Vai.

Iussuf parecia calmo em presença de Chamil, mas, quando o levaram para fora do quarto dos hóspedes, atirou-se sobre o seu guarda e, retirando-lhe o punhal da bainha, tentou apunhalar-se. Seguraram-lhe as mãos, ataram-nas e levaram-no de volta à fossa.

No mesmo dia, depois que terminou a oração vespertina e escureceu, Chamil vestiu a peliça branca, atravessou o muro, foi para aquela parte do pátio onde se alojavam as suas mulheres e dirigiu-se para o quarto de Aminet. Ela não estava ali, e sim com as mulheres mais velhas. Procurando não ser notado, Chamil permaneceu atrás da porta e esperou. Mas Aminet estava zangada com Chamil, porque ele dera um corte de seda a Zaidet e não a ela. Viu-o sair do quarto e depois entrar de novo, à sua procura, mas intencionalmente não foi para lá. Permaneceu muito tempo à porta do quarto de Zaidet e, rindo baixinho, ficou olhando o vulto branco de Chamil, ora entrando, ora saindo do quarto dela. Depois de esperá-la muito tempo, Chamil voltou para o seu quarto, já na hora da oração da meia-noite.

XX

Khadji-Murát passou uma semana na fortificação, em casa de Ivan Matvéievitch. Embora Mária Dmítrievna brigasse com o hirsuto Khanéfi (Khadji-Murát viera acompanhado somente de Khanéfi e Eldar) e o tivesse enxotado uma vez da cozinha, porque ele quase a apunhalara, era evidente que ela nutria especiais sentimentos de simpatia e consideração por Khadji-Murát. Não lhe servia mais o jantar, depois de haver encarregado Eldar dessa tarefa, mas aproveitava todas as ocasiões de vê-lo e de lhe prestar serviço. Também ela se interessava vivamente pelas negociações sobre a sua família, sabia quantas esposas ele possuía, quantos filhos e de que idade, e, toda vez que ele recebia um emissário, interrogava a quem podia sobre o resultado das negociações.

Quanto a Butler, naquela semana, tornara-se de uma vez amigo de Khadji-Murát. Às vezes, este ia ao seu quarto, outras vezes era ele quem o procurava. De quando em quando, palestravam por intermédio do intérprete, mas, outras vezes, pelos seus próprios meios, com sinais e, principalmente, com sorrisos. Khadji-Murát parecia gostar de Butler. Isso se evidenciava pelo tratamento que a este dispensava Eldar. Quando Butler entrava no quarto de Khadji-Murát, Eldar o recebia arreganhando com satisfação os dentes brilhantes, ajeitava depressa uma almofada para que se sentasse e tirava-lhe o sabre, se o trazia.

Butler travou relações e tornou-se amigo também do hirsuto Khanéfi, irmão adotivo de Khadji-Murát. Khanéfi conhecia muitas canções das montanhas e cantava-as bem. Para agradar a Butler, Khadji-Murát chamava Khanéfi e ordenava-lhe que cantasse, indicando as canções que lhe pareciam melhores. Khanéfi tinha uma voz alta de tenor e cantava com muita clareza e sentimento. Khadji-Murát gostava sobretudo de uma daquelas canções, e ela impressionou Butler pelo seu estribilho solene e triste. Butler pediu ao intérprete que lhe traduzisse o seu sentido e anotou-a.

A canção tratava de vingança de sangue, daquele mesmo pacto que existia entre Khanéfi e Khadji-Murát.

Dizia o seguinte:

> “*Secar-se-á a terra da minha sepultura, e hás de me esquecer, minha mãe! A erva dos túmulos há de crescer no cemitério, e abafará o teu desgosto,*

meu velho pai. As lágrimas secarão nos olhos de minha irmã, e o sofrimento fugirá do seu coração.

Mas não me esquecerás, meu irmão mais velho, enquanto não vingares a minha morte. E não me esquecerás também, meu segundo irmão, enquanto não te deitares ao meu lado.

És quente, ó bala, e carregas a morte, mas não foste tu a minha escrava fiel? Hás de me cobrir, ó terra negra, mas não era eu quem te pisava com as patas de meu cavalo? És fria, ó morte, mas eu fui teu senhor. A terra tomará meu corpo, o céu receberá minh'alma."

Khadji-Murát sempre ouvia essa canção com os olhos fechados e, quando ela terminava com um som longo, que desfalecia, dizia em russo:

— Bom canção, inteligente canção.

A poesia daquela vida diferente e enérgica, que se levava nas montanhas, envolveu ainda mais Butler, depois da chegada de Khadji-Murát e da aproximação com ele e com os seus *miurides*. Butler arranjou uma *tcherkeska*, um *biechmiét* e perneiras como aquelas que usavam os montanheses. Parecia-lhe que ele próprio era um habitante das montanhas e que levava uma vida como a daquela gente.

No dia da partida de Khadji-Murát, Ivan Matvéievitch reuniu alguns oficiais, para lhe dar as despedidas. Uns estavam sentados à mesa de chá, onde Mária Dmítrievna enchia os copos, outros junto à outra mesa, com vodca, *tchikhir* e salgados, quando Khadji-Murát, em traje de viagem, e armado, entrou mancando na sala, com os seus passos rápidos e macios.

Todos se ergueram e lhe apertaram a mão. Ivan Matvéievitch convidou-o a sentar-se no sofá, mas ele agradeceu e ocupou a cadeira junto à janela. O silêncio, que passara a reinar depois da sua chegada, parecia não o incomodar nem um pouco. Examinou atento os rostos de todos e fixou um olhar indiferente na mesa com o samovar e os salgados. O oficial Pietrokóvski, muito vivo, e que via Khadji-Murát pela primeira vez, perguntou-lhe por intermédio do intérprete se gostara de Tiflis.

— *Aia* — respondeu ele.

— Diz que sim — traduziu o intérprete.

— Mas do que foi que ele gostou?

Khadji-Murát respondeu algo.

— Gostou principalmente do teatro.

— E do baile em casa do comandante em chefe?

Khadji-Murát franziu o cenho.

— Cada povo tem seus costumes. As nossas mulheres não se vestem daquela maneira — disse, olhando para Mária Dmítrievna.

— Segundo parece, ele não gostou, não é verdade?

— Temos um provérbio — disse ele ao intérprete —, um cachorro alimentou um asno com carne, e este por sua vez serviu feno àquele. Ambos ficaram com fome — sorriu. — Para cada povo, são bons os seus próprios costumes.

A conversa estancou. Uns oficiais começaram a tomar chá, outros a se alimentar. Khadji-Murát tomou o copo de chá que lhe ofereceram e colocou-o na frente.

— Quer um pouco de nata, pão? — perguntou Mária Dmítrievna, servindo.

Khadji-Murát inclinou a cabeça.

— Bem, adeus! — disse Butler, tocando-lhe o joelho. — Quando nos veremos de novo?

— Adeus, adeus! — disse Khadji-Murát em russo, sorrindo. — *Kunák bulur*. Muito amigo teu. Está na hora, vamos! — disse ele, com um aceno de cabeça que parecia indicar a direção para onde tinham de ir.

Eldar apareceu à porta, com um objeto grande e branco ao ombro e um sabre na mão. Khadji-Murát lhe indicou que se aproximasse, o que ele fez com os seus passos largos, dando a japona branca e o sabre a Khadji-Murát. Este se levantou, tomou a japona e, passando-a sobre o braço, estendeu-a a Mária Dmítrievna, dizendo algo ao intérprete, que traduziu:

— Ele diz que fiques com a japona, pois a elogiaste.

— Para que isso? — perguntou Mária Dmítrievna, corando.

— É preciso. *Adat*[79] assim — disse Khadji-Murát.

— Bem, obrigada — retrucou Mária Dmítrievna, tomando a japona. — Que Deus lhe permita salvar o filho — acrescentou ela. — *Ulan iakchi.*[80] Traduza-lhe que desejo que salve a família.

Khadji-Murát olhou para Mária Dmítrievna e sacudiu a cabeça em sinal de aprovação. Depois, apanhou o sabre das mãos de Eldar e passou-o a Ivan Matvéievitch. Este o aceitou e dirigiu-se ao intérprete:

— Diga-lhe que leve o meu cavalo castanho, pois não tenho mais nada para dar-lhe.

Khadji-Murát sacudiu o braço diante do rosto, mostrando assim que não precisava de coisa alguma e nada aceitaria; depois, apontando para as montanhas e para o seu coração, caminhou para a saída. Todos o seguiram. Os oficiais que ficaram na sala desembainharam o sabre e, examinando a ponta, decidiram que era uma *gurda*[81] autêntica.

Butler saiu com Khadji-Murát para o patamar da escada, mas ali aconteceu um episódio que podia ter custado a

[79] Lei consuetudinária dos montanheses do Cáucaso. (N. do T.)

[80] "É ótima pessoa" (em kumiko). (N. do T.)

[81] Sabre antigo muito valioso. (N. do T.)

vida de Khadji-Murát, não fossem sua presença de espírito, decisão e agilidade.

Os habitantes do *aul* kumiko Tach-Kitchu, que tinham grande consideração por Khadji-Murát e haviam vindo muitas vezes à fortificação somente para olhar o famoso *naíb*, enviaram-lhe três dias antes emissários, com o pedido de que fosse sexta-feira à mesquita deles. Mas os príncipes kumikos, que viviam em Tach-Kitchu, odiavam Khadji-Murát e tinham uma vindita de sangue a executar contra ele. Quando souberam do convite, declararam ao povo que não permitiriam a sua entrada na mesquita. O povo se agitou e houve um choque com os partidários dos príncipes. O comando russo interveio, a fim de pacificar aqueles montanheses, e mandou dizer a Khadji-Murát que não fosse à mesquita. Ele não foi, e todos pensaram que o caso estivesse encerrado.

Mas, no próprio momento da partida de Khadji-Murát, quando estava fora da residência, junto à entrada, os cavalos preparados, o príncipe kumiko Arslan-cã, conhecido de Butler e de Ivan Matvéievitch, aproximou-se da casa.

Vendo Khadji-Murát, puxou uma pistola que trazia à cintura e apontou-a na sua direção. Mas antes que tivesse tempo de atirar, Khadji-Murát, não obstante a sua manqueira, lançou-se como um gato do patamar da escada sobre Arslan-cã. Este atirou, sem acertar. Khadji-Murát, ao chegar até ele, apanhou com uma das mãos a rédea do seu cavalo, enquanto com a outra lhe arrancava da mão o punhal, e gritou algo em tártaro.

Butler e Eldar correram ao mesmo tempo na direção dos inimigos e seguraram-lhes as mãos. Ouvindo o tiro, Ivan Matvéievitch também saiu.

— Como pudeste, Arslan, cometer uma indignidade dessas na frente da minha casa? — disse, ao saber do que se tratava. — Assim não vale, irmão. Vocês são inimigos, está certo, mas não quero saber de massacres em minha casa.

Arslan-cã, um homenzinho miúdo, de bigodes negros, muito pálido e trêmulo, apeou-se do cavalo, lançou um olhar mau para Khadji-Murát e foi com Ivan Matvéievitch para dentro da casa. Khadji-Murát voltou para junto dos cavalos, ofegante e sorrindo.

— Por que ele queria matá-lo? — perguntou Butler, por intermédio do intérprete.

— Ele diz que tal é a nossa lei — disse o intérprete, traduzindo as palavras de Khadji-Murát. — Arslan precisava vingar nele sangue derramado, e por isso quis matá-lo há pouco.

— E se ele o alcançar pelo caminho? — perguntou Butler.

Khadji-Murát sorriu.

— Que remédio? Se me matar, será porque assim quis Alá. Bem, adeus — disse, novamente em russo, e, segurando a cernelha do cavalo, correu com os olhos todos os que vieram despedir-se dele e dirigiu um olhar afável para Mária Dmítrievna.

— Adeus, mãezinha — disse, dirigindo-se a ela. — Obrigado.

— Que Deus lhe permita, que Deus lhe permita libertar a família — repetiu Mária Dmítrievna.

Ele não compreendeu as palavras, mas sentiu a sua simpatia e fez-lhe um aceno de cabeça.

— Vê lá, não esqueças o *kunák* — observou Butler.

— Diga-lhe que sou seu amigo fiel. Nunca o esquecerei — retrucou ele, por intermédio do intérprete, e, apesar da sua perna torta, mal tocou o estribo e transportou com movimento ligeiro o seu corpo para cima da sela alta, apalpou como de costume a pistola, corrigiu a posição do sabre e cavalgou para longe da casa de Ivan Matvéievitch, com aquele ar altivo e belicoso com que somente os montanheses andam a cavalo. Khanéfi e Eldar também montaram e, despedindo-

-se amistosamente dos donos da casa e de todos os oficiais, acompanharam a trote o seu *miurchide*.

Como de costume, começaram os comentários sobre aquele que partira.

— Um bichão! Atirou-se como um lobo sobre Arslan-cã, até o seu rosto se transfigurou todo.

— Vai nos enganar, deve ser um grande velhaco — disse Pietrokóvski.

— Queira Deus que haja mais velhacos assim entre os russos — disse, aborrecida, Mária Dmítrievna, intrometendo-se na conversa. — Passou uma semana entre nós, e só vimos coisas boas — disse ela. — Afável, inteligente, justiceiro.

— Como pôde descobrir tudo isso?

— Está claro que descobri.

— Enrabichou-se, hein? — disse Ivan Matvéievitch, que acabava de entrar. — Quanto a isso, não há dúvida.

— Bem, enrabichei-me. E o que é que tem a ver com isso? Mas para que criticar, se ele é uma excelente pessoa? É tártaro, mas bom.

— Tem razão, Mária Dmítrievna — disse Butler. — Fez muito bem em defendê-lo.

XXI

A vida dos habitantes das fortalezas avançadas do setor da Tchetchênia corria como de costume. Depois daquele dia, houve dois alarmes, as companhias saíram precipitadamente, os cossacos e milicianos cavalgaram, mas de ambas as vezes não puderam deter os montanheses: sempre escapavam e, de uma feita, em Vozdvíjenskoie, mataram um cossaco e levaram oito cavalos que estavam junto ao bebedouro. Não houve novas incursões, depois daquela em que se destruíra um *aul*. Esperava-se, no entanto, uma expedição importante para a Grande Tchetchênia, em virtude da nomeação do príncipe Bariatínski para comandante do flanco esquerdo.

O príncipe Bariatínski, amigo do príncipe herdeiro, ex-comandante do regimento Kabardínski, logo depois da sua chegada a Grózni, na qualidade de comandante de todo o flanco esquerdo, reuniu um destacamento, a fim de prosseguir cumprindo aquelas determinações do tsar sobre as quais Tchernichóv escrevera a Vorontzóv. O destacamento reunido em Vozdvíjenskoie saiu da fortaleza para tomar posição na direção de Kúrinski. As tropas estacionaram lá e ocuparam-se com a derrubada.

O jovem Vorontzóv vivia numa barraca de pano magnífica, e a sua esposa Mária Vassílievna vinha visitá-lo no acampamento, ficando muitas vezes para pernoitar. Não constituíam segredo para ninguém as relações de Bariatínski com Mária Vassílievna, e, por isso, soldados e oficiais menos cortesãos xingavam-na rudemente, pois, graças à sua presença no acampamento, eles eram enviados em patrulhas noturnas. Habitualmente, os montanheses traziam canhões e bombardeavam o acampamento. O mais das vezes, as granadas não acertavam no alvo e, por isso, não se costumava tomar medidas para fazer cessar o bombardeio. Mas, para que os montanheses não pudessem assustar Mária Vassílievna com os seus tiros, enviavam-se patrulhas. E era desagradável e humilhante sair todas as noites em patrulha, unicamente para que a damazinha não se assustasse, e, por isso, Mária Vassílievna era mimoseada com termos muito grosseiros pelos soldados e pelos oficiais não admitidos na alta sociedade.

Butler, que estava de férias, fora visitar nesse destacamento os seus colegas do Colégio Militar[82] e do regimento Kúrinski. Nos primeiros dias, passara muito bem o tempo.

[82] O *Pájeski Korpus*, escola média, militar, em que se aceitavam exclusivamente jovens de família nobre. (N. do T.)

Instalara-se na barraca de Poltorátzki, onde encontrou muitos conhecidos que o receberam com satisfação. Foi também visitar Vorontzóv, a quem conhecia um pouco, pois servira algum tempo no mesmo regimento com ele. Vorontzóv recebeu-o muito afavelmente e o apresentou ao príncipe Bariatínski, convidando-o também para o jantar de despedida, que ele dava em honra do general Kozlóvski, que precedera Bariatínski no comando do flanco esquerdo.

Foi um jantar magnífico. Para tal fim, trouxeram-se e armaram-se seis barracas contíguas. Em todo o seu comprimento, foi posta a mesa, coberta de garrafas e talheres. Tudo lembrava a vida em Petersburgo, na guarda. Às duas, foram à mesa. No centro, sentaram-se, frente a frente, Kozlóvski e Bariatínski. Vorontzóv sentou-se à direita de Kozlóvski, e sua esposa à esquerda. De ambos os lados da mesa, estavam sentados os oficiais dos regimentos Kabardínski e Kúrinski. Butler ficou ao lado de Poltorátzki; ambos conversavam alegremente e bebiam com os oficiais vizinhos. Quando se serviu o guisado, as ordenanças foram enchendo as taças de champanhe. Poltorátzki disse a Butler, com sincero temor e lástima:

— Vai cobrir-se de vergonha o nosso "como".

— Por quê?

— Ele tem de fazer um discurso. Acaso é capaz?

— Sim, irmão, não é o mesmo que tomar trincheiras sob as balas inimigas. E, para atrapalhar, ainda tem uma senhora ao lado e todos esses senhores da corte. Palavra, dá pena olhar para ele — comentavam os oficiais.

Mas eis que chegou o momento solene. Bariatínski se ergueu e, levantando a taça, dirigiu-se a Kozlóvski com um breve discurso. Depois que Bariatínski terminou, Kozlóvski se ergueu por sua vez e começou com voz bastante firme:

— Como eu parto, por altíssima ordem de Sua Majestade, despeço-me de vocês, senhores oficiais. Mas considerem-me sempre como se ficasse entre vocês... Vocês conhecem como verdade que uma andorinha só não faz verão. Por isso, tenho sido premiado em minha vida militar, quer pela generosidade do nosso tsar e imperador, como pela minha posição, como pelo bom nome, por tudo, como... — nesse ponto, teve tremores na voz — eu... como... devo tudo a vocês, unicamente a vocês, meus amigos! — e o seu rosto engelhado enrugou-se ainda mais; soluçou, e lágrimas apareceram-lhe aos olhos. — De todo o coração, trago a vocês, como a minha mais sincera gratidão...

Kozlóvski não conseguiu dizer mais nada e, levantando-se, pôs-se a abraçar os oficiais, que dele se acercavam. Todos estavam comovidos. A princesa cobriu o rosto com um lenço. O príncipe Semion Mikháilovitch entortou a boca e piscava os olhos. Muitos oficiais tinham também os olhos marejados. Butler, que conhecia Kozlóvski muito pouco, não pôde igualmente conter as lágrimas. Tudo isso lhe agradava ao extremo. Depois, tiveram início os brindes a Bariatínski, a Vorontzóv, aos oficiais, aos soldados, e os convivas ergueram-se da mesa embriagados, quer pelo vinho ingerido, quer pelo entusiasmo militar, ao qual se achavam particularmente predispostos.

O tempo estava lindo, soalheiro, tranquilo, de ar fresco e confortador. Por toda parte, estralejavam fogueiras e ouviam-se canções. Era como se todos festejassem algo. Butler foi à barraca de Poltorátzki no mais feliz e comovido estado de espírito. Lá se reuniram alguns oficiais, armaram uma mesa de jogo e o ajudante abriu a banca com cem rublos. Butler saiu umas duas vezes da barraca, segurando na mão, no bolso da calça, o seu porta-níqueis, mas finalmente não se conteve e, apesar da palavra dada a si mesmo e aos irmãos, começou a fazer apostas.

Menos de uma hora depois, ele estava todo vermelho, suado, sujo de giz, completamente debruçado sobre a mesa, e escrevia sob as cartas amarrotadas as cifras dos seus lances. Perdera tanto que tinha medo de contar o que se anotara contra ele. Mesmo sem o fazer, porém, sabia que, depois de dar um mês de ordenado, que ele podia receber adiantado, e o preço do seu cavalo, ainda assim não poderia pagar a perda anotada por um ajudante de ordens que ele não conhecia. Teria prosseguido no jogo, mas o ajudante de semblante severo depôs as cartas com as mãos alvas e limpas e começou a somar a coluna, escrita a giz, das anotações de Butler. Este ficou confuso e pediu que o desculpassem por não poder pagar na ocasião tudo o que perdera, e disse que ia enviar o dinheiro quando chegasse à unidade; dizendo isso, percebeu que todos tiveram pena dele, e que os presentes, inclusive Poltorátzki, evitavam o seu olhar. Era a sua última noite ali. Bastava não ter jogado e, em vez disso, ir à barraca de Vorontzóv, para onde fora convidado, "e tudo estaria bem", pensava ele. E isso tudo era mau, era terrível.

Despedindo-se de amigos e conhecidos, foi para casa e se deitou imediatamente, dormindo dezoito horas seguidas, como se costuma dormir depois de perder no jogo. Mária Dmítrievna, vendo-o pedir-lhe meio rublo para dar de gorjeta ao cossaco que o acompanhara, e percebendo também o aspecto tristonho e o modo lacônico de responder às perguntas, adivinhou o sucedido e encarniçou-se contra Ivan Matvéievitch, censurando-o por haver deixado Butler sair.

Acordando no dia seguinte, depois das onze, ele se lembrou da sua situação e quis mergulhar novamente no esquecimento de que acabava de sair, mas não podia fazê-lo. Era preciso tomar medidas para pagar os quatrocentos e setenta rublos que ficara devendo a um desconhecido. Uma dessas medidas consistiu em escrever ao irmão, confessando o pecado em que incorrera e implorando-lhe que mandasse pela última vez quinhentos rublos, por conta do moinho que possuíam em comum. Depois, escreveu a uma parenta avara, pedindo que lhe fornecesse, com os juros que quisesse, aqueles mesmos quinhentos rublos. Em seguida, foi falar com Ivan Matvéievitch, pois sabia que ele, ou mais propriamente Mária Dmítrievna, dispunha de dinheiro, e pediu-lhe de empréstimo a mesma quantia.

— Eu daria sem vacilar — disse Ivan Matvéievitch —, mas a Maschka não dará. Essas mulheres são muito avarentas, diabo sabe por quê. Mas é preciso achar um jeito, com mil diabos! Será que o diabo do cantineiro não tem essa quantia?

Mas não valia a pena sequer tentar pedir ao cantineiro. E a salvação de Butler só podia vir do irmão ou da parenta avara.

XXII

Não tendo conseguido o seu objetivo na Tchetchênia, Khadji-Murát voltou a Tiflis, onde ia diariamente falar com Vorontzóv e, quando era recebido, implorava-lhe que reunisse os montanheses prisioneiros e os trocasse pela sua família. Tornava a dizer que, sem isso, estava de mãos amarradas e não podia, como era seu desejo, prestar serviços aos russos e ajudá-los a aniquilar Chamil. Vorontzóv fazia promessas vagas e dizia que ia auxiliá-lo, mas adiava esse auxílio para quando chegasse a Tiflis o general Argutínski, com quem examinaria o caso. Khadji-Murát começou a pedir que lhe permitisse ir residir por algum tempo em Nukhá, pequena cidade de Zakavkázie, onde supunha que lhe fosse mais cômodo conduzir as conversações com homens que lhe eram fiéis e com Chamil. Ademais, Nukhá era uma cidade maometana, com uma mesquita, onde lhe seria mais cômodo fazer as orações exigidas pela lei maometana. Vorontzóv transmitiu esse pedido a Petersburgo e, no ínterim, apesar de tudo, permitiu a Khadji-Murát transferir-se para Nukhá.

Para Vorontzóv, para as autoridades de Petersburgo, bem como para a maioria dos russos, que conheciam a história de Khadji-Murát, aqueles acontecimentos constituíam uma reviravolta feliz na Guerra do Cáucaso ou simplesmente um caso interessante. Mas para Khadji-Murát eles representavam, principalmente nos últimos tempos, mudança terrível em sua vida. Fugira das montanhas, em parte para salvar-se, em parte por ódio a Chamil, e, por mais difícil que tivesse sido essa fuga, atingira o seu objetivo. A princípio, alegrara-se com o êxito e imaginava de fato um plano de atacar Chamil. Mas, na realidade, a fuga de sua família, que esperava executar facilmente, era mais difícil do que ele supunha. Chamil aprisionara-a e, mantendo-a em custódia, ameaçava espalhar as mulheres pelos *auis* e cegar ou matar seu filho. Agora, Khadji-Murát se transferia para Nukhá, a fim de tentar, por intermédio dos seus partidários no Daguestão, arrancar sua família de Chamil, usando para tal fim a astúcia ou a força. O último agente seu que estivera com ele em Nukhá comunicara-lhe que avarianos fiéis preparavam-se para raptar sua família e passar com ela para o lado russo, mas que havia pouca gente disposta a fazê-lo, e que mesmo esses poucos não se atreviam a agir em Vedeno, de modo que somente o fariam se a família fosse transferida para algum outro lugar. Prometiam realizar a fuga quando os membros da família estivessem a caminho. Khadji-Murát mandou dizer aos amigos que prometia três mil rublos pela libertação dos seus.

Em Nukhá, reservou-se para Khadji-Murát uma pequena casa de cinco cômodos, perto da mesquita e do palácio do cã. Na mesma casa, instalaram-se os oficiais destacados para lhe fazer companhia, o intérprete e os seus *núkeres*. A vida de Khadji-Murát resumia-se na espera, nos encontros com seus agentes vindos das montanhas e nos passeios a cavalo pelas redondezas.

Voltando do passeio, no dia 8 de abril, Khadji-Murát

soube que, na sua ausência, viera de Tiflis um funcionário. Apesar de todo o seu desejo de saber o que lhe trouxera, passou para o seu quarto e proferiu a oração do meio-dia, antes de ir para a sala onde o esperavam o delegado de polícia e o funcionário de Tiflis. Terminada a oração, foi para o cômodo que servia de sala de visitas e sala de espera. O gorducho conselheiro de Estado,[83] Kirilov, que viera de Tiflis, transmitiu a Khadji-Murát o desejo de Vorontzóv de que ele chegasse a Tiflis antes do dia 12, para um encontro com Argutínski.

— *Iakchi* — disse Khadji-Murát com ar aborrecido.

Não gostara do funcionário Kirilov.

— Trouxeste o dinheiro?

— Trouxe — respondeu Kirilov.

— Agora, por duas semanas — disse Khadji-Murát, mostrando dez dedos e depois mais quatro. — Me dá.

— Vou dar logo — e o funcionário foi tirando um porta-níqueis da sua bolsa de viagem. — Para que precisa ele do dinheiro? — disse em russo ao delegado de polícia, pensando que Khadji-Murát não o compreendesse. Mas Khadji-Murát compreendeu e olhou zangado para Kirilov. Enquanto tirava o dinheiro, o funcionário quis dar uma prosa com Khadji-Murát, para ter o que contar ao príncipe Vorontzóv, quando voltasse a Tiflis, e perguntou-lhe por intermédio do intérprete se não se aborrecia ali. Khadji-Murát olhou de viés, com desprezo, para aquele homem miúdo, gordo, à paisana e sem armas, e não lhe respondeu. O intérprete repetiu a pergunta.

— Diga-lhe que não quero conversar com ele, e que me dê o dinheiro.

E Khadji-Murát sentou-se mais uma vez à mesa, preparando-se para contar o dinheiro.

[83] Categoria de funcionários, no regime tsarista. (N. do T.)

Kirilov tirou as moedas de ouro, dispôs em sete colunas de dez moedas (Khadji-Murát recebia cinco moedas de ouro por dia) e empurrou-as para Khadji-Murát. Este despejou o ouro na manga da *tcherkeska*, levantou-se e, com movimento absolutamente inesperado, soltou um tapa na calva do conselheiro de Estado e caminhou para fora. O conselheiro deu um pulo e mandou dizer, pelo intérprete, que Khadji-Murát não devia atrever-se a fazê-lo, pois ele tinha posto de coronel, o que foi confirmado pelo delegado de polícia. Mas Khadji-Murát acenou com a cabeça, em sinal de que já sabia disso, e saiu da sala.

— O que se vai fazer com ele? — perguntou o delegado.

— Pode furar sem mais aquela a barriga de um, e é tudo. Com esses diabos, a gente não se entende. Estou vendo que ele começa a se danar.

Apenas escureceu, chegaram das montanhas dois agentes encapuzados até os olhos. O delegado acompanhou-os ao quarto de Khadji-Murát. Um deles era um tauridiano moreno e carnudo, o outro um velho magro. As notícias que trouxeram não eram animadoras para Khadji-Murát. Os amigos dele, que se encarregaram de libertar sua família, agora se recusavam a fazê-lo, por temor a Chamil, que ameaçava com a mais terrível das mortes aqueles que prestassem ajuda a Khadji-Murát. Depois de ouvir os seus agentes, ele apoiou os braços nas pernas cruzadas e, deixando pender a cabeça coberta com *papakha*, passou muito tempo em silêncio. Estava pensando, e pensando decisivamente. Sabia que pensava pela última vez, e que era indispensável uma decisão. Ergueu a cabeça, tomou duas moedas de ouro e, dando uma a cada agente, disse:

— Vão embora.

— Qual será a resposta?

— Aquela que Deus quiser. Vão embora.

Os agentes levantaram-se e partiram, enquanto Khadji-

-Murát continuava sentado no tapete, os cotovelos apoiados nos joelhos. Ficou ainda muito tempo nessa posição, refletindo.

"O que fazer? Confiar em Chamil e voltar para o seu lado?", pensava Khadji-Murát. "Ele é uma raposa, vai enganar-me. Mas, ainda que não me enganasse, eu não poderia submeter-me àquele mentiroso ruivo. E não posso fazê-lo porque, depois da minha permanência entre os russos, não se acreditará mais em mim."

E ele se lembrou do conto tauridiano sobre o falcão que, aprisionado pelos caçadores, viveu entre os homens e depois voltou para as montanhas, para o meio dos seus. Voltou, mas coberto de uma rede com guizos. E os falcões não o receberam de volta. "Vai", disseram eles, "para o lugar onde te vestiram os guizos de prata. Entre nós, não existem redes, nem guizos." O falcão não quis deixar a pátria e, apesar de tudo, ficou. Mas os outros falcões não o aceitaram e mataram-no a bicadas.

"Vão matar-me também", pensou Khadji-Murát. "Ficar aqui? Submeter todo o Cáucaso ao tsar russo e merecer assim a glória, títulos, fortuna? Pode-se fazê-lo", pensou, lembrando as suas entrevistas com Vorontzóv e as palavras lisonjeiras do príncipe. "Mas é preciso resolver imediatamente, senão ele vai aniquilar minha família."

E Khadji-Murát passou a noite inteira em claro, refletindo.

XXIII

No meio da noite, a sua decisão estava tomada. Resolveu que era preciso fugir para as montanhas e, acompanhado pelos avarianos que lhe eram fiéis, entrar à força em Vedeno, para libertar a família ou morrer. Não decidiu se, depois de libertá-la, se dirigiria de volta para o lado russo ou se iria para Khunzakh, a fim de prosseguir de lá a luta contra Chamil. O que sabia era que naquele momento se tornava necessário fugir dos russos para as montanhas. E imediatamente começou a preparar-se para pôr em execução o resolvido. Apanhou sob o travesseiro o seu *biechmiét* preto de algodão e foi para o quarto dos seus *núkeres*, do outro lado do vestíbulo. Apenas entrou no vestíbulo, de porta aberta para fora, foi rodeado pela fragrância orvalhada da noite de lua, e vieram bater-lhe no ouvido o canto e o silvo de alguns rouxinóis, vindos do jardim pegado à casa.

Depois de atravessar o vestíbulo, Khadji-Murát abriu a porta para o quarto dos *núkeres*, onde não havia luz e apenas a lua crescente luzia pela janela. A mesa e duas cadeiras estavam afastadas de um lado, e os quatro *núkeres* deitados no chão, sobre os tapetes e as suas japonas. Khanéfi dormia no pátio com os cavalos. Gamzalo levantou-se ao ouvir o rechinar da porta, olhou para Khadji-Murát e, reconhecendo-o, tornou a deitar-se. Eldar, que estava estendido ao lado, ergueu-se de um salto e começou a vestir o *biechmiét*, à espera de ordens. Kurban e Cã-Makhoma dormiam. Khadji-Murát pôs o seu *biechmiét* sobre a mesa, em cujas tábuas ressoou algo pesado. Eram as moedas de ouro nele ocultas.

— Esconde estas também — disse Khadji-Murát, passando a Eldar as moedas de ouro que recebera. Eldar tomou-as e, passando para a parte iluminada do quarto, tirou da bainha do punhal uma faquinha, com a qual despregou o forro do *biechmiét*. Gamzalo soergueu o corpo e sentou-se, as pernas cruzadas.

— E tu, Gamzalo, vai dizer aos rapazes que examinem os fuzis e as pistolas e preparem a munição. Amanhã, vamos para longe — disse Khadji-Murát.

— Temos balas e pólvora, tudo ficará pronto — respondeu Gamzalo e rosnou algo incompreensível.

Ele percebera para que Khadji-Murát ordenara armar os fuzis. Desde o primeiro momento, e cada vez com maior intensidade, só desejava uma coisa: balear e esfaquear o maior número possível de cães russos e fugir para as montanhas. Agora, via que era também o desejo de Khadji-Murát, e estava satisfeito.

Depois que Khadji-Murát saiu, Gamzalo acordou seus companheiros, e os quatro passaram a noite examinando fuzis, pistolas, ferrolhos, pedras de ignição, substituindo as imprestáveis, renovando as cargas e tapando os cartuchos com balas enroladas em panos oleosos, afiando sabres e punhais e passando sebo nos gumes.

Antes do amanhecer, Khadji-Murát saiu para o vestíbulo, a fim de apanhar água para a ablução. Ouviam-se, ainda mais alto e com mais frequência, os rouxinóis, que gorjeavam antes do erguer do sol. No quarto dos *núkeres*, ressoavam com regularidade os silvos e chiados de punhal amolado sobre pedra. Khadji-Murát tirou água de uma cuba e já estava à porta do seu quarto, quando ouviu no quarto dos *miurides*, além do ruído de amolar, a voz fina de Khanéfi, entoando uma canção que Khadji-Murát conhecia. Parou e pôs-se a ouvir.

Na canção, contava-se como o *djiguit* Gamzat tomara, com os seus rapazes, um magote de cavalos brancos, e como, ao levá-los para fora da região dominada pelos russos, fora alcançado, do outro lado do Tiérek, por um príncipe russo, que o cercara com um exército grande como uma floresta. Depois, a canção relatava como Gamzat matara os cavalos e, com os seus rapazes, ficara atrás da trincheira sangrenta dos cavalos mortos e lutara com os russos, enquanto houvera balas nos fuzis, punhais nos cintos e sangue nas veias. Mas, antes de morrer, Gamzat viu pássaros no céu e gritou-lhes: "Vão para as nossas casas, ó pássaros que passais, e digam a nossas mães, irmãs e lindas donzelas, que morremos todos defendendo o *khazavát*. Digam-lhes que os nossos corpos não terão sepultura, mas que lobos vorazes vão espalhar e roer os nossos ossos, e que negros corvos nos vazarão os olhos".

Assim terminava a canção, e a essas palavras finais, cantadas com timbre dolente, juntou-se a voz animada do alegre Cã-Makhoma, que gritou bem alto, logo que a canção terminou: "*La ilá il Alá*", e soltou um berro agudo, esganiçado. Depois, tudo se aquietou, e ouviram-se novamente apenas o canto e o silvo dos rouxinóis no jardim, acompanhados do chiado regular e de quando em vez do silvar do ferro, que deslizava rapidamente sobre as pedras, do outro lado da porta.

Khadji-Murát ficou tão pensativo que nem notou haver inclinado a bilha, e que a água escorria para fora. Balançou a cabeça, descontente consigo mesmo, e entrou no seu quarto.

Efetuada a unção matinal, examinou as suas armas e sentou-se na cama. Não tinha mais nada a fazer. Para sair da cidade, era preciso pedir permissão ao delegado de polícia. Mas lá fora ainda estava escuro, e o delegado dormia.

A canção de Khanéfi lembrou-lhe aquela outra composta por sua mãe, tratando do que realmente sucedera quando Khadji-Murát acabava de nascer.

A canção era a seguinte:

> "*Teu punhal de aço perfurou-me o colo branco, mas encostei nele o meu sol, o meu filho, molhei-o com o sangue quente, e a ferida cicatrizou, sem ervas nem raízes, não temi a morte e o meu filho se tornou um* djiguit."

As palavras dessa canção dirigiam-se ao pai de Khadji-Murát, e o seu sentido era o seguinte: quando nasceu Khadji-Murát, a mulher do cã deu à luz também o seu filho Uma-cã, e exigiu que a mãe de Khadji-Murát lhe servisse de ama de leite, tal como fizera ao nascer Abununtzal-cã. Mas Patimat não quis abandonar o seu novo filho e disse que não iria. O pai de Khadji-Murát zangou-se e repetiu a ordem. E, quando ela se recusou mais uma vez, deu-lhe um golpe de punhal, e a teria matado, se não acorresse gente para salvá-la. E assim ela não entregou o filho e o alimentou, e compôs sobre o acontecimento aquela canção.

Khadji-Murát lembrou-se de sua mãe e de como ela o deitava para dormir ao seu lado, no telhado da *sáklia*, sob uma peliça, cantava-lhe uma canção, e ele pedia que lhe mostrasse a cicatriz que tinha do lado. Via agora a sua mãe como se de fato estivesse na sua frente, mas não engelhada e encanecida, os dentes transformados numa grade, tal como a deixara a última vez, mas jovem, bonita e tão forte que, estando ele já com uns cinco anos e sendo muito pesado, ela o carregava num cesto às costas, para levá-lo, através das montanhas, à casa do avô.

Lembrou-se também do avô, de rosto enrugado e barbicha grisalha, e de como lavrava a prata com as suas mãos de veias intumescidas e obrigava o neto a dizer orações. Acudiu-lhe ainda à mente o chafariz no sopé da montanha, aonde ia apanhar água, agarrado aos *charovári* de sua mãe. Recordou o cachorro magro, que lhe lambia o rosto e, sobretudo, o cheiro e o gosto de fumaça e de coalhada que ele sentia no barracão aonde ia com a mãe e onde ela ordenhava as vacas e aquecia o leite. Lembrou-se de quando ela lhe raspara a cabeça a primeira vez, e ele vira, surpreendido, a sua cabeça azulada e redonda refletida no lustroso tacho de cobre pendurado na parede.

E, lembrando-se da sua infância, lembrou-se também do seu filho querido Iussuf, a quem ele pessoalmente raspara pela primeira vez a cabeça. Agora, Iussuf era um *djiguit* jovem e bonitão. Recordou o filho, tal como o vira na despedida. Foi no dia em que saiu de Tzelmes. O rapaz trouxe-lhe o cavalo e pediu permissão para acompanhá-lo. Estava em traje de gala, armado, e trazia o seu cavalo pela rédea. O rosto jovem, corado e bonito de Iussuf, e todo o seu vulto alto e esbelto (ele era mais alto que o pai) ressumavam intrepidez, juventude e alegria de viver. Os ombros largos apesar da pouca idade, a bacia juvenil muito larga, o busto fino e longo, os braços compridos e vigorosos, e a força, a flexibilidade, a agilidade dos movimentos, sempre alegravam Khadji-Murát, e ele sempre se extasiava com o filho.

— É melhor que fiques. És o único homem da casa. Cuida de tua mãe e de tua avó — dissera Khadji-Murát.

Lembrou-se da expressão intrépida e orgulhosa com que Iussuf corara, dizendo que, enquanto vivesse, ninguém faria mal a sua mãe e sua avó. Apesar de tudo, Iussuf montara a cavalo e acompanhara o pai até o riacho. De lá, voltara para o *aul*, e, desde então, Khadji-Murát não vira nem sua mulher, nem sua mãe, nem o filho.

E era esse filho que Chamil pretendia cegar! E nem queria pensar no que fariam a sua mulher.

Esses pensamentos deixaram Khadji-Murát tão inquieto que não podia mais permanecer sentado. Ergueu-se de um salto e, manquejando, aproximou-se rapidamente da porta; depois, abrindo-a, chamou Eldar. O sol ainda não se erguera, mas o ar estava perfeitamente claro. Os rouxinóis não se calavam.

— Vai dizer ao delegado que eu quero sair para um passeio, e selem os cavalos — disse ele.

XXIV

A única consolação de Butler naqueles dias era a poesia guerreira a que ele se entregava não só em serviço, mas também em sua vida privada. Fazia piruetas a cavalo, em seu traje circassiano, e por duas vezes fora com Bogdanôvitch espreitar o inimigo, mas de ambas as vezes não viram nem mataram ninguém. Essa intrepidez e a amizade com o célebre valentão Bogdanôvitch pareciam a Butler algo agradável e importante. Pagara a dívida, mas para isso tivera de tomar dinheiro emprestado de um judeu, a juros muito altos, isto é, apenas adiara e afastara a situação não resolvida. Procurava não pensar nela e, além da poesia da guerra, entregou-se também ao álcool. Bebia cada vez mais e, dia a dia, mais se enfraquecia moralmente. Não era já o belo José, em relação a Mária Dmítrievna, e, pelo contrário, fez-lhe a corte de modo grosseiro, mas, para espanto seu, encontrou a mais decidida recusa, que o deixou envergonhado.

Em fins de abril, chegou à fortificação um destacamento, designado por Bariatínski para um movimento através de toda a Tchetchênia, que era considerada intransponível. Faziam parte dele duas companhias do regimento Kabardínski, e essas subunidades, de acordo com o costume estabelecido no Cáucaso, foram recebidas como hóspedes pelas companhias do mesmo regimento estacionadas em Kúrinski. Os soldados espalharam-se pelas casernas e eram obsequiados não só com a ceia, de carne e *kacha*,[84] mas também com vodca, e os oficiais, por sua vez, alojaram-se com os seus colegas. E, como de costume, os oficiais do lugar fizeram uma recepção aos recém-chegados.

[84] Espécie de papa de cereais, mais comumente de trigo-sarraceno. (N. do T.)

A recepção terminou com bebedeira e canções a cargo de soldados cantores, e Ivan Matvéievitch, muito bêbado, que passara já do vermelho a um cinzento esmaecido, pôs-se a cavalo numa cadeira e, desembainhando o sabre, ficou golpeando com ele inimigos imaginários, ora praguejando, ora soltando gargalhadas, ora distribuindo abraços, ora dançando ao som da sua canção predileta: "*Chamil começou a revolta em anos que lá vão, trairai-ratatai, em anos que lá vão*".

Butler estava presente. Procurava ver também naquilo a poesia da guerra, mas em seu íntimo tinha pena de Ivan Matvéievitch; não havia, porém, nenhuma possibilidade de o deter. E, sentindo o álcool que lhe subira à cabeça, Butler saiu furtivamente e foi para casa.

A lua cheia iluminava as casinhas brancas e as pedras do caminho. A noite estava tão clara que se viam cada pedrinha, cada fio de palha, cada bolinha de esterco. Aproximando-se da casa, Butler encontrou Mária Dmítrievna, a cabeça e o pescoço cobertos com um lenço. Depois de repelido por ela, Butler sentira certo remorso e evitava encontrá-la. Agora, porém, excitado pelo luar e pelo vinho que tomara, alegrou-se com o encontro e queria novamente tentar acarinhá-la.

— Aonde vai? — perguntou.

— Ver o meu velho — respondeu ela amistosamente. Mária Dmítrievna repelia a corte de Butler do modo mais sincero e decidido, mas era-lhe desagradável o fato de ter sido evitada por ele todo aquele tempo.

— Para que ir vê-lo? Ele virá sozinho.

— Virá mesmo?

— Se não vier, vão trazê-lo.

— Isso é muito mau. O que acha, não devo?

— Isso mesmo, não vá. É melhor irmos para casa.

Mária Dmítrievna voltou-se e caminhou ao lado de Butler.

A luz brilhava com tanta intensidade que, ao lado da sombra que se deslocava junto à estrada, movia-se também uma auréola luminosa em volta da cabeça. Butler olhava aquela auréola e preparava-se para dizer que Mária Dmítrievna agradava-lhe como antes, mas não sabia começar. Ela esperou que o oficial falasse. Assim em silêncio, estavam já chegando à casa, quando alguns homens a cavalo surgiram de trás da esquina: um oficial com os seus soldados.

— Quem é que Deus nos manda? — perguntou Mária Dmítrievna, e se afastou para desimpedir o caminho.

O recém-chegado estava interceptando a luz do luar e, por isso, Mária Dmítrievna o reconheceu somente quando ele quase os alcançou. Era o oficial Kâmieniev, que servira noutros tempos com Ivan Matvéievitch, e, por isso, Mária Dmítrievna o conhecia.

— Piotr Nikoláievitch, é o senhor? — dirigiu-se a ele Mária Dmítrievna.

— Eu mesmo — disse Kâmieniev. — Ah, Butler, como vai? Ainda não está dormindo, ficou passeando com Mária Dmítrievna? Cuidado, Ivan Matvéievitch vai dar-lhe uma lição. Onde ele está?

— Escute — disse Mária Dmítrievna, apontando na direção de onde vinham sons de *tulumbá*[85] e canções. — Estão farreando.

— Quem é que está farreando? Gente de vocês?

— É que chegou tropa de Khassav-Iurta, e estão se regalando.

— Ah, muito bem. Vou também chegar a tempo. Tenho de falar com ele um instante só.

— O que é, assunto de serviço? — perguntou Butler.

[85] Instrumento musical de percussão. (N. do T.)

— Sim, um servicinho.

— Bom ou mau?

— Depende. Para nós é bom, para certa gente, ruim.

E Kâmieniev riu.

Naquele momento, chegaram à casa de Ivan Matvéievitch.

— Tchíkhiriev — gritou Kâmieniev para um cossaco —, vem cá.

O cossaco do Don destacou-se dos demais e se aproximou. Trajava o uniforme comum dos cossacos do Don, estava de botas e capote, e tinha bolsas de viagem amarradas à sela.

— Bem, tira a coisa — disse Kâmieniev, apeando-se do cavalo.

O cossaco também se apeou e retirou da bolsa de viagem um saco em que havia algo. Kâmieniev apanhou o saco e enfiou nele a mão.

— Posso mostrar-lhe a novidade? Não vai se assustar? — disse, dirigindo-se a Mária Dmítrievna.

— O que é que pode me assustar? — perguntou ela.

— Aqui está — disse Kâmieniev, tirando uma cabeça de gente e colocando-a na faixa do luar. — Está reconhecendo?

Era uma cabeça raspada, redonda, a caixa craniana salientando-se por cima dos olhos, bigodes e barbicha preta aparados, um olho aberto e o outro entrecerrado, crânio golpeado a sabre, mas incompletamente rachado, com sangue coagulado e enegrecido nas narinas. O pescoço estava enrolado numa toalha ensanguentada. Apesar de todas as feridas daquela cabeça, havia na comissura dos lábios azulados uma expressão bondosa e infantil.

Mária Dmítrievna olhou, não disse nada, deu meia-volta e caminhou para casa, o passo apressado.

Butler não conseguia desviar os olhos da terrível cabeça. Era a cabeça daquele mesmo Khadji-Murát, com quem havia tão pouco tempo passara as tardes em palestras tão amistosas.

— Como foi isso? Quem o matou? Onde? — perguntou ele.

— Quis fugir, mas foi apanhado — disse Kâmieniev.

Devolveu a cabeça ao cossaco e entrou em casa com Butler.

— Morreu como um valente — disse Kâmieniev.

— Como foi que tudo isso aconteceu?

— Espere um pouco. Quando chegar Ivan Matvéievitch, vou contar tudo com pormenores. Foi para isso mesmo que me mandaram para cá. Carrego a cabeça para mostrá-la em todos os *auis* e fortificações.

Mandaram chamar Ivan Matvéievitch, que chegou embriagado, em companhia de dois oficiais também fortemente alcoolizados, e pôs-se a abraçar Kâmieniev.

— Eu lhe trouxe — disse este — a cabeça de Khadji-Murát.

— Não é mentira? Mataram-no?

— Sim, quis fugir.

— Eu sempre disse que ele ia enganar-nos. Onde ela está? A cabeça, quero dizer. Mostre-a.

Chamaram o cossaco, e ele trouxe o fardo. Retiraram a cabeça, e Ivan Matvéievitch examinou-a durante muito tempo com os seus olhos bêbados.

— Apesar de tudo, era um bravo — disse. — Passa-me a cabeça, quero beijá-la.

— Sim, de fato, era uma cabeça de valente — disse um dos oficiais.

Depois que todos examinaram a cabeça, devolveram-na mais uma vez ao soldado, que a pôs no saco, procurando descê-la para o chão de modo que o choque não fosse forte.

— Costumas dizer alguma coisa quando a mostras? — perguntou a Kâmieniev um dos oficiais.

— Não, deixa que eu o beije, ele me presenteou com um sabre! — gritava Ivan Matvéievitch.

Butler saiu para o patamar da escada. Mária Dmítrievna estava sentada no segundo degrau. Lançou um olhar para Butler e logo desviou a cabeça, o ar zangado.

— Que é isso, Mária Dmítrievna? — perguntou Butler.

— Todos vocês são assassinos, não os suporto, uns verdadeiros assassinos — disse ela, erguendo-se.

— Isso pode acontecer a qualquer um — replicou Butler, não sabendo o que dizer. — Coisas da guerra.

— Guerra? Qual guerra? São uns assassinos, e é tudo. O corpo deve ser dado à terra, e estão aí dizendo piadas. Uns assassinos, na verdade — repetiu e, descendo a escada, foi para dentro de casa pelos fundos.

Butler voltou para a sala e pediu a Kâmieniev que lhe contasse com mais pormenores como se dera a ocorrência.

E Kâmieniev contou.

Eis como tudo se passara.

XXV

Khadji-Murát tinha permissão de passear a cavalo nas proximidades da cidade, mas obrigatoriamente com uma escolta de cossacos. Havia em Nukhá, ao todo, meia companhia, dos quais uns dez serviam de ordenanças aos oficiais. Por isso, depois de mandar no primeiro dia uma escolta de dez cossacos, decidiu-se enviar diariamente apenas cinco, e pediu-se a Khadji-Murát que não levasse consigo todos os seus *núkeres*. Mas, no dia 25 de abril, ele saiu a passeio com todos os cinco. Enquanto montava, o comandante da praça notou que os cinco *núkeres* se aprontavam para acompanhá-lo, e disse que não lhe dava permissão para levá-los todos, mas Khadji-Murát pareceu não ouvir o que lhe dizia o comandante, que não quis insistir. Ia com os cossacos o sargento Nazarov, cavaleiro de São Jorge,[86] um rapagão louro e forte, sangue e leite, de cabelo à escovinha. Ele era o irmão mais velho, numa família pobre, fiel ao ritual antigo,[87] e crescera sem pai, sendo responsável pelo sustento de sua velha mãe, de três irmãs e dois irmãos.

— Cuidado, Nazarov, não o deixe ir para longe — gritou-lhe o comandante da praça.

— Estou ouvindo, Vossa Nobreza — respondeu Nazarov e, erguendo-se nos estribos e segurando o fuzil que trazia às costas, saiu a trote no seu grande e bom alazão castrado. Quatro cossacos o seguiam: Fierapontov, alto, magro, o primeiro em roubar ou arranjar as coisas, o mesmo que vendera pólvora a Gamzalo; Ignatov, que estava cumprindo o tempo de serviço, um camponês robusto, de meia-idade, jactancioso da sua força; Míchkin, um rapaz fraco, menor de idade, de quem todos caçoavam, e Pietrakóv, jovem muito louro, sempre afável e alegre, que era filho único de uma viúva.

De manhã, houve neblina, mas depois das onze o tempo se firmou e o sol brilhava sobre a folhagem que acabava de desabrochar, sobre a erva nova e virgem, sobre o trigo que já começava a erguer as hastes e sobre a água encrespada do rio rápido, que se via à esquerda da estrada.

O cavalo de Khadji-Murát ia a passo. Os cossacos e os *núkeres* o seguiam sem se atrasarem, e assim passaram nos fundos da fortaleza. Encontravam mulheres com cestos à cabeça, carroças com soldados e carros rangedores puxados

[86] Condecoração do regime tsarista, concedida a militares que se distinguiam em combate. (N. do T.)

[87] Anterior à revisão dos textos sagrados, ordenada no século XVII pelo patriarca Níkon. (N. do T.)

por búfalos. Depois de umas duas verstas, Khadji-Murát apressou o seu cabardino branco, que trotou com tanta velocidade que os *núkeres*, para o acompanhar, precisaram passar a um trote largo. Os cossacos fizeram o mesmo.

— Eh, tem um bom cavalo — disse Fierapontov. — Se fosse naquele tempo em que era rebelde, eu o arrancaria da sela.

— Sim, irmão, já ofereceram por este cavalo trezentos rublos em Tiflis.

— Mas eu, no meu, vou passar à frente.

— Claro que sim — disse Fierapontov.

Khadji-Murát ia cada vez mais depressa.

— Eh, *kunák*, assim é proibido. Mais devagar — gritou Nazarov, alcançando Khadji-Murát.

Este olhou para trás, mas não respondeu e continuou no mesmo passo, sem diminuir a marcha.

— Cuidado, os diabos tramaram alguma coisa — disse Ignatov. — Veja só como correm.

Assim percorreram uma versta na direção das montanhas.

— Eu já lhe disse que é proibido — gritou mais uma vez Nazarov.

Khadji-Murát não respondeu nem voltou a cabeça, aumentando sempre a velocidade e passando ao galope.

— Não, tu não escapas! — gritou Nazarov, muito irritado.

Bateu com o pinguelim no seu grande alazão castrado e, erguendo-se nos estribos, inclinado para a frente, deixou-o ir a toda a velocidade atrás de Khadji-Murát.

O céu era tão claro, o ar tão fragrante e as forças da vida se revolviam com tanto júbilo no íntimo de Nazarov, quando ele, fundido num único ser com o seu bom e forte cavalo, voava pela estrada plana atrás de Khadji-Murát, que não lhe acudia sequer à mente a possibilidade de algo triste ou terrível. Alegrava-o o fato de estar se aproximando de Khadji-Murát a cada passo do seu cavalo. Khadji-Murát, ouvindo o ressoar das patas do grande cavalo que o alcançava, compreendeu que o cossaco ia consegui-lo, e, tomando a pistola na mão direita, foi contendo com a esquerda o seu cabardino, excitado com a corrida e com o ressoar das patas do cavalo que vinha atrás.

— Já disse que é proibido! — gritou Nazarov, quase alcançando Khadji-Murát e estendendo a mão para apanhar o seu cavalo pela rédea. Mas, antes que o fizesse, ouviu-se um tiro.

— O que estás fazendo? — gritou Nazarov, apertando o peito. — A eles, rapazes! — disse, cambaleando, e caiu sobre o cepilho.

Mas os montanheses tinham tomado as armas antes dos cossacos, e agora atiravam neles de pistola e golpeavam-nos a sabre. Nazarov estava pendurado ao pescoço do cavalo, que o carregava em volta dos companheiros. O cavalo de Ignatov caiu, comprimindo-lhe o pé. Dois montanheses desembainharam os sabres e, sem descer do cavalo, estavam golpeando o soldado na cabeça e nas mãos. Pietrakóv lançara-se em socorro do companheiro, mas dois tiros o atingiram, um nas costas, o outro do lado, e ele desabou do cavalo, como um saco.

Míchkin voltou o cavalo e galopou para a fortaleza. Khanéfi e Cã-Makhoma lançaram-se em sua perseguição, mas ele já estava bem afastado, e os montanheses não podiam alcançá-lo.

Vendo isso, Khanéfi e Cã-Makhoma voltaram para junto dos seus. Gamzalo acabou de liquidar Ignatov com o seu punhal e fez o mesmo a Nazarov, depois de derrubá-lo do cavalo. Cã-Makhoma tirava as cartucheiras dos mortos. Khanéfi quis levar o cavalo de Nazarov, mas Khadji-Murát lhe gritou que não o fizesse e galopou para a frente. Os seus *miu-*

rides acompanharam-no, repelindo o cavalo de Pietrakóv, que corria também atrás deles. Já estavam a umas três verstas de Nukhá, entre arrozais, quando se ouviu no alto da torre um tiro que significava alarme.

Deitado de costas, o ventre aberto, o rosto jovem dirigido para o céu, Pietrakóv morria, arquejando como um peixe.

— Ah, meus velhos, que foi que vocês fizeram! — exclamou o comandante da praça, agarrando a cabeça com as mãos, quando soube da fuga de Khadji-Murát. — Arrancaram-me a cabeça! Deixaram-no escapar, bandidos! — gritava, ouvindo o que Míchkin lhe dizia.

O alarme foi dado por toda parte, e não só todos os cossacos disponíveis foram enviados em perseguição dos fugitivos, mas reuniram-se também todos os milicianos com que se podia contar nos *auis* já submetidos. Ofereceu-se um prêmio de mil rublos a quem trouxesse Khadji-Murát vivo ou morto. E, duas horas depois que Khadji-Murát e os seus companheiros fugiram dos cossacos, mais de duzentos homens a cavalo galopavam atrás do delegado de polícia, à procura dos fugitivos.

Percorridas algumas verstas pela estrada principal, Khadji-Murát refreou o cavalo branco, que respirava com dificuldade e estava cinzento de suor, e se deteve. À direita da estrada, apareciam as *sáklias* e o minarete do *aul* de Belardjik, e à esquerda, campos, além dos quais se via o rio. Embora o caminho para as montanhas se desviasse para a direita, Khadji-Murát voltou o cavalo na direção contrária, esperando que os seus perseguidores seguissem exatamente para a direita. Pretendia ir pelos campos até o Alazan, atravessar o rio, sair para a estrada principal, onde ninguém o esperaria, seguir por ela até a mata e, passando mais uma vez o rio, tomar a direção das montanhas. Resolvido isso, dobrou à esquerda. Mas foi impossível chegar até o rio. O arrozal, que era preciso atravessar, acabava de ser inundado, como sempre se faz na primavera, e estava transformado num pântano, em que os cavalos se atolavam até acima das ranilhas. Khadji-Murát e seus *núkeres* desviavam-se ora para a direita, ora para a esquerda, esperando encontrar lugar mais seco, mas o campo em que se achavam estava uniformemente inundado, e agora embebido de água. Os cavalos retiravam, com um som de rolha que sai do gargalo, as suas patas afundadas na lama pegajosa e, depois de alguns passos, paravam ofegantes.

E assim lidaram tanto tempo que já começava a escurecer, e ainda não tinham chegado ao rio. À esquerda, havia uma ilhota de arbustos; Khadji-Murát decidiu penetrar entre eles e ficar ali até que escurecesse por completo, dando também descanso aos animais extenuados.

Khadji-Murát e os seus *núkeres* apearam-se e, travados os cavalos, comeram pão e queijo que trouxeram consigo. A lua nova, que brilhara a princípio, escondera-se atrás das montanhas, e a noite estava escura. Os rouxinóis eram particularmente numerosos em Nukhá, e dois deles estavam naqueles arbustos. Enquanto Khadji-Murát e os seus homens faziam barulho com os cavalos, os rouxinóis se calaram. Mas, depois que os homens se aquietaram, eles tornaram a gorjear, em desafio. Khadji-Murát, que prestava atenção nos ruídos da noite, ouvia-os involuntariamente.

O seu gorjear lembrava-lhe a canção sobre Gamzat, que ele ouvira na noite anterior, quando fora buscar água. Agora, a qualquer momento, podia encontrar-se na situação em que estivera Gamzat. Pensou que o mesmo aconteceria a ele e, de repente, sentiu algo sério no íntimo. Estendeu a japona e efetuou a unção. Apenas a terminou, ouviram-se sons que se aproximavam dos arbustos. Eram patas de cavalo, em grande número, que chapinhavam no pântano. Cã-Makhoma, de olhar veloz, saiu para a beirada dos arbustos e distinguiu na treva sombras negras de homens a pé e a cavalo. Khanéfi viu uma multidão igual do outro lado. Era Karganov, o comandante militar do distrito, com os seus milicianos.

"Está bem, vamos lutar como Gamzat", pensou Khadji-Murát.

Depois do sinal de alarme, Karganov atirara-se em perseguição de Khadji-Murát com um cento de milicianos e de cossacos, sem encontrar, todavia, em parte alguma, sequer sinais de sua passagem. Karganov perdera as esperanças e já regressava para casa, quando, à tarde, encontrou um velho tártaro. Karganov lhe perguntou se vira homens a cavalo. O velho respondeu que tinha visto seis deles rodando pelo arrozal e, depois, entrando por entre os arbustos onde ele recolhia lenha. Karganov ordenou ao velho que lhe servisse de guia, deu meia-volta e, convencendo-se, pelos cavalos peados, de que Khadji-Murát estava realmente ali, cercou as moitas durante a noite e pôs-se a esperar o amanhecer, a fim de apoderar-se de Khadji-Murát vivo ou morto.

Compreendendo que estava cercado, Khadji-Murát fez um reconhecimento entre os arbustos e, encontrando ali uma vala antiga, decidiu fortificar-se nela e resistir, enquanto houvesse cartuchos e forças. Disse isso aos companheiros e ordenou-lhes que preparassem uma trincheira do outro lado da vala. Os *núkeres* puseram-se imediatamente a cortar ramos de árvores, a escavar a terra com seus punhais e a preparar a barreira. Khadji-Murát trabalhava com eles.

Mal começou a amanhecer, o comandante do esquadrão de milicianos acercou-se das moitas e gritou:

— Eh, Khadji-Murát, entrega-te! Somos muitos, e vocês são poucos.

Em resposta, uma nuvenzinha de fumaça surgiu da vala, ouviu-se o bater do ferrolho de um fuzil, e uma bala acertou no cavalo do miliciano. O animal revolveu-se e começou a tombar. Ouviram-se os estalos dos fuzis dos milicianos, agrupados na clareira das moitas, e as balas foram assobiando e zunindo, derrubando folhas e galhos e acertando na trincheira, sem atingir, todavia, os homens abrigados nela. Somente o cavalo de Gamzalo, que havia escapado e se distanciara, foi ferido na cabeça. Não caiu, mas, dilacerando a peia, fez estalar as moitas em volta, lançou-se na direção dos demais cavalos e apertou-se contra eles, regando com seu sangue a erva recém-brotada. Khadji-Murát e seus homens só atiravam quando algum dos milicianos se adiantava aos companheiros, e raramente perdiam o tiro. Três milicianos já estavam feridos. Os demais não se decidiam a lançar-se sobre o grupo de Khadji-Murát, e até se distanciavam dele cada vez mais, atirando apenas de longe, ao acaso.

Assim decorreu mais de uma hora. O sol já iluminava metade de cada árvore, e Khadji-Murát pretendia montar a cavalo e abrir caminho até o rio, quando se ouviram os gritos de um novo grupo numeroso, recém-chegado. Era Khadji-Agá, de Mekhtul, com os seus homens, uns duzentos ao todo. Khadji-Agá fora *kunák* de Khadji-Murát e estivera com ele nas montanhas, mas depois se passara para os russos. Acompanhava-os Akhmet-cã, filho do inimigo de Khadji-Murát. Tal como Karganov, Khadji-Agá começou por gritar a Khadji-Murát, intimando-o a render-se, mas Khadji-Murát lhe respondeu também com um tiro.

— Aos sabres, rapaziada! — gritou Khadji-Agá, desembainhando o seu, e ouviram-se centenas de homens que se lançavam com gritos esganiçados contra as moitas.

Os milicianos investiram por entre os arbustos, mas alguns tiros estalaram um após outro de trás da trincheira. Uns três homens tombaram, e os atacantes se detiveram, para ficar também atirando da clareira das moitas. Atiravam e, ao mesmo tempo, aproximavam-se lentamente da trincheira, correndo de uma a outra moita. Alguns conseguiam fazê-lo, outros eram atingidos pelas balas de Khadji-Murát e dos seus homens. Khadji-Murát não perdia um tiro. Gamzalo também acertava quase todos e, de cada vez, soltava gritos esganiçados de alegria. Kurban estava sentado no declive da vala, cantando: "*La ilá il Alá*", e atirava sem se apressar, mas raramente acertava. Eldar tremia com todo o corpo, impaciente por se lançar de punhal contra o inimigo, atirava frequentemente, ao acaso, parte do corpo fora da trincheira, e voltava-se sem cessar, olhando para Khadji-Murát. O hirsuto Khanéfi, de mangas arregaçadas, cumpria ali também a sua função de criado. Armava os fuzis que lhe passavam Khadji-Murát e Kurban, empurrava cuidadosamente com a vareta as balas enroladas em panos oleosos e colocava mais pólvora fresca nos cartuchos. Cã-Makhoma não ficou como os demais no fundo da vala, mas corria desta para onde estavam os cavalos, enxotando-os para lugar mais seguro, enquanto atirava, sem usar o apoio do fuzil. Foi o primeiro a ser ferido. A bala acertou-o no pescoço, e ele se sentou para trás, cuspindo sangue e praguejando. Depois, foi ferido Khadji-Murát. A bala atravessou-lhe o ombro. Ele arrancou um punhado de algodão do *biechmiét*, tapou a ferida e continuou atirando.

— Vamos de sabre ao ataque — disse Eldar pela terceira vez. Pôs o corpo fora da trincheira, pronto a se atirar contra os inimigos, mas naquele mesmo instante uma bala acertou nele; cambaleou, caindo de costas, sobre o pé de Khadji-Murát, que olhou para ele. Os seus lindos olhos de carneiro fixavam-se com seriedade em Khadji-Murát. A boca, o lábio superior saliente, como o das crianças, estremecia sem se abrir. Khadji-Murát retirou o seu pé e continuou fazendo pontaria. Khanéfi abaixou-se sobre o morto Eldar e pôs-se a retirar da sua *tcherkeska* os cartuchos não usados. Kurban continuava cantando, enquanto armava lentamente o fuzil e fazia pontaria.

Os inimigos corriam de uma a outra moita, soltando gritos e ganidos, e aproximando-se cada vez mais. Outra bala acertou o lado esquerdo de Khadji-Murát, que se deitou no fundo da vala e, arrancando do *biechmiét* outro punhado de algodão, tapou com ele a ferida. Esta era mortal, e ele sentiu que morria. Lembranças e imagens alternaram-se com velocidade extraordinária em sua imaginação. Ora via diante de si o vigoroso Abununtzal-cã, segurando com a mão a face cortada a sabre e pendente, atirando-se de punhal contra o inimigo; ora o débil e exangue velho Vorontzóv, com o seu rosto branco e ladino, e ouvia-lhe a voz macia; ora via o seu filho Iussuf, ora a mulher, Sofiat, ora o rosto pálido, de barba ruiva e olhos entrecerrados, do seu inimigo Chamil.

E todas essas recordações sucediam-se velozes em sua imaginação, sem despertar nele nenhum sentimento, quer de comiseração, quer de rancor, nem desejo algum. Tudo isso parecia tão insignificante em comparação com o que já começava ou já havia começado para ele! E, no entretanto, o seu corpo vigoroso continuava a ação encetada. Reunindo as forças derradeiras, ergueu-se sobre a trincheira, atirou de pistola num homem que se aproximava correndo e acertou nele. O homem caiu. Khadji-Murát saiu completamente para fora da vala e, de punhal na mão, caminhou mancando fortemente, ao encontro dos inimigos. Ressoaram alguns tiros, ele cambaleou e caiu. Alguns milicianos soltaram um grito esganiçado de triunfo e atiraram-se na direção do corpo caído. Mas aquilo que parecia um cadáver de repente se mexeu. Em primeiro lugar, ergueu-se a cabeça raspada, descoberta, ensanguentada, em seguida o busto e, finalmente, ele se levantou de todo, agarrando-se a uma árvore. O seu aspecto era tão terrível que os homens que corriam ao seu encontro se detiveram. Mas de repente estremeceu, cambaleou afastando-se da árvore e caiu sobre o rosto, ao comprido, como uma bardana ceifada, e não se mexeu mais.

Sem se mover, ainda sentia. Quando Khadji-Agá chegou antes de todos ao lugar em que caíra e lhe deu um golpe na cabeça, com o seu grande punhal, Khadji-Murát teve a impressão de que lhe batiam com um martelo, e não pôde compreender quem o fazia e para quê. Isso foi o derradeiro sinal de consciência da sua ligação com o corpo. Depois, não sentiu mais nada, e os seus inimigos pisaram e retalharam aquilo que nada mais tinha em comum com ele. Khadji-Agá pisou com o pé as costas do cadáver e decepou-lhe com dois golpes a cabeça, empurrando-a com o pé, cauteloso, para não sujar de sangue o seu calçado de pano. O sangue rubro golfou das artérias do pescoço, e um sangue negro escorreu da cabeça, inundando a erva.

Karganov, Khadji-Agá, Akhmet-cã e todos os milicianos reuniram-se ao redor dos corpos de Khadji-Murát e dos seus homens (Khanéfi, Kurban e Gamzalo foram amarrados) e, como caçadores parados junto ao corpo da fera abatida, conversaram alegres, por entre a fumaça da pólvora, celebrando a vitória.

Os rouxinóis, que se haviam calado com o tiroteio, recomeçaram os seus trilos, a princípio um bem próximo, depois outros, na extremidade oposta das moitas.

E foi essa morte que a bardana esmagada, em meio do campo lavrado, me fez lembrar.

TOLSTÓI: ANTIARTE E REBELDIA

Boris Schnaiderman

Escrever um trabalho de conjunto sobre Tolstói é sempre uma temeridade. Temos de voltar continuamente à sua obra. Por mais que a leiamos, é pouco para apreender o que ela tem a nos ensinar. Existem teorias e mais teorias que a explicam e interpretam e, por mais que nos enfronhemos nelas, as páginas tolstoianas continuam constituindo um desafio. Se eu leio hoje uma novela ou romance de Tolstói, minha reação é diferente daquela de cinco ou dez anos atrás. A veemência com que ele tratou os problemas humanos repercute em cada um de nós, mas repercute, às vezes, de modo diferente hoje ou daqui a três anos. Frequentemente, não se trata de uma aceitação pacífica. Grande parte de seu ideário é inaceitável para um leitor como eu, mas nem por isto o *pathos* que impregna a exposição dessas ideias é menos impressionante.

Ora, como proceder em relação ao conjunto? A edição mais completa de suas obras tem noventa volumes, mas acredito que ela nem exista no Brasil, pois fatores diversos tornaram, em anos recentes, bem difícil o recebimento de livros soviéticos, e, não faz muito tempo, o primeiro volume de uma edição das *Obras reunidas* de Turguêniev em russo, que englobava as da década de 1840, importado por um livreiro especializado, em São Paulo, foi devolvido ao remetente, sob a alegação de se tratar de obra subversiva. Mas, desistindo de lidar com a edição em noventa livros, continuo tendo acesso a uma em vinte, uma em quatorze e outra em doze. O que fazer neste caso? Ler tudo de cabo a rabo? Mas, quando eu chegar ao último livro, se reler o primeiro, minha reação não será talvez a mesma. Logo, não é este o caminho mais adequado.

Depois de refletir sobre o caso, resolvi retornar à obra de Tolstói e lê-la com intensidade, embora apenas parcialmente. Este livro é o resultado da abordagem que empreendi, mas não faço tábula rasa de leituras em anos passados e das anotações feitas então. Evidentemente, as traduções que efetuei de Tolstói, os artigos que escrevi sobre ele, acabam tendo algum peso no meu julgamento. Mas não muito. Quanta coisa nesses textos não me satisfaz mais e deve ser reformulada! Multiforme e riquíssima, fascinante sempre, a obra de Tolstói continua a afirmar que uma vida humana é insuficiente para apreciá-la em toda a sua profundidade.

Trajetória

Quem foi este homem e o que ele realizou afinal?

Por mais tradicional que seja o procedimento de iniciar um estudo de vida e obra pela biografia do autor, não consigo, neste caso específico, fugir a semelhante contingência. Vejamos, pois, resumidamente, quem foi Tolstói, como homem e artista.

O conde Lev Nikoláievitch Tolstói nasceu no dia 28 de agosto (9 de setembro pelo calendário atual) de 1828 na propriedade paterna de Iásnaia Poliana (isto é, Clareira, ou Campina, Clara), perto de Tula. Os Tolstói são uma família da velha nobreza russa e seu nome aparece com certa frequência nas páginas da história. A mãe de Lev era, por nascimento, princesa Volkônskaia, outra linhagem de peso.

Passou a infância e meninice numa família numerosa, ora em Iásnaia Poliana, ora em Moscou. Perdeu sua mãe antes dos dois anos e o pai aos nove, sendo criado por uma tia. Matriculou-se em 1844 na Universidade de Kazan, onde estudou Línguas Orientais e, depois, Direito, mas que ele deixou em 1847, sem se diplomar. São igualmente de 1847 as primeiras anotações conhecidas dos diários de Tolstói, que constituem, em conjunto, uma obra impressionante, sem dúvida uma das mais importantes que existem, no gênero. Ocupam quatorze dos noventa volumes de suas *Obras completas*. "Eles são eu" — chegou a escrever sobre esses textos. Constituíram também um meio de desenvolver a técnica de análise psicológica em que se tornaria mestre indiscutível.

Quando moço, levou frequentemente uma vida de bebedeiras, jogatina e farras com mulheres, mas, desde as primeiras anotações nos diários e as primeiras cartas que dele se conhecem, aparece com intensidade a má consciência, o arrependimento atroz, que haveria de persegui-lo a vida inteira. As dívidas de jogo, as tentativas de fugir a este vício, provocam no jovem sofrimentos incríveis.

Datam de 1851 os primeiros escritos criativos já numa forma que é mais ambiciosa e trabalhada. No mesmo ano, transferiu-se de Moscou para o exército de ocupação no Cáucaso, então conflagrado por uma rebelião de fundo religioso, mas que se transformara numa verdadeira guerra de independência. Foi incorporado como *iúnker*, nome então atribuído aos soldados e suboficiais de origem nobre.

Escreveria oito anos depois numa carta a sua jovem tia A. A. Tolstaia: "Vivendo no Cáucaso, eu era solitário e infeliz. Comecei então a refletir, como as pessoas têm força de refletir apenas uma vez na vida. Guardo as minhas anotações de então, e, relendo-as agora, não consegui compreender como um homem podia ter chegado a semelhante grau de exaltação mental, como eu cheguei. Era uma época ao mesmo tempo torturante e boa. Nunca, nem antes, nem depois, eu cheguei a semelhante altura do pensamento, nunca espiei assim *para lá*, como naquele período, que durou dois anos. E tudo o que eu encontrei então permanecerá para sempre como a minha convicção".

Em 1852 ele completou a novela *Infância* e a enviou para o poeta Nikolai Nekrássov, para publicação na importante revista *Sovremiênnik* (*O Contemporâneo*), com as iniciais "L. N.". O modo como a novela foi publicada revoltou o autor estreante. Realmente, mesmo nós que estamos acostumados com a copidescagem e a titulação arbitrária de nossa imprensa, não podemos ficar indiferentes ao que fizeram com esse texto, ora por capricho de alguém na redação, ora por injunções da censura. Ele escreveu uma carta indignada a Nekrássov, que, no entanto, atenuou antes de enviar. Na primeira versão, afirmava: "O título *Infância* e algumas palavras da introdução explicavam a ideia central do trabalho; já o título *História da minha infância* contradiz a ideia central. Quem é que tem algo a ver com a história da *minha* infância... *Retrato de minha mãezinha* em lugar de *pequena imagem do meu anjo*, na primeira página, é uma alteração que obrigará todo leitor decente a deixar o livro de lado e não ler mais".

Neste pequeno trecho já se revelam algumas características de Tolstói: a veemência, a capacidade de defender com vigor, do modo mais direto, o que ele considerava justo, a busca da expressão mais adequada, bem mais importante para ele que a perfeição estilística (veja-se por exemplo a repetição de palavras).

O mesmo período ficou marcado pela constante elaboração e reelaboração de outros escritos.

Sua vida nas fileiras era bastante folgada, o que lhe permitia entregar-se continuamente à escrita e a leituras e dedicar-se a caçadas. Participou também de várias ações militares, e o futuro lutador contra a guerra chegou a apresentar-se como voluntário para uma incursão contra os montanheses. Escreveu no diário: "Passei a manhã inteira sonhando com a subjugação do Cáucaso". Poucos dias depois escreveria, porém: "Houve um desfile bobo. Todos, e sobretudo meu irmão,[1] bebem, e isto me é muito desagradável. A guerra é uma ocupação tão injusta e má que os lutadores procuram abafar em si a voz da consciência. Estou procedendo bem? Meu Deus, orienta-me e perdoa-me se procedo mal".

Em 1854 foi transferido, a pedido seu, para o exército em operações contra os turcos na Valáquia, atualmente parte da Romênia. Durante sua permanência ali, enviou outros trabalhos para a *Sovremiênnik*, inclusive *Adolescência*, muito elogiada por Nekrássov. *Infância*, *Adolescência* e *Juventude* (esta concluída em 1856) deveriam fazer parte de uma tetralogia, mas não chegou a elaborar o último volume, *Mocidade*. Nestas obras já se revela a penetrante análise de Tolstói, a sua capacidade de captar as mais sutis nuanças de linguagem, na expressão de estados psíquicos. Embora a autoanálise tenha certamente contribuído muito para a sua elaboração, não constituem propriamente uma autobiografia, Mesmo assim, acabaram contendo, em forma algo transfigurada, muitas confissões íntimas.

Ainda na Valáquia, tentou constituir com vários oficiais uma organização que deveria difundir a cultura entre a tropa, mas ela não foi autorizada.

Iniciadas as operações na Crimeia, pede transferência para Sebastópol, em cuja defesa toma parte, inclusive nos acirrados combates que então ocorrem. Esta experiência inspirou-lhe os *Contos de Sebastópol*, cuja publicação se iniciou quando a guerra ainda estava em curso.

Eles encontraram sérios obstáculos por parte da censura. Alguns textos enviados por Tolstói para publicação se per-

[1] Referência a Nikolai Tolstói (1823-1860), que também se incorporara ao exército do Cáucaso.

deram, de modo que a versão existente é uma reconstituição na base de variantes. O próprio autor encaminhou para a revista *Sovremiênnik* passagens atenuadas, mas nem isto evitou a mutilação. Sabe-se, pelo depoimento de alguns contemporâneos, que uma versão que se perdeu causara impressão fortíssima nos que a leram. Para a publicação, os redatores até acrescentaram trechos por causa da censura, mas eles depois foram incorporados pelo autor, apenas com alterações estilísticas.

Eis uma anotação de diário, em setembro de 1855: "Ontem recebi a notícia de que 'Noite' foi mutilada e impressa.[2] Parece que sou muito vigiado pelos *azuis*[3] por causa dos meus artigos. Aliás, quero que a Rússia tenha sempre escritores assim morais; mas eu não posso mais de modo algum ser adocicado, e também escrever passando do vazio para o vácuo — sem um pensamento e, sobretudo, sem um objetivo. Apesar de um primeiro momento de raiva, quando eu prometi nunca mais tomar da pena, apesar de tudo, o principal, o predominante sobre todas as outras inclinações e trabalhos, deve ser a literatura. Meu objetivo é a glória literária. O bem que eu posso fazer com os meus livros".

Em pleno assédio, depois de comungar, faz uma anotação que prenuncia os seus escritos doutrinários a partir da década de 1880: "Ontem, a conversa sobre o divino e a fé me induziu a um pensamento grande, imenso, à realização do qual eu me sinto capaz de dedicar a vida. Este pensamento é a fundação de uma nova religião, que corresponda ao desenvolvimento da humanidade, uma religião de Cristo, mas purificada da fé e do mistério, e que dê a bem-aventurança na terra. [...] Agir *conscientemente* para a união dos homens

[2] Trata-se do conto "Sebastópol em maio".

[3] A polícia militar, que usava uniformes azuis.

com a religião, eis a base do pensamento que, segundo espero, me empolgará".

Pouco após a rendição, Tolstói se licenciou para uma estada em Petersburgo e em Moscou e, no ano seguinte, obteve baixa.

Passou os anos de 1856-61 sobretudo em Petersburgo, Moscou e Iásnaia Poliana. Teve então contatos seguidos com os meios literários, o que não se repetiria. Foi saudado como uma grande promessa da literatura russa, mas vários contos e novelas que publicou não tiveram a mesma aceitação. Teve atritos frequentes, sobretudo com Turguêniev. Dentre os escritores que então conheceu, manteria relações duráveis com o poeta Afanássi Fet, considerado por quase todos os demais um reacionário, e com o pensador Nikolai Strakhov.

Viajou para o Ocidente em 1857 e 1860-61, reagindo então com violência ao egoísmo da vida burguesa nos países que visitou.

A partir de 1859, dedicou-se a uma escola para filhos de camponeses, que organizou em sua propriedade rural. Editou em 1861-62 a revista *Iásnaia Poliana*, onde expunha a sua experiência e divulgava material didático. A publicação provocou muitas polêmicas e constituiu um desafio a todas as concepções pedagógicas vigentes e às instituições de ensino.

Foi uma época de grandes preocupações com a situação no campo russo, e Tolstói empenhou-se profundamente na discussão do problema, quer antes, quer depois da emancipação dos servos por ato de Alexandre II, em 1861, manifestando então preocupação com a vida miserável do camponês, mas também com o papel histórico da nobreza russa.

Aceitou um encargo na administração local, colaborando assim com a instauração das reformas da década de 1860.

Paralelamente, continuava a refletir sobre a condição familiar e a relação entre os sexos, o que lhe inspirou a novela *Felicidade conjugal* (1859). Aos trinta e quatro anos, considerava-se velho e feio e achava às vezes que nenhuma mulher haveria de querê-lo para marido. Mesmo assim, em 1862, após um romance fracassado com outra jovem, pediu em casamento Sófia Andréievna Behrs, que tinha então dezoito anos. O matrimônio se efetivou em setembro.

Quem se casava com Tolstói não era uma mocinha fútil da sociedade, mas alguém com personalidade bem marcada e que não era destituída de ambições, apesar da inferioridade da mulher na época. Estudara sem cursar escolas e, pouco antes do casamento, fora aprovada num exame, na Universidade de Moscou, para o diploma de professora particular. Depois do matrimônio, além de administrar a casa e, mais tarde, todos os negócios da família, e cuidar dos filhos (o casal teve treze, cinco dos quais morreram ainda pequenos), copiava continuamente os manuscritos quase ilegíveis do marido, em suas inúmeras variantes. Traduziu para o francês vários escritos tolstoianos. Deixou diversas obras de ficção e autobiográficas, algumas ao que parece inéditas até hoje, bem como interessantíssimos diários. E além de colaboradora eficiente, foi também conselheira do marido. Maksim Górki, que manifestou por ela profunda admiração, mesmo após a morte de Tolstói, quando o mundo intelectual russo voltava-se geralmente contra os familiares do escritor, supõe que tenha sido graças a seu conselho que Tolstói concentrou sobretudo num ensaio final a parte filosófica, antes muito disseminada pelo texto de *Guerra e paz*. Ainda segundo suposição de Górki, teria sido graças a conversas com ela que Tolstói pôde captar certas particularidades muito sutis do mundo interior da mulher. Esta personalidade forte, relegada a um papel secundário, sempre sacrificada, acabaria entrando em choque com o marido.

No entanto, os primeiros anos de convívio decorreram tranquilos. Tolstói dedicava-se então bastante à administração de seus bens, pela qual depois manifestaria a maior repugnância. Ademais, a publicação de seus livros trazia para a família uma renda suplementar nada desprezível. Continuava, porém, a reescrever cada trabalho. Seu romance curto *Os cossacos*, iniciado ainda no Cáucaso, foi reelaborado inúmeras vezes, a partir da forma metrificada inicial. Tolstói publicou-o em 1863 para pagar uma dívida de jogo, mas continuava insatisfeito com ele.

A sua capacidade de expressar o fluir da existência, em sua plena materialidade, que já aparecia nas primeiras obras, encontrou expressão cabal no vastíssimo romance-epopeia *Guerra e paz*, escrito durante sete anos "de trabalho incessante e inusitado", conforme se expressaria, e publicado em 1869.

Serviu de ponto de partida para o empreendimento uma novela planejada em 1856, cujo personagem central seria um "dezembrista", isto é, participante da revolta militar de dezembro de 1825 contra a autocracia tsarista, exilado na Sibéria, e que então regressaria à pátria. Todavia, só em 1860 Tolstói começou a trabalhar nessa novela, para a qual escreveu apenas três capítulos, refundidos em várias ocasiões, até sua publicação em 1884. No entanto, trabalhando com a personagem do "dezembrista", sentiu necessidade de narrar a mocidade de seu herói e o período histórico em que se formara aquela geração, isto é, as guerras napoleônicas. Chegou a conceber "três épocas" para a obra: 1812, 1825 e 1856, mas acabou concentrando-se no primeiro desses períodos. Estudou minuciosamente documentos históricos e cartas do arquivo de sua família, e trabalhou com a máxima intensidade. Conhecem-se, por exemplo, quinze variantes da parte inicial do romance e, naturalmente, é possível que tenha escrito outras.

A "epopeia da grande guerra popular", segundo a expressão de seu contemporâneo Nikolai Leskov, é, ao mesmo tempo, o romance de uma classe privilegiada. Iniciando-o, sublinhava que pretendia escrever "a história de pessoas que viviam nas condições mais favoráveis, livres da pobreza, da ignorância, e independentes". No decorrer do trabalho, o âmbito das preocupações do autor se foi ampliando, embora, na realidade, já de início, não fosse tão restrito como afirma, com a sua habitual tendência para a autofustigação. No conjunto, a ampla comoção popular, as massas humanas em movimento, são contracenadas com o fluir da existência daqueles indivíduos privilegiados. Surge assim uma galeria inesquecível de tipos e situações. A atividade, pode-se dizer vulcânica, de Tolstói, como criador de vidas, atingia aí o máximo de realização.

Prosseguindo nas suas reflexões históricas e procurando mais uma vez traçar um vasto panorama, mesclado com a existência individual das personagens, planejou um romance sobre a época de Pedro, o Grande, onde o próprio imperador deveria também aparecer. Foi adquirindo, porém, tal aversão pela sua figura histórica, que acabou deixando de lado esses planos. Eis, por exemplo, como ele trata Pedro I num fragmento: "[...] aquele bêbado contumaz, devasso, sifilítico e ateu Piotr, que decepava cabeças de *strieltzi*[4] com suas próprias mãos, para se divertir, e que aparecia ao povo erguendo louvores sacrílegos a Cristo, com uma caixa de garrafas de vodca, à feição de Evangelho, e uma cruz feita de piteiras em falo [...]".

O mesmo período ficou também marcado por uma intensificação dos seus esforços na criação de uma literatura dedicada aos recém-alfabetizados e mesmo de cartilhas.

Ainda na década de 1870, mais precisamente em 1873-77, elaborou o vasto romance *Anna Kariênina*, certamente

[4] Tropas que se revoltaram contra Pedro, o Grande.

um dos pontos máximos atingidos pelo romance psicológico do século XIX. Ao mesmo tempo, é obra de acentuada preocupação social, e onde, segundo a expressão de Gleb Uspênski, se podia estudar "a atual vida russa, a orientação do pensamento social russo e do homem russo em geral". Muitos conflitos que encontraram expressão nesse romance já constituíram temas do escritor em obras anteriores, mas em nenhuma destas a sua capacidade crítica se expressara com a mesma intensidade.

Após a conclusão de *Anna Kariênina*, Tolstói passa por uma crise profunda. A responsabilidade moral de cada indivíduo é aliada por ele a uma concepção evangélica e à recusa de reconhecer as normas da Igreja. No outono de 1877, escreveu o folheto *Aquilo em que acredito*, onde relacionava as conclusões a que chegara em consequência da revisão de todas as suas convicções. Todavia, o escrito deixou-o muito insatisfeito.

Nos dois anos seguintes, tentou de novo expor a sua concepção de mundo, mas cada vez abandonava o que empreendera. No outono de 1879, viajou para um santuário em Kíev e, depois, para outro perto de Moscou, e a viagem apenas fortaleceu a sua recusa das práticas do cristianismo consagrado.

Seguiram-se sucessivas versões de um escrito que terminaria em abril de 1882, com o título de *Confissão*. Depois de tantas buscas e descaminhos, encontrava a forma adequada para expressar o seu repúdio tanto à religião oficial como à existência que levara até então. Há um patético, uma vida interior nesse escrito, como poucas vezes se viu em literatura.

Eis como sintetiza a sua mocidade: "Não posso me lembrar daqueles anos sem horror, repugnância e dor íntima. Eu matava gente na guerra, desafiava em duelo para matar, perdia no jogo, esbanjava o trabalho dos mujiques, castigava-os, fornicava, ludibriava. Mentira, roubalheira, prevaricação de toda espécie, bebedeira, violação, assassínio... Não houve crime que eu não praticasse, e por tudo isto era elogiado, e os meus coetâneos me consideravam e consideram uma pessoa relativamente moral". E a própria obra literária que passara a construir já lhe aparecia como resultado de "vaidade, interesse mesquinho e orgulho".

Dedicou-se então com muito empenho a contos populares, ao jeito das narrativas tradicionais russas. É verdade que já se dedicara ao gênero mais de uma vez e escrevera histórias destinadas ao povo. Agora, porém, esses contos tinham um tom moralizante mais marcado e expressavam do modo mais incisivo a recusa da sabedoria livresca e a aceitação do mundo da tradição popular como o verdadeiro caminho. A busca do espontâneo, do próximo à natureza, que há em toda a obra de Tolstói, encontrava aí uma expressão veemente e uma simplicidade que era o resultado de intensa elaboração. Por exemplo, conservam-se num arquivo soviético trinta e três versões manuscritas e várias provas tipográficas com correções do autor, do conto "O que faz viver os homens" (1881).

Foi publicando numerosos folhetos e artigos. Muitos eram proibidos pela censura e frequentemente já escrevia sabendo que o seu trabalho só poderia circular em cópias clandestinas e ser traduzido no exterior.

Na realidade, aqueles escritos colocavam numa forma concentrada e num tom assertivo as mesmas ideias de sua obra de ficção. Quando se lê o conjunto, aparece algo repetitivo, em virtude das obsessões de Tolstói.

Pondo em prática as suas ideias sobre a necessidade absoluta de comunicar-se com o povo, fundou com Vladímir Tchertkóv, em 1884, a editora *Posriédnik* (O Intermediário), para a qual escreveu uma série de contos. A editora atraiu escritores famosos na época, publicou obras de clássicos compreensíveis para o povo, inclusive estrangeiros, trabalhos de agricultura, divulgação científica etc. Eram edições baratas, que seguiam o exemplo do *lubók*, o equivalente russo da nossa literatura de cordel. Elas atingiram milhões de exemplares e penetraram nas regiões mais distantes do Império.

Naqueles anos, Tolstói passou a ser encarado mundialmente como a voz da consciência moral do povo russo. Mais ainda: tratando continuamente dos grandes problemas morais do homem, tornou-se uma das personalidades mais em evidência de seu tempo. Seu nome aparecia continuamente na imprensa, periódicos dos países ocidentais encomendavam-lhe artigos, Iásnaia Poliana tornou-se um lugar de peregrinação. Era considerado a grande voz pacifista da época, e escritos seus foram proibidos também no Ocidente.

É verdade que, embora as autoridades russas interditassem muitos dos seus escritos, elas não se atreviam a atingir sua pessoa. Seus partidários eram frequentemente perseguidos, mas embora chegasse a escrever no diário: "Espero visitantes", referindo-se à polícia, esta se manteve à distância, não repetindo a ação dos policiais de Alexandre II, que chegaram em 1882 a vasculhar Iásnaia Poliana. Mesmo quando, um ano antes de sua morte, requereu em juízo que a responsabilidade pela impressão de um artigo proibido fosse retirada do editor N. E. Felton, condenado então a seis meses de prisão em fortaleza, e transferida para ele, como autor, não foram tomadas contra o escritor quaisquer medidas judiciárias ou policiais. Todavia, reagindo a seus escritos contra a religião oficial, o Sínodo da Igreja Russa determinou em 1901 a sua excomunhão, e essa medida não foi precedida pelas medidas previstas na própria legislação canônica russa.

Ao mesmo tempo, era constante nele a nostalgia pelo trabalho puramente literário, embora nos seus escritos doutrinários esteja presente a garra do escritor, que introduz personagens e descreve situações humanas, entremeadas às longas digressões, e não obstante alcance assim altos momentos de criação, como em escritos que expressam as suas impressões da vida em Moscou, quando se instalou ali em 1881.

Anotou então no diário: "Decorreu o mês mais angustioso de minha vida... Fedentina, pedras, luxo, miséria. Devassidão. Reuniram-se os malfeitores que roubaram o povo, juntaram soldados e juízes para resguardar sua orgia e banqueteiam-se. O povo não tem mais nada a fazer senão, aproveitando-se das paixões desses homens, extorquir-lhes de volta o que foi roubado".

Participou como voluntário do recenseamento então realizado e teve assim um contato mais direto com as misérias da cidade. Suas impressões desse período estão expressas com a habitual veemência, principalmente nos escritos "Sobre o recenseamento em Moscou" (1882) e *O que temos de fazer, então?* (1882-86), este um livro em que narra as suas desilusões com a tentativa de chamar a atenção da sociedade russa para a vida miserável dos pobres e reflete sobre as possíveis soluções. Contraditório em relação a estas, o livro vale como crítica violenta, um verdadeiro fustigamento e, em algumas passagens, um documento humano e literário de grande força.

Esta se expressaria em obras mais concentradamente literárias, o que representava certamente um paradoxo, pois o doutrinador, segundo Tolstói, deveria vir em primeiro lugar. Mas na realidade, assim voltava ao lema que inscrevera em seu diário, aos vinte e seis anos: *Non ad probandum, sed ad narrandum.*[5] Nos diários, com frequência, trata a literatura como algo a que não podia escapar, que o atraía e seduzia. É verdade que o doutrinador está presente nas obras propriamente literárias, mas com frequência sua presença é relativamente discreta, o suficiente para não prejudicar a realização.

[5] "Escreve-se para narrar e não para provar". Quintiliano, *Institutio oratoria*, X, 1, 31. (N. da E.)

Ao mesmo tempo, a candente problemática dos temas tolstoianos, vivida às vezes em paroxismo, o *pathos* de suas preocupações morais, imprimiam vibração e intensidade ao texto literário.

É justamente no período mais intenso destas suas preocupações, na maturidade e na velhice, que atinge o máximo de perfeição num gênero que vinha praticando desde moço — a novela —, e que escreve alguns dos seus contos mais extraordinários. É como se o passar dos anos lhe desse maior capacidade de síntese, como se a reflexão se cristalizasse mais e se decantasse.

A morte de Ivan Ilitch (1884-86), celebrada geralmente como o ápice do gênero novela em toda a literatura mundial, é na realidade o início de uma série de trabalhos neste sentido, alguns dos quais podem ser colocados praticamente no mesmo nível. Está claro que isto não diminui em nada o alcance daquela súmula da existência humana, aquele relato de uma existência comum, em meio de pessoas comuns e em circunstâncias corriqueiras, mas que adquire uma grandeza trágica em face da morte. Apenas, é preciso lembrar que a mestria alcançada ali espraia-se por uma série de obras.

A Sonata a Kreutzer (1887-89) marca o ponto mais agudo de uma reflexão sobre o sexo. Já foi apontada mais de uma vez como manifestação de "demência senil" (de acordo com a cronologia, seria antes "precocemente senil"), mas como se pode falar em "demência", num tom de superioridade, no caso de um artista que atingia alguns dos seus momentos de máximo vigor expressivo ao revelar estados de completo desvario? E não estará nisso uma das marcas de sua grandeza? Não haverá muita grandeza justamente nesta novela tão atacada? Não importa que, depois de publicada, o próprio Tolstói mudasse de opinião sobre a sensualidade que apontara naquela sonata de Beethoven e dissesse que a música não pode expressar um sentimento determinado, mas sentimentos em geral, e que a melodia por ele apontada expressava um sentimento intenso, nítido, e ao mesmo tempo, impossível de definir (isso segundo um depoimento de seu filho, o musicólogo e compositor Serguei Tolstói). Mesmo que o próprio autor considerasse depois erradas as premissas da novela, fica-nos a grande realização daquele momento de desvario, com todos os seus absurdos.

O mesmo desvario, o mesmo clima de insânia ligada a sexo, são soberanos em outra novela, *O demônio* (1889-90), na qual um brilhante membro da aristocracia, um proprietário rural recém-chegado da capital para administrar suas terras, tem uma paixão fatal por uma camponesa. Tolstói não chegou a publicar a novela em vida, e as suas indecisões morais revelam-se inclusive pelos dois enredos que subsistem: numa das variantes, o personagem central suicida-se, em outra, assassina o objeto de seu desejo.

"Patrão e empregado" (1894-95) expressa as preocupações de Tolstói com as relações entre as classes. No caso, há uma evidente réplica à famosa reflexão de Hegel sobre a dialética do senhor e do escravo. Ele se voltara mais de uma vez contra o hegelianismo, tão em voga na Rússia. Particularmente, opusera-se ao aforismo segundo o qual tudo o que é histórico é racional, e revoltara-se contra o que interpretava como a aceitação do mundo tal como ele existe. Nesta novela, porém, segue na realidade a concepção hegeliana da dependência do senhor em relação ao escravo. Apenas, não a coloca em termos da mesma dialética. O escravo é o mais forte, o mais sábio, e numa situação difícil torna-se capaz de se sacrificar pelo senhor, mas este, que é o mais fraco, o mais ganancioso e mesquinho, acaba não resistindo à adversidade, pois não possui a tranquilidade profunda do povo. Mas, antes de morrer, tem um momento de iluminação pela sabedoria verdadeira, a sabedoria da bondade, e deita-se sobre o camponês desfalecido a fim de aquecê-lo. Para Tolstói, a relação é binária: há uma inversão, e o patrão morre para salvar o servo.

Resumida assim, a novela parece uma pregação evangélica banal, tendo por tema as relações entre patrões e empregados. Mas, se a ideia fundamental é esta, sua realização se dá com extraordinária mestria e força de convicção.

Aliás, a relação com a problemática hegeliana do senhor e do escravo é sublinhada na novela pelo fato de que o "trabalhador"[6] Nikita leva uma vida de escravo: o patrão não lhe paga o ordenado usual, mas lhe dá uns trocados e, sobretudo, provisões fornecidas, a preços exorbitantes, pelo armazém de sua propriedade.

Em *Padre Sérgio* (1890-98) temos mais uma vez uma descrição admirável da exacerbação dos desejos sexuais, do sexo como pecado, a tal ponto que o personagem central decepa um dedo para fugir à tentação.

Ressurreição (1889-99) é um vasto romance, planejado primeiramente como novela. As grandes preocupações morais e religiosas de Tolstói fizeram, porém, com que estendesse consideravelmente a narrativa. Aliás, a sua publicação foi apressada porque o autor queria conseguir dinheiro para ajudar a transferir para o Canadá os *dukhobores*, sectários considerados hereges e perseguidos na Rússia.

O romance evidentemente está menos realizado que *Anna Kariênina* e *Guerra e paz*, mas contém partes admiráveis, como as sequências do julgamento de Kátia Máslova, onde há uma condenação veemente de todo o sistema judiciário. Um *pathos* de justiça social percorre a obra e, ao mesmo tempo, a crença na redenção do pecador, na possibilidade de livrar-se do pecado pelo arrependimento.

Realmente, é injusto falar em decréscimo da capacida-

[6] É o termo empregado pelo autor: *rabótnik* no original.

de criativa de Tolstói por causa da velhice, como se faz muitas vezes. Ele continuava um vulcão, sempre escrevendo, com mil planos fervilhando.

O conto "Depois do baile" data de 1903, quer dizer, escrito aos setenta e cinco anos, mas é certamente uma das obras mais perfeitas que produziu. Poucas vezes, em literatura, o fato da alienação, do alheamento do homem em relação aos seus semelhantes, que permite suportar com a maior tranquilidade o sofrimento do próximo, vê-lo com indiferença e até participar de atos iníquos, foi descrito com esta mestria. E o indivíduo sensível, que se revolta interiormente contra a injustiça, torna-se um marginal, um ser inferior na sociedade (embora no início do relato se diga que ele era "respeitado por todos").

A cédula falsa é uma novela iniciada na década de 1880, mas que deixou inacabada, depois de trabalhar nela até 1904. Há uma ideia central bem definida e singela, mas a construção do argumento é bastante complexa, com acentuado requinte, e as sucessivas retomadas do texto indicam a preocupação do autor com a construção novelesca.

Khadji-Murát é um romance curto (alguns diriam: novela) que Tolstói escreveu em 1894-1905 e que não considerava concluído. Conhecem-se 2.166 páginas de diferentes versões e dizem os especialistas que muitas mais certamente se perderam. Parece muito estranho que no Ocidente não se atribua geralmente muita importância a este livro. Expressão de sua continuada reflexão sobre a história e o problema do poder e da violência, ele nos dá a visão que Tolstói tinha pouco antes de morrer, mas nos dá isto em forma condensada, sem aquele espraiar-se por múltiplas histórias e numerosas personagens como em *Guerra e paz*.

Aqui não há como evitar a repetição, pois gosto muito de citar a metáfora sobre a qual a obra está construída. No início, o romancista conta como certa vez, regressando para casa, por campos recém-lavrados, viu um tufo de flor que fora pisado por uma roda, mas se erguera, persistente em seu afã de vida. "Lembrei-me então de uma velha história caucasiana, que presenciara em parte e que eu completei com o depoimento de testemunhas oculares". Contam-se a seguir episódios da vida de Khadji-Murát, o chefe rebelde caucasiano que lutou ao lado de Chamil na grande revolta por este encabeçada, mas depois se passou para os russos, dos quais fugiu finalmente, sendo morto ao lado de alguns companheiros. "E foi essa morte que a bardana esmagada, em meio do campo lavrado, me fez lembrar."

Há no romance uma exaltação da vitalidade humana, em luta contra a violência dos mais fortes, a opressão, contra a ignomínia que representa, para Tolstói, qualquer poder de um homem sobre outro, e isto aparece no livro em diversos planos. Há o mundo dos russos e o mundo dos rebeldes caucasianos. De ambos os lados, o poder leva à corrupção, à satisfação dos apetites mais grosseiros. E os diversos planos da obra, os diversos tipos de linguagem que aparecem, a riqueza de imagens e sentimentos humanos, ficam enquadrados pela metáfora inicial e final, que adquire força de símbolo. Toda esta variedade e exuberância se estruturam em torno do eixo de uma esfera, que pode representar a construção deste romance.[7]

Embora tenha tentado a forma teatral em diversas ocasiões, é sobretudo no inverno de 1869-70 que se apaixona por ela. Ao mesmo tempo, não foi fácil para ele tornar-se autor dramático. Como sempre, houve uma luta bem tenaz pela realização neste gênero.

[7] Citei recentemente este mesmo exemplo em dois livros: *Turbilhão e semente: ensaios sobre Dostoiévski e Bakhtin* (São Paulo, Livraria Duas Cidades, 1982) e *Dostoiévski prosa poesia: "O senhor Prokhartchin"* (São Paulo, Perspectiva, 1983).

Sua peça mais conhecida, O *poder das trevas* (1886), constitui uma outra forma de aproximação do popular, em contraste com os seus contos populares. Foi concebida como uma "peça para o povo", mas evidentemente só pode ser apreciada por outro tipo de plateia. Enquanto os contos populares constituem uma depuração, uma busca do mais simples e imediato, e uma virada na obra de alguém que já era dono absoluto de seu instrumento, esta peça revela uma preocupação de reproduzir fielmente a vida e o linguajar do povo, num gênero para o qual se voltava sem tê-lo praticado com frequência. "Eu saqueei meus cadernos de apontamentos para escrever O *poder das trevas*" — disse ele em entrevista a um jornal francês em 1901.[8] E realmente, esse drama caracteriza-se por uma riqueza muito grande de pormenores, de falas anotadas. Expressando os ideais evangélicos de sempre, aparece nele com força a tentação do mal, e o vigor com que ela é apresentada constituiu a sua maior qualidade. Mas, conforme já foi observado por mais de um crítico, aquele "caderno de apontamentos" aparece com demasiada evidência, com anotações que parecem transcrição naturalista do linguajar popular, apesar das invectivas tolstoianas contra o naturalismo. E em lugar do despojamento dos contos populares, surge um acúmulo de pormenores. Ao mesmo tempo, certos recursos parecem ingênuos demais, como o das personagens que refletem em voz alta.

O drama O *cadáver vivo* foi escrito em 1900 e o autor não o considerava acabado. Permaneceu inédito, em parte porque, baseando-se ele em acontecimentos reais, o filho de um dos protótipos visitou o autor e pediu-lhe que não divulgasse a peça. Na realidade, esta constitui o desenvolvimento

[8] Entrevista realizada por Paul Boyer e publicada em *Le Temps*, Paris, 1901; citada por Romain Rolland em *Vie de Tolstoï*, Paris, Albin Michel, 1978 (1ª ed., 1921).

de algumas ideias que aparecem em *Anna Kariênina*. Tolstói parece ter desejado sublinhar esta relação, pois a mãe de uma das personagens centrais também se chama Anna Kariênina, mas tem outro patronímico e é em tudo diferente da figura do romance.

Em *Anna Kariênina* aparece o tema do absurdo das limitações do divórcio na legislação russa, que exigia, para a separação, que um dos cônjuges confessasse publicamente haver praticado adultério. Esse tema é abordado lateralmente no romance, mas ele se torna fundamental na peça.

Outro tema caro a Tolstói encontra aí desenvolvimento bastante completo: o conflito entre as convicções religiosas de uma pessoa e o complexo da vida em sociedade.

O personagem central é indivíduo de uma retidão incomum, e que, no entanto, se torna um bêbado, um marginal. Ele repete uma situação do romance de Tchernichévski, *Que fazer?* (citado numa cena), isto é, finge suicídio, para que sua mulher possa ser feliz com o homem que ama, sem necessidade de alguém submeter-se à humilhação. E, ao mesmo tempo, Tolstói baseou-se num caso judiciário da época.

As personagens e o enredo trazem a marca da sutileza tolstoiana, sente-se ali claramente o autor de *Anna Kariênina*. A linguagem é tratada com sabedoria e, ao contrário de *O poder das trevas*, ninguém diz algo observado de fora, anotado num caderno. Ao lado de uma crítica feroz da realidade social, o humano aparece em plena complexidade; por exemplo, após o suposto suicídio de Fiédia, sua personalidade como que se projeta na "viúva", ela passa a repetir algo dos seus pensamentos, do seu modo de ser. E a peça termina com o suicídio real de Fiédia, que desta vez se sacrifica de verdade e deixa de ser um "cadáver vivo". Suas últimas palavras são: "Que bom... que bom...". E esta morte de um indivíduo moralmente superior soa como verdadeira bofetada. É evidente, também, que esta peça tem muito a ver com o conto "Depois do baile", pois o seu tema central torna-se para Tolstói verdadeira obsessão.

Encenada pelo Teatro de Arte de Moscou em 1911, a peça teve depois grande aceitação tanto na Rússia como no Ocidente.

Os últimos anos do escritor ficaram marcados pela tragédia familiar. As divergências mais acentuadas com a mulher iniciam-se na década de 1880. Em junho de 1884, escreveu no diário: "Tudo ficou terrivelmente penoso para mim. Eu parti e queria partir de vez, mas a gravidez dela obrigou-me a voltar do meio da estrada para Tula".

Tolstói arava o solo de sua propriedade, acendia o forno, trabalhava de sapateiro. E, ao mesmo tempo, seus tormentos morais não lhe davam sossego. Achava uma indignidade continuar beneficiando-se com a condição de proprietário rural, mas havia momentos em que se considerava na obrigação de assegurar o bem-estar da família. Renunciar aos direitos autorais? Às vezes se decidia a fazer isto e entrava em choque com a condessa. Mas logo voltava atrás. Ela lhe escreveu em março de 1882: "Outro dia, você disse: 'Por causa da falta de fé, eu queria me enforcar'. Agora, você tem fé, por que então é infeliz?". Em outra carta, escreveria: "Eu só posso ficar triste porque tamanhas forças intelectuais são gastas em cortar lenha, aquecer o samovar e coser botas". Não se pense, porém, que a reação dela se restringisse a estes apelos ao bom senso. Não! Também ela vivia um drama profundo, ora com acessos de paixão pelo marido, ora com escrúpulos morais bem semelhantes aos dele, quando escrevia em seu diário sobre "pensamentos pecaminosos" que lhe vinham, ora com fases de amor platônico por um conhecido, e sobretudo pelo musicólogo e compositor Serguei Taniéiev.

As brigas por causa dos direitos autorais e da administração dos bens provocaram extrema tensão. Em maio de 1883, Tolstói passou para a sua mulher uma procuração para cuidar do que eles possuíam. Na mesma ocasião, cedeu-lhe formalmente o direito de usufruir de tudo o que rendessem as obras dele publicadas antes de 1881, isto é, anteriores ao que ele considerava como o ato de iluminação em sua vida.

A procuração, no entanto, se mostrou insuficiente para livrá-lo de quaisquer preocupações com a administração. Continuava legalmente proprietário de terras e demais bens móveis e imóveis nelas existentes. Em virtude disto, efetivou em 1892 a partilha entre a mulher e os filhos. E mandou publicar nos jornais que suas obras posteriores a 1881 estavam à disposição de quem as quisesse publicar.

Ao mesmo tempo, havia entre eles um contínuo mal-estar. Sófia Andréievna tinha profunda ojeriza por *A Sonata a Kreutzer*, com a sua pregação da completa abstinência sexual. Seu personagem central diz: "O amor carnal, em quaisquer formas que se apresente, é um mal, um mal terrível, com o qual se deve lutar, e não estimulá-lo, como se faz em nosso meio. As palavras do Evangelho, no sentido de que todo aquele que atenta numa mulher para cobiçá-la já cometeu adultério com ela, não se referem apenas às mulheres alheias, mas, precisamente e sobretudo, à própria esposa". Mas o diário de Sófia Andréievna mostra que estava realmente contaminada pelo moralismo do marido. Os autores que tratam de Tolstói definem frequentemente a sua mulher como "histérica", e lhe atribuem a culpa pelos anos difíceis que ele viveu. A realidade, porém, é bem mais complexa. De fato, aqueles anos foram marcados por uma profunda angústia de Sófia Andréievna. E a histeria foi até diagnosticada por médicos conceituados na época. Mas o drama vivido pelo casal foi algo bem mais profundo do que podem sugerir estes ou aqueles rótulos.

A tensão em Iásnaia Poliana era agravada pela presença constante dos tolstoianos, que Sófia Andréievna detestava. Aliás, é inegável que entre eles, ao lado de idealistas abnegados, havia gente que simplesmente usava o tolstoísmo como pretexto para uma vida de vadiagem. Nos últimos anos de Tolstói, houve animosidade acentuada entre sua mulher e seu adepto mais chegado, Vladímir Tchertkóv, sem dúvida um homem devotado à causa.

O fato de Tchertkóv ter sido encarregado por Tolstói de guardar os seus diários, que deviam ser divulgados somente após a morte, dava margem a frequentes atritos. Não era para menos! Ele sempre encarregara Sófia Andréievna de copiar quase tudo o que escrevia, inclusive os diários. E nestes frequentemente apareciam referências bem desairosas a sua mulher. A pedido dela, chegou a escoimar dessas referências os diários de 1880 a 1895, mas depois passou a conservá-los como estavam, com toda a carga explosiva de opiniões sobre os que o cercavam. Lê-se ali, por exemplo, sobre o seu filho Serguei, que ele tinha "a mesma inteligência castrada da mãe".

Nos últimos anos, confiava aqueles diários a Tchertkóv, mas, como isso também o angustiasse, passou a escrever ora em folhas avulsas, ora em cadernos secretos, mas todos destinados à posteridade, da qual não parecia querer ocultar mesmo aquilo que se vexava de confiar aos seus próximos.

Evidentemente, isto atormentava Sófia Andréievna. E esta mulher extraordinária vingou-se do marido do modo mais terrível: escreveu também os *seus* diários, onde contava os detalhes mais íntimos de sua vida com ele, inclusive pormenores de vida sexual, embora ao mesmo tempo tivesse pudores de colegial, chegando a referir-se ao ciclo menstrual como "as minhas circunstâncias femininas". Eis uma anotação sua de 1863, portanto um ano após o casamento: "Ele é velho e demasiadamente absorto. E eu sinto hoje tão forte a minha mocidade, tenho tanta necessidade de um pouco de loucura! Em vez de dormir, eu gostaria tanto de dar cambalhotas. Mas com quem?". E ainda no mesmo ano: "Eu sou a satisfação, a criada, o móvel com o qual se está acostumado, a *mulher*".[9] Enfim, era uma digna companheira de Tolstói, com extremos de lucidez e oscilação entre a paixão mais ardente e o moralismo mais violento.

A tragédia final teve como desencadeante os malfadados diários. Tolstói anotaria que na noite de 27 para 28 de outubro de 1910 despertou com a luz intensa que vinha de seu escritório: era Sófia Andréievna que procurava algo e provavelmente lia. Revoltado, decidiu abandonar tudo. E realmente, partiu por volta das cinco da manhã, deixando uma carta de despedida para a mulher, onde lamentava o desgosto que lhe estava causando, mas afirmando que não podia proceder de modo diferente. Acompanhava-o um dos seus adeptos mais chegados, o doutor Makovítzki.

Ao anoitecer, chegou ao mosteiro de Optina Pustin, um dos mais famosos santuários russos, aonde fora diversas vezes em peregrinação. Ali escreveu um longo artigo contra a pena de morte. Partiu depois para o mosteiro de Chamardinó, onde Mária, sua irmã, era monja. Às cinco do dia seguinte, chegou inopinadamente sua filha Aleksandra, a única que sabia de seu trajeto. Correspondeu-se ainda com a família, tanto de Optina como de Chamardinó.

Enquanto isso, Sófia Andréievna entrava em desespero, chegando a tentar suicídio no açude de Iásnaia Poliana.

Tolstói pretendia viajar para o sul e dali passar para o estrangeiro. Por isso, de noite, saíram de Chamardinó, Tolstói, Aleksandra e Makovítzki. No entanto, detiveram-se na estação de Astápovo. Tolstói estava com pneumonia dupla. Agonizou cercado por seus adeptos e pelos filhos, que só deixaram sua mulher aproximar-se quando ele perdeu a consciência. Em volta, havia movimentação muito grande de jor-

[9] Nas duas últimas passagens, minha tradução é indireta.

nalistas, câmeras de filmagem, espiões do governo. O próprio tsar instou com o Sínodo para que tentasse uma conversão de Tolstói, antes de morrer. O arcebispo de Tula foi encarregado da tarefa, mas em vão.

Morreu em 7 (20 pelo nosso calendário) de novembro de 1910. De acordo com sua vontade expressa, foi enterrado em Iásnaia Poliana, em meio de um bosque de bétulas, sem lápide funerária, sem nada: apenas um montículo de terra, impressionante em seu despojamento.

O ficcionista e criador de linguagem

Vejamos como o próprio Tolstói via o seu papel de autor de ficção: "O que é *Guerra e paz*? Não é um romance, ainda menos um poema, e ainda menos uma crônica histórica. *Guerra e paz* é aquilo que quis e pôde expressar seu autor, na forma em que foi expresso. Semelhante declaração sobre o desprezo do autor pelas formas convencionais da obra literária em prosa poderia parecer autossuficiência, se ela não fosse intencional e se não tivesse precedentes. A história da literatura russa desde os tempos de Púchkin não só apresenta muitos exemplos de semelhante afastamento da forma europeia, mas até não dá nenhum exemplo do caso contrário. A começar pelas *Almas mortas* [de Gógol] e até a *Casa dos mortos* de Dostoiévski, neste novo período da literatura russa não existe nenhuma obra literária em prosa que ultrapasse ao menos um pouco a mediocridade e se enquadre totalmente na forma do romance, do poema ou da novela".[10]

[10] Artigo reproduzido na revista *Russkii Arkhiv* (*Arquivo Russo*) — *1968*, ano 6 (publicada em janeiro de 1969), com o título "Algumas palavras a propósito do livro *Guerra e paz*".

Tolstói aponta aí com muita agudez para um fato evidente na evolução literária russa. O padrão ocidental de gênero entrava no país, era assimilado, mas, ao mesmo tempo, tratava-se de uma assimilação com luta, com atração e repulsa, e com a afirmação de algo muito diferente. Não esqueçamos que o russo literário se foi firmando somente no século XVIII e que, até então, toda obra com dignidade literária deveria ser escrita em eslavo eclesiástico. Ora, ao mesmo tempo, durante séculos, o povo foi elaborando a sua cultura e o peso desta não poderia deixar de se fazer sentir.[11]

A presença do popular, a oposição a uma cultura essencialmente livresca, foi uma constante em Tolstói desde os primeiros escritos. Nina Gourfinkel sublinhou particularmente, no livro *Tolstói sem tolstoísmo*,[12] o fato de que as traduções francesas geralmente "amaciam" Tolstói, atenuando-lhe a rispidez, o tom de franqueza brutal com que muitas vezes se expressava. O famoso "estranhamento", que Viktor Chklóvski apontou em Tolstói,[13] tem relação evidente com esta franqueza brutal. Para Chklóvski, aliás na esteira de muitos autores mais antigos, o que caracteriza o fenômeno artístico é que ele desautomatiza a visão usual das coisas e torna absolutamente novo aquilo que era corriqueiro. Pois bem, Tolstói realmente atinge este efeito pelo uso das expressões mais comuns, mais correntes, desvinculadas da tradição literária. Um objeto é descrito de modo direto, sem os requintes e eufemismos impingidos pela formação escolar.

[11] Tratei deste mesmo tema, com mais pormenores, em *Dostoiévski prosa poesia*, já citado.

[12] *Tolstoï sans tolstoisme*, Paris, Seuil, 1946.

[13] Cf. "A arte como procedimento", 1917, com muitas traduções, inclusive uma brasileira, no livro organizado por Dionísio de Oliveira Toledo, *Teoria da literatura: formalistas russos*, Porto Alegre, Globo, 1972.

Chklóvski mostra como isto acontece, na base de um conto, "Kholstomier — História de um cavalo", de 1886.[14] Aí, vista pelo olhar de um bicho, a sociedade dos homens aparece em todo o seu absurdo, e ressaltam-se os seus aspectos monstruosos, pelos quais passamos sem perceber.

É preciso frisar, no entanto, que este procedimento é característico de Tolstói sempre, e não apenas nos argumentos em que aparece alguém observando de fora o que sucede entre os humanos.

Vejamos alguns exemplos do conto "O prisioneiro do Cáucaso". O título evoca para os russos um tema romântico por excelência: as montanhas do Cáucaso, os montanheses rebeldes e nobres de caráter, como foram representados pelo romantismo russo e, particularmente, como aparecem num poema narrativo de Púchkin, que tem o mesmo título e que representou na obra do poeta um momento de adesão aos temas românticos. O próprio Tolstói se embevecera com a natureza caucasiana e com a vida dos cossacos que habitavam o sopé da cordilheira, conforme aparece com particular vigor em *Os cossacos*. Voltando-se contra a idealização romântica, o contista em certa medida atacava as suas próprias inclinações para exaltar o natural, o selvagem, o primitivo. Isso não teria contribuído para tornar o desmascaramento mais implacável?

O início já marca o tom da narrativa. Talvez se possa traduzi-lo assim: "Um patrão servia de oficial no Cáucaso. Chamava-se Jílin". Usei "patrão" para traduzir *bárin*, que significa geralmente grão-senhor, mas no conto aparece num sentido mais singelo e coloquial, de pessoa que não era do povo, mas nem por isso se destacava especialmente por sua

[14] Conto mais conhecido no Ocidente pelo subtítulo.

condição. O próprio sobrenome é dos mais corriqueiros, e o fato de se apresentar alguém apenas pelo sobrenome já indica um relato bem familiar, enquanto no poema de Púchkin tudo é solene, elevado. Aliás, Jílin vem de *jila*, veia, e contribui para que se perceba no personagem alguém essencialmente vital em sua rudeza.

Os nativos são designados pelo narrador como "tártaros". Na realidade, eles deveriam ser avarianos, tchetchenos ou circassianos, mas para o russo comum todos os muçulmanos eram "tártaros", e o nome adquire conotação bastante pejorativa, em virtude do longo período em que os russos estiveram sob domínio tártaro na Idade Média. Chamando-os assim, o narrador identifica-se com o personagem e tudo é visto a partir deste.

Tudo é tratado com o maior toque de vida cotidiana. Assim, quando se alude ao cavalo de Jílin, diz-se o seu preço, que deveria ser realmente preocupação constante do oficial.

Este vê os "tártaros" numa ocasião em que se afastara da tropa, com um companheiro, para conseguir comida, mas, quando surge o perigo, o companheiro o abandona, apesar do trato que fizeram de não se separarem. Isto contrasta abruptamente com os sentimentos nobres descritos por Púchkin, e que acodem à mente de um russo apenas com a menção do título do relato (não se passa incólume pelos bancos escolares e pela repetição constante daquele poema romântico).

Os nativos aprisionam-no. São violentos, brutais. O narrador fala de "dois tártaros fedidos", enquanto em Púchkin se trata de "povo maravilhoso", "filhos do Cáucaso" etc.

No poema, os montanheses sonham com "as carícias das prisioneiras olhinegras". No conto, a descrição das mulheres que aparecem contribui para o clima de realidade brutal, sem enfeites. Todas são "mulheres de calças", embora exista em russo a palavra *charovári* para as calças orientais largas, usadas por homens e mulheres.

No poema, uma "virgem das montanhas" apaixona-se pelo prisioneiro e leva-lhe comida. No conto é uma garota de treze anos, bonita, mas "fininha, magrinha". O modo de sentar das nativas é descrito por Púchkin assim: "... tendo dobrado os joelhos", mas Tolstói é muito mais direto e brutal: "... sentou-se de cócoras". E ela ainda partia dando um salto "como uma cabra selvagem".

Quando aparece um minarete, o narrador diz: "... uma igreja deles, com torrezinha". Só mais tarde é que vai aparecer o termo evitado na primeira descrição. Para dizer que um dos nativos usava turbante, o autor escreve: "Tinha uma toalha por cima do gorro". E só bem adiante surge o termo "literariamente adequado".

Tolstói descreve a alimentação e a bebida dos montanheses como algo muito primitivo: massas gordurosas e cerveja ordinária, enquanto em Púchkin aparecem "vinho" e "painço níveo".

Toda a narrativa foi realizada num estilo despojado e conciso, bem diferente dos longos períodos compostos por subordinação, que aparecem abundantes em *Guerra e paz* e *Anna Kariênina*. O desmascaramento tolstoiano, a sua revolta contra a falsidade que via na atitude de um escritor, de um artista, manifesta-se plenamente na própria construção da linguagem.

Conforme afirmei há pouco, o "estranhamento" é constante em sua escrita. É o caso, por exemplo, do trecho de *Khadji-Murát* em que aparece de repente: "... mijou", palavra que nas edições soviéticas é sempre substituída pela inicial seguida de reticências. Ora, aparecendo num texto literário da época, ela é completamente inesperada e estranha. Mas esta retidão nas falas, este modo de dizer as coisas diretamente, sem enfeites, é típica de Tolstói. Chegou a anotar no diário, no início de sua atividade literária: "*Regra. Chamar as coisas pelo nome*" (grifo do autor).

Górki escreveu nas reminiscências sobre ele, recordando o seu discurso oral: "Segundo o ponto de vista corrente, sua linguagem era uma cadeia de palavras 'indecentes'. Eu estava encabulado com isto e até ofendido; pareceu-me que não me considerava capaz de entender outra linguagem. Agora compreendo que era tolice ofender-me".[15]

Na sua ficção não aparece esta "cadeia de palavras 'indecentes'", mas de vez em quando um termo bem rude contribui para afastar o texto do convencionalismo literário. A maneira simples e direta é também característica das suas cartas e dos diários, uma simplicidade que está ligada à capacidade de registrar a percepção imediata de um fato, sem a falsidade e dissimulação quase sempre inerentes ao escrever. Por exemplo, quando estava elaborando *Guerra e paz*, precisou informar-se sobre os maçons russos e foi à biblioteca pública em Moscou, onde ficou lendo manuscritos deles. Depois, escreveu à mulher: "Eu nem sei explicar a você por que a leitura me trouxe angústia, da qual não pude me livrar o dia todo. O triste é que todos esses maçons eram uns bobos". Cansado de escrever seu último romance e apaixonado por outros temas, refere-se no diário ao "estúpido *Khadji-Murát*". E com a mesma rudeza trata, naquele diário que destina à posteridade, dos "miados de gata no cio" de sua filha Tatiana.

O afastamento da linguagem convencionalmente literária permite compreender melhor o seu entusiasmo pelo popular. É ainda Górki quem transmite suas palavras, no livro há pouco citado: "Como os mujiques criam bem. Tudo simples, poucas palavras, porém muito sentimento. A verdadeira sabedoria é concisa como: 'Perdoa-me, Senhor'".

Ao mesmo tempo, conhecem-se várias manifestações suas contra a cópia pura e simples do linguajar do povo. Que-

[15] Máximo Górki, *Leão Tolstói*, tradução de Rubens Pereira dos Santos, São Paulo, Perspectiva, 1983.

ria chegar à simplicidade, mas ao mesmo tempo tinha plena noção da complexidade do processo literário. Em seus diários, mesmo nos da mocidade, há inúmeras anotações de falas populares. A transposição para o texto literário, porém, quase sempre se dá através de um processo de elaboração, mesmo na fase do seu maior entusiasmo pela tradição popular. Era preciso aprender com o povo, aproximar-se da sua simplicidade, mas não imitar apenas.

A preocupação com a relação entre o popular e o literário manifesta-se nele inclusive no modo de encarar a sintaxe. Tinha às vezes uma tendência para construir períodos bem compridos, que exigiriam um torneio bem requintado de frasear. Mas, rompendo este torneado um tanto aristocrático, surgem nele afastamentos deliberados da sintaxe escolar e aproximação do coloquial. "Quanto ao estilo — disse-lhe em 1856 o crítico Aleksandr Drujínin, um dos seus amigos nos salões literários de Petersburgo —, você é muito iletrado, ora como um inovador e grande poeta, ora como um oficial que escreve a seu colega. É admirável aquilo que você escreve com amor. Mas logo que fica indiferente, o seu estilo se atravanca e se torna pavoroso." Na realidade, porém, aquele aparente desleixo estilístico fazia parte de um sistema pessoal, que Tolstói fez questão de conservar. Podia copiar e recopiar os seus textos (aliás, quem fazia isto quase sempre era a mulher), mas de cada vez acabavam aparecendo as mesmas transgressões gramaticais, que qualquer revisor de editora poderia corrigir, mas que são conservadas até hoje nas publicações de suas obras.

Nikolai Strakhov colaborou com Tolstói na correção das provas tipográficas de *Anna Kariênina* e deixou um depoimento muito interessante sobre esse trabalho. Depois de ter corrigido os "deslizes" gramaticais do amigo, acabou submetendo-se ao sistema deste.

"Por mais que eu gostasse do romance em sua forma primitiva, logo me convencia de que as correções de Lev Nikoláievitch sempre eram feitas com surpreendente mestria, que elas tornavam mais nítidos e profundos traços que já pareciam claros, e eram sempre rigorosamente fiéis ao espírito e ao tom do conjunto. A propósito das minhas correções, que se referiam quase exclusivamente à linguagem, observei uma peculiaridade que, embora não fosse inesperada para mim, aparecia então com muita intensidade. Lev Nikoláievitch defendia com firmeza a menor das suas expressões e não concordava com as modificações na aparência mais inocentes. As observações dele me convenceram de que era extremamente apegado a sua linguagem e que, apesar de todo o suposto descuido e irregularidade de seu estilo, ele refletia sobre cada palavra e cada torneio de frase, não menos que o mais cuidadoso versejador. E em geral, o quanto ele pensava, o quanto fazia trabalhar a cabeça, eu sempre me espantei com isto, isto me impressionava como novidade por ocasião de cada encontro, e é somente com esta riqueza de alma e inteligência que se pode explicar o vigor de suas obras."

Segundo uma corrente nos estudos tolstoianos, a própria crise que ele viveu a partir dos fins da década de 1870 teria sido uma crise ligada ao processo criador. Konstantin Leôntiev afirmava, já num livro de 1890 sobre Tolstói, que o ficcionista voltava-se para o popular, para a literatura religiosa, numa atitude ética que não seria diferente de tudo o que pensara até então, de tudo o que escrevera no terreno das ideias, mas que adquiria particular veemência em virtude da procura aflitiva de um meio diferente de expressão. Chegara a um momento em que não adiantava repetir os esquemas do realismo psicológico. "Ele provavelmente adivinhou — afirmava Leôntiev no mesmo livro — que não escreveria mais nada melhor do que *Guerra e paz* e *Anna Kariênina*, no *gênero anterior*, no estilo anterior."

Realmente, a partir de então, as vacilações do ficcionista são maiores. Que o digam as inúmeras variantes de *Khadji-Murát*. Mas seria este inferior à vasta epopeia e ao grande painel psicológico e social da vida russa? Sem dúvida, a hipótese levantada por Leôntiev tem de ser levada em consideração. Mas a ânsia de expressão de Tolstói não está ligada intimamente ao *pathos* das suas convicções políticas, sociais e religiosas?

Aliás, certas formulações do próprio escritor mostram como ele vivia realmente preocupado com o problema da forma ficcional e sentia a crise do gênero em que atingira a realização máxima. Assim, escreve laconicamente num caderno de apontamentos em 1893: "A forma do romance acabou". Isto pouco antes de iniciar a sua grande luta pela realização nesse gênero, com uma concisão que o aproxima da novela: a luta da elaboração do *Khadji-Murát*. E a relação desta posição com o problema ético evidencia-se pela seguinte formulação no diário, ainda em 1893: "A forma do romance não só não é eterna, mas ela está acabando. Dá vergonha escrever mentiras, que aconteceu aquilo que não houve. Se você quer dizer algo, diga-o diretamente".

E o próprio modo de encarar o realismo está ligado a uma luta pela afirmação da sua verdade e uma valorização do material e cotidiano da existência. Górki narra, ainda nas suas reminiscências sobre Tolstói, que este lhe observou a propósito do conto gorkiano "Vinte e seis e uma", cuja ação se passa numa padaria e baseia-se em recordações sobre os seus tempos de padeiro, que o forno ali estava colocado em posição errada. Numa carta a seu amigo, o grande poeta Afanássi Fet, louvou um poema deste, pela profundidade poética e filosófica, mas particularmente pelo fato de que, na mesma folha onde ele fora escrito, se expressavam sentimentos de pesar porque o querosene passara a custar doze copeques.

As partes e o todo: a composição como problema

É realmente incrível o equilíbrio entre as partes e o todo na obra de Tolstói. Cada capítulo de *Guerra e paz* foi trabalhado imageticamente com o máximo de perfeição na apresentação de detalhes e, no entanto, esta minúcia nas descrições está englobada num fluxo contínuo, e o destaque dado aos pormenores não prejudica a grandiosidade do quadro.

O próprio Tolstói tinha bem consciência deste problema. Veja-se uma carta sua, dirigida a S. A. Ratchinski, após a conclusão de *Anna Kariênina*: "A apreciação que fez sobre *Anna Kariênina* me parece incorreta. Pelo contrário, eu me orgulho de sua arquitetura: os arcos se unem de modo tal que nem se pode perceber onde está o ponto de apoio. E foi para isto que mais me esforcei. A junção do construído não se baseia na fábula, nem nas relações (de conhecimento) entre as pessoas, mas na junção interior. Creia-me que não se trata de recusar uma censura, sobretudo partida de você, cuja opinião é sempre condescendente demais, mas temo que, folheando o romance, não tenha percebido o seu conteúdo interior".

O musicólogo e compositor russo Aleksandr Goldenweiser, que foi íntimo de Tolstói nos últimos anos, registra num livro de reminiscências, *Junto de Tolstói*, o que este lhe disse durante uma discussão sobre o papel de um regente de orquestra: "Você observou corretamente que no ritmo há grandezas infinitamente pequenas, de cuja distribuição depende com frequência toda a força da impressão causada. Estas grandezas infinitamente pequenas existem, aliás, em toda arte, e o domínio sobre elas é que constitui a tarefa do verdadeiro mestre".

Foi realmente o trabalho com *Anna Kariênina* que levou ao máximo de agudez as suas reflexões sobre composição. Não são raras as críticas que se fazem a Tolstói em geral, e em particular a este romance, sobre o excesso de reflexões filosóficas. Pois bem, é espantosa a plena consciência que ele tinha da função, numa obra, da ideia que se colocou ali. Eis, por exemplo, o que escreveu a Nikolai Strakhov, ainda a propósito de *Anna Kariênina*:

> "Se quisesse dizer com palavras tudo aquilo que eu pretendia expressar com o romance, teria de escrever novamente aquele mesmo romance. E se os críticos míopes pensam que eu quis descrever apenas aquilo que me agrada, como Oblônski almoça e que ombros tem Kariênina, eles se enganam. Em tudo, em quase tudo o que escrevi, fui dirigido pela necessidade de reunir pensamentos encadeados entre si, para sua própria expressão, mas cada pensamento, expresso por meio de palavras isoladamente, perde o seu sentido, rebaixa-se tremendamente, quando tomado sozinho naquele encadeamento em que se encontra. E o próprio encadear não é formado pelo pensamento (creio eu), mas por algo diferente, e não se pode de modo algum expressar a base deste encadeamento diretamente por meio de palavras; só se pode fazer isto indiretamente — por meio de palavras que descrevem imagens, ações, situações. [...] E se os críticos já compreendem agora e podem expressar num artigo aquilo que eu quero dizer, eu os cumprimento e posso as-

segurar com certeza *qu'ils en savent plus long que moi.*"[16]

Comparando as diferentes versões de algumas obras de Tolstói, fica-se surpreendido com a coragem que ele tinha de suprimir passagens admiráveis, mas que poderiam prejudicar o equilíbrio entre as partes e a visão de conjunto. Aliás, numa carta a Leskov, de 1890, elogiou a perfeição com que este escrevera um conto, o qual, porém, segundo Tolstói, fora prejudicado pela exuberância, pela verve exagerada: "O conto assim mesmo é muito bom, mas o que dá pena é que, se não fosse o excesso de talento, ele seria ainda melhor".

Goldenweiser recorda palavras de Tolstói sobre uma estátua que dele fizera P. P. Trubietzkói:

> "Ele se enganou, elaborou demais o rosto em relação ao restante, e disso resultou uma incongruência. Eu lhe disse isto e ele concordou.
>
> Alguém observou: pode-se elaborar o resto também.
>
> Tolstói: Não dará tempo. E ademais, há nisso, já, um erro básico. O equilíbrio foi rompido. E isto não dá para corrigir. Em todas as artes é assim..."

Cores, sons, falas, tudo parece distribuído em suas obras com vistas a esse equilíbrio. Sobretudo a partir de *Anna Kariênina*. A sabedoria com que elaborou novelas e contos da década de 1880 em diante são bem a prova disso.

É interessante a ênfase que dá aos "encadeamentos" numa obra. Hoje em dia, com a carga de visadas críticas de que

[16] Em francês no original: "que eles sabem disso mais do que eu".

dispomos, aquela famosa carta a Strakhov parece um prenúncio da teorização de Roman Jakobson sobre metáfora e metonímia na prosa literária.[17] Aliás, é bem sabido que a metonímia sempre foi vista como um fenômeno de relação, de encadeamento. Jakobson escreve: "O primado do processo metafórico nas escolas romântica e simbolista foi sublinhado várias vezes, mas ainda não se compreendeu suficientemente que é a predominância da metonímia que governa e define efetivamente a corrente literária chamada de 'realista', que pertence a um período intermediário entre o declínio do romantismo e o aparecimento do simbolismo, e que se opõe a ambos. Seguindo a linha das relações de contiguidade, o autor realista realiza digressões metonímicas, indo da intriga à atmosfera e das personagens ao quadro espaçotemporal. Mostra-se ávido de pormenores sinedóquicos". A sinédoque, figura pela qual a parte é tomada pelo todo ou o todo pela parte, está realmente na base de um procedimento muito comum em Tolstói. Jakobson lembra que, na cena do suicídio de Anna Kariênina, "a atenção artística de Tolstói se concentra na bolsa da heroína". Naquela bolsa, na "sacola vermelha", temos realmente a parte pelo todo, a concentração simbólica numa parte.

Acompanhando o raciocínio de Jakobson, podemos também pensar como essencial na cena a parte de baixo do primeiro vagão, com as "rodas de ferro fundido". Deste modo, temos também uma evidência da oscilação que Jakobson vê entre metáfora e metonímia, "a interação desses dois elementos". Realmente, no caso das rodas, temos metonímia que tende para a metáfora e mesmo para o símbolo. Aquelas rodas que vão matar a heroína não serão também

[17] Conferir sobretudo "Dois aspectos da linguagem e dois tipos de afasia", em *Linguística e comunicação*, tradução de Izidoro Blikstein e José Paulo Paes, São Paulo, Cultrix, 1975, 8ª ed.

símbolo da morte, as rodas que adquirem na imaginação do leitor contornos fatídicos? Aliás, este sentido simbólico das rodas é sublinhado no romance pelo fato de que, ao ver o trem, Anna se lembra do encontro decisivo que tivera com Vrônski num vagão, quando um homem fora esmagado pelas rodas. A presença destas tem algo de ameaça do destino, algo de inelutável.

Evidentemente, Tolstói joga, com extrema habilidade, com esta relação metáfora/metonímia, da qual Jakobson se tornaria, em nossa época, o grande explicitador. A parte e o todo, as grandes telas e os pequenos quadrinhos de pormenor, o macro e o micro, os temas que abrangem a humanidade inteira e os problemas de um indivíduo perdido na multidão, tais são as opções deste romancista singular, que ora expressava sentimentos e anseios comuns a todos os homens, ora vivia intensamente os dramas de seu país.

Materialidade envolvente e moralismo feroz

São bem frequentes as reações irritadas ao moralismo de Tolstói. Ele aparece com peculiar nitidez na cena depois do adultério, em *Anna Kariênina*, da qual procurarei traduzir agora um trecho:

> "Ela se sentia tão criminosa e culpada, que só lhe restava humilhar-se e pedir perdão; e agora não tinha na vida ninguém a não ser ele, de modo que também a ele dirigia-se implorando perdão. Olhando-o, sentia fisicamente a sua humilhação e não conseguia dizer mais nada. E quanto a ele, sentia aquilo que devia sentir um assassino quando vê um corpo que ele privou de vida. Esse corpo, que ele

privara de vida, era o amor deles, o primeiro período daquele amor. Havia algo terrível e repugnante nas recordações daquilo que fora pago com esse terrível preço da vergonha. A vergonha perante a sua nudez espiritual pesava sobre ela e comunicava-se a ele. Mas, apesar de todo o sentimento de horror do assassino diante do corpo do assassinado, é preciso cortar em pedaços, esconder esse corpo, é preciso aproveitar aquilo que o assassino obteve com o assassínio.

E o assassino se atira enfurecido, como que tomado de paixão, sobre esse corpo, e arrasta-o e corta-o; assim também ele cobria de beijos o rosto e os ombros dela; que segurava a mão dele e não se mexia. Sim, esses beijos são aquilo que foi comprado com essa vergonha. Sim, e esta mão, que será sempre minha, é a mão de meu cúmplice."

Dificilmente se encontrará na literatura uma condenação tão veemente do adultério. O cineasta e teórico russo do cinema Serguei Eisenstein, que estava profundamente marcado pela obra de Tolstói, tem uma análise muito interessante desta cena, que ele afirma estar construída, imageticamente, com uma "crueldade magnífica". E esta, segundo ele aponta neste romance e em outras obras de Tolstói, se torna realmente um princípio estrutural, segundo o qual tudo é extraído das "profundezas da relação do autor com o ocorrido" e não dos "sentimentos e emoções dos participantes".[18]

Eisenstein vê com lucidez o moralismo de Tolstói e a sua marca na construção de toda a ficção tolstoiana. O interes-

[18] Serguei Eisenstein, *A natureza não indiferente* (existem traduções para várias línguas).

sante, porém, é que ele o vê não como algo postiço e prejudicial esteticamente, conforme se lê em muitos críticos, mas como a marca do autor, a plena participação deste nos acontecimentos que narra.

Esta plena participação do autor foi afirmada por ele mais de uma vez. Vladímir Tchertkóv anotou em 1894 a seguinte afirmação tolstoiana: "Em toda obra literária, o mais importante, o mais valioso e convincente para o leitor, são a atitude do autor perante a vida e tudo o que na obra foi escrito sobre essa atitude. A unidade da obra literária não consiste na unidade do projeto, nem na elaboração das personagens etc., mas na clareza e precisão daquela atitude do próprio autor em relação à vida, que impregna a obra toda. Em determinado período, um escrito pode até em certa medida sacrificar a elaboração da forma, e se apenas a sua relação com aquilo que ele descreve está apresentada com nitidez e força, a obra pode alcançar o seu objetivo".

E ao mesmo tempo, o objetivo era sempre moral. Assim, anota em seu diário, já aos vinte e quatro anos: "Decididamente, não posso escrever sem um objetivo e sem esperança de utilidade".

O que dá uma vibração peculiar a sua obra é a coexistência do pregador moralista e do narrador que adere à natureza, às coisas, à plena materialidade do mundo. O toque bárbaro evidente em Tolstói, e que foi apontado muitas vezes, está ligado a este narrador exuberante. Mas a coexistência de dois narradores tão opostos entre si é que imprime a seus textos um *pathos* inconfundível.

Se *Anna Kariênina* tem aquela famosa cena de após a consumação do adultério, observe-se com que simpatia é tratado o irmão de Anna, que trai constantemente a mulher, mas com naturalidade, como algo que não pode ser diferente, como um comportamento que faz parte do fluxo da existência. Parece estranha aquela animalidade simples e direta, ao lado dos dramas terríveis vividos por Anna e Vrônski. E estes dramas aparecem como que ressaltados por aquela outra atitude. Evidentemente, a ênfase da obra, aquilo que o autor quis expressar, está na condenação moralista do adultério. Mas ele nos mostra também, aparentemente sem condenar, pelo menos em boa parte do texto, relações humanas que não estão marcadas pelo selo da maldição. Como harmonizar esta exuberância, esta presença física muito marcada das personagens, esta naturalidade (que ele frisou ainda mais, em relação ao mesmo problema, na peça *O cadáver vivo*), com a visão do adultério como um crime de morte? A mestria do romancista coloca lado a lado as duas posições. Sabemos que a segunda estava mais de acordo com o que Tolstói pregava. Mas, ao mesmo tempo, a vitalidade que soube imprimir à pessoa de Stepan Arkádievitch Oblônski, o irmão de Anna, não tem algo de dilaceramento do narrador, que contribui para tornar o conjunto ainda mais patético?

Um romancista-historiador?

É bem complexa a relação de Tolstói com a história.

Ele tinha plenamente a noção de que a ficção cria um mundo próprio. Deixou muitos documentos neste sentido. Parece bem interessante uma carta que escreveu, no início da elaboração de *Guerra e paz*, em 1865, à princesa L. I. Volkônskaia, que lhe transmitira um pedido do crítico N. D. Akhcharumov, desejoso de saber quem servira de protótipo para o príncipe Bolkônski do romance, do qual se publicara a parte inicial, com o título de *1805*:

> "Andrei Bolkônski não é ninguém, como todo personagem de um romancista e não autor de biografias ou memórias. Eu me envergonharia de apa-

recer em letra de imprensa se todo o meu trabalho consistisse em copiar um retrato, informar-me, recordar. O senhor Akhcharumov, *comme un homme de métier*[19] e pessoa de talento, deveria saber disto. Mas, como eu disse, em demonstração do fato de que desejo fazer pela senhora o impossível, procurarei dizer quem é meu Andrei.

Eu precisava de que um homem moço e brilhante fosse morto na batalha de Austerlitz, que será descrita, mas com a qual eu comecei o romance; na sequência ulterior, eu precisava apenas do velho Bolkônski com a filha; mas, visto que é constrangedor descrever um personagem que não está ligado por nada com o romance, decidi tornar aquele homem jovem e brilhante, filho do velho Bolkônski. Depois disso ele me interessou, apareceu para ele um papel no desenrolar do romance, e eu o indultei, fazendo com que, em vez de morrer, fosse gravemente ferido. E aí tem a senhora, minha gentil princesa, uma explicação verídica, ainda que por isto mesmo imprecisa, sobre quem é Bolkônski."

Pareceria então que Tolstói quisesse afirmar a soberania do mundo ficcional. Outros textos tendem a confirmar isto. Mas, ao mesmo tempo, ele se dedicava incansavelmente a documentar tudo. As personagens inventadas deveriam ter por base fatos minuciosamente verificados. Sua descrição da batalha de Borodinó, na qual a intuição do ficcionista apoiava-se em considerável pesquisa, foi depois corroborada por historiadores militares e parece ter contribuído para a visão histórica sobre o acontecimento.

[19] Em francês no original: "como um homem de ofício".

E ao mesmo tempo, a exaltação do povo que há no romance, aquela concepção de que os "cabos de guerra", os "condutores de povos", na realidade não influem em nada na sucessão dos eventos, constitui franco desafio à história como era estudada e ensinada.

Tolstói volta-se contra a mitificação dos fatos pelos historiadores. Escreveu, no artigo já citado sobre *Guerra e paz*, referindo-se ao comandante-chefe do exército russo e ao governador militar de Moscou:

> "Kutuzov nem sempre montava um cavalo branco, olhando por uma luneta e apontando para os inimigos. Rastóptchin nem sempre incendiava com um archote a casa de Vorontzóv (cá entre nós, ele nunca fez isto). [...]
>
> Minha divergência com os relatos dos historiadores, na descrição dos acontecimentos históricos, não é casual, mas inevitável. Descrevendo uma época histórica, o historiador e o artista têm dois objetos completamente diferentes. Como o historiador não estará com a razão se tentar apresentar a personagem histórica em toda a sua inteireza, em toda a complexidade da relação com todos os aspectos da existência, também o artista não executará sua tarefa se apresentar a sua personagem sempre em seu significado histórico. [...]
>
> Para o historiador, no sentido da contribuição dada pela personagem para algum objetivo único, existem heróis; para o artista, no sentido da correlação daquela personagem com todos os aspectos da existência, não podem e não devem existir heróis, mas devem existir pessoas.
>
> O historiador tem às vezes a obrigação de torcer um pouco a verdade e unificar todas as ações

da personagem histórica em função de uma ideia. Pelo contrário, o artista vê uma incompatibilidade com a sua tarefa na própria unicidade dessa ideia, e procura apenas compreender, e mostrar não determinado líder, mas uma pessoa."

Evidentemente, podem-se escrever dezenas, centenas de páginas contra esta visão da história. Mas, para fundamentá-la, Tolstói apresenta fatos que não deixam de ser muitíssimo interessantes.

Referindo-se a historiadores das Guerras Napoleônicas, escreve no mesmo artigo: "Estudando as duas obras mais importantes sobre essa época, a de Tiers e a de Mikhailóvski-Danilévski, eu com frequência chegava à perplexidade ante o fato de que tais livros podiam ser publicados e lidos. Sem falar da narração dos mesmos acontecimentos, com o tom mais sério e imponente, com referência a materiais, narrações essas diametralmente opostas, encontrei nestes historiadores tais descrições que não se sabe se se deve rir ou chorar, quando se lembra que estes dois livros são os únicos monumentos daquela época e têm milhões de leitores".

E voltando-se para sua experiência pessoal:

> "Depois da perda de Sebastópol, o comandante da artilharia, Krijanóvski, encaminhou-me as comunicações dos oficiais de todos os bastiões e pediu que eu compusesse, com estas vinte e tantas comunicações, uma só. Lamento não as ter copiado. Eram o melhor exemplo daquela mentira militar, ingênua e indispensável, com a qual se compõem as descrições. Suponho que muitos daqueles meus colegas que escreviam então aquelas comunicações, ao ler estas linhas, vão rir com a lembrança de como eles, por ordem do comando, escreviam aquilo

que não podiam saber. Todos os que padeceram na guerra sabem como os russos são capazes de cumprir sua tarefa em combate e como são pouco capazes de descrevê-la, com aquela mentira jactanciosa nela indispensável. Todos sabem que em nossos exércitos este encargo da elaboração de comunicações e relatórios é exercido em grande parte pelos nossos estrangeiros."

Vê-se, pois, que, segundo Tolstói, a verdade mais profunda dos fatos é dada pelo artista, pelo escritor, e não pelo historiador profissional. É certo que em outros escritos chega a falar de uma "história-arte", mas evidentemente, neste caso, está mais propenso a designar assim o que escrevem ou devem escrever os ficcionistas. Aliás, a polêmica com o que ele considera a estreiteza e unilateralidade dos historiadores está incorporada, com insistência, ao próprio texto do romance.

Mas, que história se depreende de *Guerra e paz*? Conforme se lê na conclusão, isto é, na segunda parte do Epílogo, e que é um ensaio filosófico, o agente da história são as massas populares e não os seus dirigentes do momento. Esta concepção é o móvel da vasta epopeia, o desenrolar dos acontecimentos narrados está em consonância com a tese tão cara ao romancista.

Napoleão, no campo de batalha de Borodinó (que decidiu a posse de Moscou e, na realidade, o destino do exército francês), é um fantoche que finge dominar a situação. De fato, não decide nada, a máquina imensa move-se apesar das suas ordens, ele não tem sequer condições de saber exatamente o que está acontecendo. Do lado russo, Kutuzov não tem mais condições que Bonaparte de movimentar a máquina, mas leva sobre o francês a vantagem de ser mais velho e entorpecido, e portanto nem fingir uma atitude pomposa de mando. Aliás, ele parece encarnar também algo do bom senso popular, não pretendendo sequer disfarçar uma ação, quando esta é sabidamente impossível. Tolstói vê nisso uma encarnação da sabedoria do povo russo.

Do ponto de vista do romance, de sua lógica interna, da coerência entre personagens e tema, realmente não há o que objetar. Tudo está perfeitamente coordenado, a construção é admirável. Mas será possível aceitar essa tese fora do campo da ficção? Não! O Napoleão de Tolstói somente é autêntico no plano em que o próprio autor se colocou ao explicar o seu personagem Andrei Bolkônski, na carta que citei há pouco.

Os homens se matam sem que os seus dirigentes possam influir nessa matança. Esta concepção, que aparece em *Guerra e paz*, foi sintetizada por Tolstói no artigo ao qual volto mais uma vez:

> "Para que milhões de homens se matavam, quando se sabe, desde a criação do mundo, que isso é física e moralmente ruim?
>
> Pelo fato de que isso era tão inevitavelmente necessário que, cumprindo isso, os homens cumpriam aquela lei natural, zoológica, que cumprem as abelhas, destruindo-se por volta do outono, e pela qual os machos dos animais se destroem entre si. Não se pode dar outra resposta a esta terrível pergunta.
>
> Esta verdade não é apenas evidente, mas é tão inata em cada ser humano que nem valeria a pena demonstrá-la, se o homem não tivesse outro sentimento e consciência, que o convence de que ele é livre em todo momento em que pratica alguma ação.
>
> Examinando a história de um ponto de vista geral, ficamos plenamente convictos da lei eterna, segundo a qual os acontecimentos se processam.

Olhando de um ponto de vista pessoal, convencemo-nos do contrário. [...]

A relação mais forte e indissolúvel, a mais pesada e constante com outras pessoas, é o assim chamado poder sobre as pessoas, que, em seu sentido autêntico, consiste apenas em maior dependência em relação a estas.

Erroneamente ou não, mas tendo me convencido plenamente disso no decorrer de meu trabalho, naturalmente ao descrever os acontecimentos históricos de 1805, 1807 e sobretudo 1812, ano em que aparece com maior relevo esta lei da predeterminação, não pude atribuir importância à atuação daquelas pessoas que tinham a impressão de governar os acontecimentos, e, no entanto, menos do que todos os demais participantes contribuíam para isto com a atividade humana livre. A atividade dessas pessoas apresentava interesse para mim unicamente no sentido da ilustração daquela lei da predeterminação, que, segundo minha convicção, dirige a história, e daquela lei psicológica que obriga um homem, que realiza a ação menos livre, a falsificar em sua imaginação toda uma série de conclusões retrospectivas, que têm a finalidade de demonstrar a ele mesmo a sua liberdade."

Apesar das formulações admiráveis e da boa dose de verdade (não há como negar a falsificação das "conclusões retrospectivas", inseparável da história escrita), o texto contém algo decepcionante, como pensamento histórico. A que predeterminação Tolstói se referia? À mão do sobrenatural? Mas, neste artigo pelo menos, isto não aparece definido.

O romancista volta-se contra os mitos criados pelos historiadores e, na realidade, cria outros mitos para substituí-

-los. O seu Napoleão fantoche e boboca não é menos mítico que o guerreiro montado no cavalo branco. E Kutuzov, que tem grandes qualidades justamente por causa de sua inércia, pode ser uma grande criação literária, e estar de acordo com toda uma concepção sobre o papel preponderante das massas populares e a desimportância dos líderes, mas será possível levar esta versão a sério, de um ponto de vista histórico, mesmo que se procure desvincular a história da visão glorificadora dos feitos nacionais?

É verdade que, em muitas passagens, o bom senso e a visão inteligente do romancista conseguem sobrepor-se à mitificação oficial. Um dos mitos contra os quais ele se volta com mais veemência é aquele de que o incêndio de Moscou teria sido obra dos russos, sob a direção do governador militar Rastóptchin, representado nos compêndios escolares com um archote na mão.

Lemos no romance:

> "Os franceses atribuíam o incêndio de Moscou *au patriotisme féroce de Rastopchine*;[20] os russos, à barbárie dos franceses. Na realidade, razões para o incêndio de Moscou, no sentido de que se pudesse atribuir esse incêndio à responsabilidade de uma ou de algumas pessoas, não houve nem poderia haver. Moscou incendiou-se em consequência do fato de ter sido colocada em condições nas quais toda cidade de madeira deve incendiar-se, independentemente do fato de existirem ou não na cidade cento e trinta bombas contra incêndio. Moscou tinha de incendiar-se em consequência de ter sido abandonada pelos seus habitantes, e tão inevitavel-

[20] Em francês no original: "ao patriotismo feroz de Rastóptchin". (N. da E.)

mente como deve arder um monte de serragem, sobre o qual caiam fagulhas durante alguns dias. Uma cidade de madeira, na qual, em presença dos moradores-proprietários e da polícia, incêndios ocorrem no verão quase todos os dias, não pode deixar de incendiar-se quando nela não existem habitantes, mas vive ali um exército, que fuma cachimbos e promove fogueiras na Praça do Senado, com as cadeiras dos senadores, e que prepara comida duas vezes por dia. Basta, em tempo de paz, a uma tropa distribuir-se pelas casas de algumas aldeias e imediatamente cresce a quantidade de incêndios na respectiva região. Em que medida então deve aumentar a probabilidade de incêndios numa cidade vazia, de madeira, na qual se instale um exército invasor? No caso, *le patriotisme féroce de Rastopchine* e a barbárie dos franceses não têm culpa nenhuma. Moscou incendiou-se por causa dos cachimbos, das cozinhas, das fogueiras, do relaxamento dos soldados inimigos, moradores, mas não donos das casas. E ainda que houvesse incêndios propositados (o que é muito duvidoso, porque ninguém tinha motivo nenhum para incendiar e, em todo caso, era trabalhoso e apresentava perigo), os incêndios propositados não podem ser considerados como causa, pois sem eles teria acontecido o mesmo."

Esse tom pachorrento, esse apelo ao bom senso comezinho e à lucidez, são constantes no romance, quando trata dos acontecimentos históricos. Mas nem por isso Tolstói deixa de substituir o mito patriótico por outros mitos: o antimito que desejava criar, na realidade passava a fazer parte de uma nova mitologia.

Tudo isto evidentemente se liga ao problema da relação

entre mito e história. Deixemos, porém, estas cogitações a quem de direito.

O EXTREMISMO TOLSTOIANO

"Publicando um livro ao qual dediquei cinco anos de trabalho incessante e inusitado, nas melhores condições de vida..." — é assim que se inicia o artigo de Tolstói sobre *Guerra e paz*. Esta má consciência, esta noção de que ele fazia parte de uma minoria privilegiada, esta revolta contra a facilidade de que dispunha uma camada ínfima da população, é uma constante em sua obra, conforme, aliás, já apareceu em outras passagens citadas.

E esta má consciência com certeza está na base das concepções extremadas de Tolstói. Eis um trecho do seu diário: "Nós, as classes ricas, arruinamos os trabalhadores, nós os obrigamos a um trabalho rude e incessante, enquanto desfrutamos luxo e lazer. Nós não permitimos que eles, esmagados pelo trabalho, tenham a possibilidade de criar o florescer espiritual, o fruto espiritual da existência: nem poesia, nem ciência, nem religião. Nós procuramos dar-lhes tudo isto e damos-lhes uma falsa poesia — 'Para que partiste para o Cáucaso destruidor?' etc.; uma falsa ciência — jurisprudência, darwinismo, filosofia, a história dos tsares; uma falsa religião — a igreja oficial. Que pecado terrível. Se nós não os sugássemos até o fundo, eles fariam aparecer a poesia, a ciência, a doutrina sobre a vida".

Esta anotação é de 1900, mas o mesmo espírito se manifesta em sua obra desde o início. Lidos em conjunto, os escritos doutrinários de Tolstói se tornam repetitivos e cansam. Mas é inegável que sem esta má consciência, esta obsessão, esta sede de justiça, não se pode sequer conceber a existência de sua obra.

Diante de uma situação específica, o patético das suas reações, a intensidade com que ele apresenta os problemas, a lógica inflexível com que expõe as suas convicções, mesmo quando assume as atitudes mais absurdas, como os seus ataques ao darwinismo ou a pregação da abstinência sexual no casamento, conforme aparece particularmente em *A Sonata a Kreutzer*, trazem inegavelmente a marca poderosa de sua personalidade.

Tolstói está sempre imbuído de profunda preocupação com o destino de seu país e do mundo. Por mais que ele se fustigasse na velhice pela vida dissipada que levara quando moço, por mais que apontasse a vaidade, as bebedeiras, os interesses mesquinhos que tivera, a leitura de suas obras de mocidade, de tudo o que escreveu então, inclusive cartas e diários, revela uma alta consciência dos problemas coletivos. E ao mesmo tempo, a consciência às vezes lhe aparece como um grande mal. Eis uma anotação de 1851, portanto aos vinte e três anos, quando estava começando a realizar-se como escritor: "Sempre vou dizer que a consciência é moralmente o maior mal que pode atingir um homem". No entanto, ele se entrega plenamente, apaixonadamente, a este mal. O maior desvario e a maior lucidez convivem lado a lado em muitos dos seus escritos.

No ano seguinte, quando estava elaborando um romance que se transformaria na novela "Manhã de um proprietário rural", publicada em 1856, anotou no diário: "Em meu romance, vou expor o mal do governo russo, e, se o considerar satisfatório, dedicarei o resto da vida à preparação de um plano de governo aristocrático, eletivo e, ao mesmo tempo, monárquico, na base das eleições existentes.[21] Eis um objeti-

[21] Havia na Rússia eleições para os órgãos representativos da nobreza e para alguns cargos ligados à vida organizativa desta. Os camponeses, por sua vez, elegiam um responsável pela comunidade, o estároste.

vo para uma vida virtuosa". Pouco depois, no mesmo ano, quando se encontrava em Sebastópol, sob o assédio, outra anotação: "O pensamento central do romance deve ser a impossibilidade de uma vida correta de um proprietário rural instruído de nosso século, enquanto existir escravidão". Todavia, na mesma época, chegou a escrever: "É verdade que a escravidão é um mal, porém um mal extremamente simpático". Brincadeira? Ironia? Ou manifestação de uma das vacilações de Tolstói, este "conservador revolucionário", como o denominou Romain Rolland? Por mais que algumas anotações contrastem com as ideias radicais do Tolstói maduro, já nessa época aparece o germe das suas profundas preocupações sociais.

A sua relação com a guerra é outra manifestação do mesmo espírito. Não são raros nele os momentos de consciência do absurdo da guerra como tal. "E o problema, não resolvido pelos diplomatas, ainda menos se resolve pela pólvora e pelo sangue", escreveu no conto "Sebastópol em maio".

Participando dos debates então correntes entre os proprietários rurais, sobre os projetos de libertação dos servos, sente a iminência de uma grande convulsão social: "Agora, não é tempo de pensar na justiça histórica e nas vantagens de classe, é preciso salvar todo o edifício do incêndio, que de um instante a outro vai abarcá-lo. Está claro para mim que o problema já foi colocado assim para os proprietários rurais: a vida ou a terra". A "justiça histórica", pensava então, era o direito dos nobres à terra, e via grandes dificuldades na cessão parcial desta aos camponeses.

Há realmente um toque de desespero nas suas reflexões de proprietário rural que teme a convulsão e, ao mesmo tempo, compreende a necessidade inadiável de libertar os camponeses. Mas é um proprietário rural capaz de escrever em 1856: "E há, também, fenômenos históricos originados pelos trabalhadores, que originou revoluções e bonapartes e ainda não disse sua última palavra, e nós não podemos ajuizar sobre ele como um fenômeno histórico acabado. (Deus sabe se ele não é a base do renascimento do mundo para a paz e a liberdade.)".

Quando viaja para o Ocidente em 1857, já aparecem em seu diário ideias que seriam desenvolvidas mais tarde. Eis uma anotação após a visita ao túmulo de Napoleão: "Fui ao Hôtel des Invalides. A deificação do malfeitor, terrível. Soldados, feras amestradas para morder todos. Eles deveriam morrer de fome. Pernas arrancadas, bem feito". O terrível, realmente, é esta franqueza ao anotar a primeira impressão.

A desumanidade do mundo ocidental e burguês aparece em muitas páginas de diário e no conto "Das memórias do príncipe Niekhliudov. Lucerna", de tom exaltado que não deixa de ter um toque retórico.

Sua recusa da civilização e exaltação do primitivo têm íntima ligação com as teorias de Rousseau, aliás citado frequentemente por ele com a maior admiração. Daí também a orientação completamente "anti-institucional" da escola para crianças camponesas que dirigiu em sua propriedade. Publicou em 1862 o periódico *Iásnaia Poliana*, que tinha duas séries distintas: *Iásnaia Poliana: Escola* (revista pedagógica) e *Iásnaia Poliana: Livro* (coletânea para iniciação na leitura).

Um dos escritos tolstoianos dessa época, "Quem deve aprender a escrever com quem, as crianças camponesas conosco ou nós com as crianças camponesas?", fornece uma noção bastante completa das concepções pedagógicas do autor, pois o que ele diz sobre a aprendizagem da expressão escrita não difere muito do que afirma sobre a assimilação do conhecimento em geral.

"Não se pode e é absurdo ensinar e educar uma criança, pela simples razão de que a criança está mais perto que eu, mais perto que qualquer adulto, daquele ideal de harmonia, verdade, beleza e bondade até o qual eu, em meu orgulho, quero elevá-la. A consciência desse ideal está nela com mais força que em mim. O que ela precisa de mim é unicamente o material necessário para ir se completando de modo harmônico e multilateral." E referindo-se à composição de um aluno publicada na revista, e na qual afirma ter corrigido apenas alguns descuidos, além de dar o título e dividir o trabalho em capítulos: "Logo que eu lhe dei plena liberdade e deixei de ensinar, ele escreveu uma obra poética que não tinha igual na literatura russa. Por isto, de acordo com a minha convicção, nós não podemos ensinar a escrever e compor obras, sobretudo compor poeticamente, as crianças em geral e sobretudo as crianças camponesas. Tudo o que nós podemos fazer é ensinar-lhes como se dispor a escrever". Em outra passagem do mesmo artigo afirma que o menino tinha revelado "tamanha força consciente de artista que Goethe fora incapaz de alcançar, em toda a altura do seu desenvolvimento".

Opina, também, que os escritos dos professores de Iásnaia Poliana, publicados na revista, eram muito piores que os das próprias crianças, e conta que ele mesmo, ao escrever junto com elas, só conseguia produzir algo muito pior.

Esta noção de que a verdade e a sabedoria estariam com as crianças e o povo passa a ser uma das pedras angulares de todo o seu pensamento. Tolstói acabaria unindo esta concepção com a condenação moralista de toda a vida europeia moderna. E o próprio ataque à arte, como simples divertimento de uma classe privilegiada, está ligado com esta concepção. Bem antes de seu famoso tratado *O que é arte?*, escreveu numa carta de 1882:

> "Toda atividade que não traz proveito material, mas que por algum motivo agrada às pessoas, passa a ser chamada arte. Daí resultou que tão somente o indício externo da inutilidade da arte passa a ser a sua definição.

> Dançam raparigas de pernas nuas: isto é inútil, mas há quem goste de ver, logo é arte. Juntar muitos sons e fazer com eles cócega no ouvido é arte. Pintar mulheres nuas ou um bosque é arte. Reunir rimas e descrever como os senhores fornicam, é arte."

Este negativismo e esta veemência levam-no a condenar as manifestações mais diversas da arte e da literatura de seu tempo e também de épocas passadas.

Num artigo de sua revista de 1862, ele já afirmava que a Vênus de Milo somente despertaria no povo uma repugnância legítima diante da nudez, da impertinência devassa — "da vergonha da mulher", e acrescentava: "Eu me convencia de que poesias líricas, como por exemplo, 'Eu lembro o instante maravilhoso' [de Púchkin], e obras musicais, como a última sinfonia de Beethoven, não são tão universal e indiscutivelmente boas como a canção sobre 'O vigia Vanka' e a melodia de 'Pela mãezinha Volga abaixo', que Púchkin e Beethoven nos agradam não porque neles haja beleza absoluta, mas porque estamos tão estragados como Púchkin e Beethoven, porque Púchkin e Beethoven lisonjeiam igualmente a nossa monstruosa excitabilidade e nossa fraqueza".

Nas décadas de 1880 e 90, trabalhou intensamente numa série de artigos sobre estética, mas que ficaram inacabados. Evidentemente, eles não o satisfaziam. As reflexões sobre esse tema resultariam, porém, num verdadeiro tratado (ele o chamou de artigo), *O que é arte?*, escrito e reescrito em 1897, mas que, segundo confissão do autor, era o resultado de quinze anos de trabalho.

A arte age por contaminação, afirma Tolstói. Ela "contamina" o homem tanto para o bem como para o mal. Por conseguinte, as obras que levam a pecar seriam um perigo público. E segundo ele, bem poucas produzidas por uma camada decadente e corrompida podem apresentar interesse para a educação das grandes massas, que deve ser o verdadeiro objetivo da arte.

Sua crítica implacável desaba sobre o que a arte e a literatura do Ocidente produziram de mais extraordinário. Shakespeare é atacado por ele com particular violência, mas, não lhe parecendo isto suficiente, escreveria em 1903-04 o artigo "Sobre Shakespeare e o drama", onde enfileira argumentos e mais argumentos em defesa da tese de que "Shakespeare não só não pode ser considerado grande, genial, mas sequer o mais medíocre dos autores". Baudelaire, Verlaine, Mallarmé, são citados extensamente, para mostrar o que há neles de pernicioso e vulgar, para indicar como eles estão longe da verdadeira arte. Os quadros dos impressionistas, a música de Wagner, de Berlioz, de Brahms e do "novíssimo Richard Strauss", os contos de Kipling, os ensaios de Nietzsche etc., nada escapa à sua fúria iconoclasta.

É um bárbaro, mas que tem as suas razões extremadas para tentar arrasar tudo o que a humanidade, ou pelo menos o mundo ocidental, estava produzindo. Escreveu sobre isto: "Aquele tempo, o ano de 1881, foi para mim o tempo mais ardente de reconstrução interior de toda a minha contemplação do mundo, e nessa reconstrução, aquela atividade que se chama artística e à qual eu antes dedicava todas as minhas forças, não só perdera para mim a importância que antes lhe atribuía, mas tornou-se francamente desagradável, em virtude do lugar indevido que ela ocupava em minha vida e em geral ocupa nas concepções das classes ricas" (estudo sobre Guy de Maupassant). E afirmaria numa carta em 1897: "Eu escrevo livros, por isto sei todo o mal que eles fazem".

E ao mesmo tempo, a atração pelo artístico era tão grande como o repúdio a ele. Que o digam as obras literárias que escreveu a partir da década de 1880 e até pouco antes de sua tragédia final!

Mas no próprio modo de encarar a literatura de seu tempo havia grandes contradições. Entre elas, o seu encantamento pela ficção de Guy de Maupassant. Desde que travou conhecimento com ela, na década de 1880, procurou difundi-la na Rússia. Traduziu em 1891 o conto de Maupassant "O porto" e, depois, vários outros. A partir de 1891, trabalhou para uma edição russa de obras de Maupassant, fazendo seleção e trabalho de revisão. Escreveu ainda o prefácio para uma edição de contos dele, no qual definiu a sua posição em relação ao escritor francês. Segundo Tolstói nesse prefácio, além do talento, cada escritor deveria satisfazer a três exigências: "1) uma relação correta, isto é, moral, do autor com o seu objeto; 2) clareza de exposição ou beleza da forma, o que é o mesmo; e 3) sinceridade, isto é, um sentimento não fingido de amor ou ódio àquilo que o artista descreve". Ele reconhece que Maupassant cumpre apenas as duas últimas exigências e está completamente privado da capacidade de satisfazer à primeira. Ademais, afirma, "a incompreensão da vida e dos interesses do povo trabalhador e a representação das pessoas que dele fazem parte como semi-animais, movidos apenas pela sensualidade, pelo rancor e pela ganância, constitui um dos defeitos maiores e muito importantes da maioria dos autores franceses recentes e, entre eles, Maupassant", mas nem por isto deixa de entusiasmar-se com as qualidades literárias de seus contos e trabalhar para a sua difusão na Rússia.

Sua atividade de pregador era guiada em grande parte pela doutrina da não resistência ao mal pela força. Em 1847, aos dezenove anos, esteve doente e, internado num hospital de Kazan, onde estudava, teve por vizinho de leito um lama, que o instruiu nos princípios essenciais do budismo, pelo qual sempre se interessaria.

Isto aliou-se nele a uma grande exigência de retidão moral, exigência esta que se estendia a toda a sua visão da sociedade. Eis um trecho escrito para *Khadji-Murát*, alusivo ao reinado de Nicolau I, e posto de lado pelo autor (mais uma vez, problemas de composição, de relação entre as partes e o todo!):

> "Quando um soldado, de vara na mão, bate num homem que é conduzido por entre a tropa formada, a culpa moral desse soldado é quase insignificante. Se ele se recusar a espancar, será por sua vez espancado. E por isso a responsabilidade moral do soldado que bate em seu irmão é quase nula. O oficial que participa da mesma tarefa já é mais responsável. É verdade que perderá a sua posição garantida e relativamente honrosa se se recusar a tomar parte na obra cruel, mas não será submetido a tortura física e poderá encontrar outro meio de vida, embora pior. Por isso o oficial já é mais responsável moralmente, e para tomar parte na obra perversa, e ao mesmo tempo se desculpar, deve submeter-se a uma perversão moral. Quanto mais altamente colocado estiver o chefe, quanto mais garantida a sua posição, tanto maior a facilidade com que poderá acomodar a sua vida, recusando-se a participar da execução, tanto maior a sua responsabilidade moral e tanto mais pervertidos deve ter o coração e a inteligência. E um homem como o soberano, que nada perderia desistindo da obra cruel e perversa, com a qual nada tem a ganhar, e ao mesmo tempo permite, exige, prescreve obras perversas, do modo como Nicolau prescreveu a execução do estudante e milhares de outras obras perversas, deve ser uma criatura de inteligência completamente pervertida e coração petrificado.
>
> Assim eram e são todos os governantes e tan-

to mais quanto maior a soma de poder de que dispõem: e assim era no mais alto grau Nicolau das Varas, como o apelidaram."

Mas a par da veemência no verberar das mazelas sociais, há nos escritos doutrinários de Tolstói algo que nos aparece como ingenuidade. Como já vimos, teve importância decisiva para a sua visão do mundo da época a participação no recenseamento de 1882, em Moscou. No entanto, fustigando como ele fustigava os males da civilização, o que propunha? A partilha voluntária dos bens pelos ricos e o "convívio amorável" destes com os pobres, conforme escreveu no artigo "Sobre o recenseamento em Moscou". No livro *O que temos de fazer, então?*, narra, após o apelo que fez, a sua decepção ante a reação pouco participante da sociedade dos bem situados na vida, mas isto não o convenceu da inutilidade de novos apelos. Depois de apresentar quadros terríveis da miséria na grande cidade, o que recomenda é "simples e claro": cada um possuir apenas a roupa do corpo, renunciar ao dinheiro e não se aproveitar do trabalho alheio, inclusive de empregados domésticos. E o fundamental, evidentemente, é não mentir.

Voltou-se em numerosos escritos contra a rapina colonial, as guerras, quaisquer guerras, contra "a superstição da ciência", contra a ilusão da democracia parlamentar, contra o socialismo, no qual via amálgama de duas mentiras: a da liberdade e a da ciência, por se basear nos dados da economia.

Numa carta a Nicolau II sobre a nacionalização das terras, ataca violentamente o estado de coisas vigente, mas trata o tsar de "querido irmão", pede que o perdoe se lhe causou desgosto sem querer e assina: "Vosso irmão que vos deseja felicidade verdadeira". E para resolver a situação catastrófica no campo, propõe, em numerosos escritos, o imposto único sobre as terras, idealizado por Henry George.

Realmente, era uma postura de mansidão evangélica difícil de admitir numa Rússia que já estava em pleno cataclismo social e onde a violência do poder esmagava implacavelmente todas as tentativas de rebelião.

Presença de Tolstói

É uma evidência: Tolstói está sempre bem presente em nossa cultura. Frequentemente, as discussões que provoca, as reações à sua obra, têm muito em comum com o ponto de vista de seus contemporâneos.

Embora nos pareça inaceitável hoje em dia o que há de esquemático na concepção do simbolista Dmitri Mierejkóvski, que em seu livro *L. Tolstói e Dostoiévski: vida e obra*, publicado na Rússia em 1901-02, via no primeiro o "profeta da carne" e no segundo "o profeta do espírito", permanecem como páginas magníficas de crítica aquelas em que esmiúça ricamente a sua suposição de que "não há na literatura mundial escritor que seja igual a L. Tolstói na representação do corpo humano pela palavra".

Por mais que Tolstói continue a encantar os leitores de hoje, muito mais decisiva foi a sua leitura para os homens de seu tempo, quando, sobretudo a partir da década de 1880 e do livro de Melchior de Vogüé, *Le roman russe*, os seus textos começaram a espalhar-se pelo mundo. Romain Rolland conta em seu ensaio sobre Tolstói como a assimilação deste se tornou uma realidade vital para os homens de sua geração, e afirma que os romances tolstoianos foram para eles aquilo que *Werther* fora para os homens do século anterior.

Compreende-se: numa Europa às voltas com o naturalismo, o positivismo, o materialismo vulgar, ressoava uma voz poderosa que se erguia contra toda a vida da época e, maldizendo-a, acabava maldizendo a própria civilização. Isto suscitava admiração profunda e, às vezes, bastante perplexidade. Euclides da Cunha inicia o seu artigo sobre a Rússia, em *Contrastes e confrontos*,[22] inspirado em grande parte em autores russos e escrito por volta de 1904, afirmando simplesmente: "A Rússia é bárbara". Mas estes toques de perplexidade não eram de molde a sufocar os entusiasmos que as leituras de Tolstói provocavam. Vejam-se neste sentido as expansões de José Veríssimo, em seu artigo sobre Tolstói, onde, ao comentar a tradução de *Ressurreição* para o francês, faz na realidade a apologia do autor, aderindo ao seu anticientificismo e antipositivismo, embora diga da terceira parte do romance que ela "era acaso escusada" e que "o romancista sacrificou o poeta, o artista, ao propagandista, ao doutrinário", mas acrescenta: "O que vale é que há em Tolstói uma tal opulência de verdade e de real e sincera emoção que ele pode gastá-las em desenvolvimentos dispensáveis sem desperdiçá-las".[23] Mas se, no Brasil, muitos dos nossos escritores se deslumbraram com a sua obra e se aqui ou ali se percebe a sua marca em nossa literatura, parece muito mais palpável a presença de Tolstói na vida cultural portuguesa. Aliás, em março de 1889 aparece no diário tolstoiano uma anotação de leitura de Antero de Quental, que ele conheceu certamente na tradução alemã de Wilhelm Storck, para a qual o poeta escreveu a sua famosa carta autobiográfica e filosófica e que parece ter impressionado Tolstói.

O conhecimento de Antero de Quental era devido à visita que recebera do escritor português Jaime de Magalhães Lima (1859-1936), amigo de Eça de Queiroz, Oliveira Martins e do próprio Quental, e que passara duas semanas em

[22] Porto, Empresa Literária e Tipográfica, 1907. (N. da E.)

[23] José Veríssimo, *Homens e coisas estrangeiras*, Rio de Janeiro/Paris, H. Garnier, 1902 (devo a João Alexandre Barbosa a indicação deste artigo).

Iásnaia Poliana. O tolstoísmo deixou marca profunda em Magalhães Lima, que escreveu muitos artigos sobre Tolstói e tratou deste em *Cidades e paisagens* (1889) e *As doutrinas do conde Leão Tolstói* (1892).

O convívio de Magalhães Lima com Tolstói suscitou uma carta de Antero de Quental ao amigo, na qual dizia:

> "Tenho pena de que se não tivesse demorado mais na Rússia para nos poder dar mais algumas impressões daquela nação destinada a exercer influência decisiva na futura civilização. Que espécie de influência? Confesso-lhe que tenho graves apreensões a tal respeito e que desconfio bastante de gente de tanta imaginação. O Tolstói é certamente admirável como indivíduo: mas que significa e que pode dar de si aquela renovação do Evangelismo? O pensamento da Rússia, até agora, parece-me perfeitamente caótico. Mas o mundo começa a estar tão cansado de lógica, de ciência, de análise, que talvez se deixe levar mais uma vez pelos entusiastas e visionários. Creio que é isto o que explica o *engouement*[24] atual pelos Russos. Mas, em suma, será sempre necessário voltar à razão e aos seus processos severos. [...] É verdade que, quando a dita razão, como já tem sucedido, se mostra inferior à sua tarefa, hesita e abdica, o inconsciente, o instinto, o sentimento, voltam a entrar em cena. Mas não posso considerar tal fato senão como um retrocesso. Foi isso o Cristianismo. Pode ser que um semelhante retrocesso esteja em preparação: então os Russos, como os entusiastas e instintivos por exce-

[24] Em francês no original: "entusiasmo". (N. da E.)

lência, representarão um papel proeminente. Mas creio que isso será equivalente à destruição do espírito moderno."

Lê-se em outra carta de Antero de Quental a Magalhães Lima: "Quem me dera viver sempre com doidos como o conde Tolstói! Não é só um santo, é também um sábio".[25]

Entre os admiradores de Tolstói, contemporâneos deste, figura ainda Maria Amália Vaz de Carvalho.

Mas se ele provocava tais entusiasmos, não eram poucos os momentos de oposição.

Já em seu tempo, aquela repulsa às conquistas da civilização, as invectivas que lançava contra as estradas de ferro, contra a imprensa em geral, contra toda a vida moderna, suscitaram críticas acirradas na Rússia e no Ocidente. Seus ataques à Igreja Russa e ao estado constituído tornaram-no alvo da propaganda governista. E o sensacionalismo que cercou seus últimos anos de vida provocou muita reação negativa. Como documento neste sentido, ainda que tardio, pode-se citar o artigo "Tolstói" de Agripino Grieco, em seu livro *Estrangeiros*.[26]

[25] Por mais absurdo que pareça, só tomei conhecimento desses textos graças a um artigo interessantíssimo de William B. Edgerton, "Tolstoy and Magalhães Lima", publicado na revista norte-americana *Comparative Literature*, nº 1, de 1976, e que recebi do autor. Aliás, este fornece um álibi para a minha ignorância, ao escrever sobre Magalhães Lima: "Seu papel como um intermediário entre a literatura russa e Portugal ainda não é devidamente reconhecido em seu país e completamente desconhecido no estrangeiro; seu nome não se encontra em parte alguma em toda a vasta bibliografia sobre Tolstói".

[Boris Schnaiderman voltaria a tratar do tema no artigo "Antero de Quental e Leão Tolstói: um episódio das relações culturais Rússia/Ocidente", *Revista USP*, nº 68, dez. 2005-fev. 2006, pp. 313-8. (N. da E.)]

[26] Rio de Janeiro, José Olympio, 1947, 2ª ed. (1ª ed., sem data).

Evidentemente, as características de sua posição anticapitalista e de oposição ao estado vigente não eram de molde a granjear a aprovação dos socialistas. Estes em várias ocasiões manifestaram a sua oposição ao tolstoísmo. Diversos teóricos publicaram trabalhos sobre ele e houve, em congressos socialistas, repúdio declarado às suas ideias.

Lênin escreveu alguns artigos nos quais afirmou que as contradições e debilidades do tolstoísmo não eram casuais, mas expressavam o atraso da vida patriarcal russa, defrontada com uma irrupção brutal do capitalismo. Segundo ele, no ensaio "Lev Tolstói, como espelho da revolução russa" (1908), o escritor representava mais adequadamente "o passo histórico dos camponeses em nossa revolução" que um abstrato "anarquismo cristão", que lhe era tão frequentemente atribuído.

Tiveram grande repercussão diversos depoimentos sobre ele. Sem dúvida, houve atoarda excessiva em torno de sua pessoa, dos menores episódios de sua vida íntima, apregoados e difundidos pela imprensa que ele tanto odiou. Vários dos seus familiares tiveram ambição literária e escreveram obra apreciável, de modo que alguns desses depoimentos não deixam de ser interessantes. Em nosso meio pode ser encontrado o livro de reminiscências de Tatiana Sukhátina-Tolstaia.[27] O depoimento dos filhos está quase sempre marcado pela hostilidade à mãe, em maior ou menor grau, e, na melhor das hipóteses, ela é vista como uma doente, uma histérica, o que seria a causa principal das famosas desavenças do casal.

Sem dúvida alguma, porém, o documento familiar que mais impressiona (pelo menos daqueles que eu li), o que es-

[27] Tatiana Tolstói, *Tolstói, meu pai*, Rio de Janeiro, Nova Fronteira, 1978.

tá realizado com mais vigor, é o diário da própria Sófia Andréievna, em alguns volumes, certamente um relato patético sobre Tolstói e o meio em que viveu.

Outro depoimento impressionante foi dado por Górki. São famosas as suas reminiscências sobre Tolstói, que consistem numa carta iniciada por ocasião da fuga de Iásnaia Poliana, e continuada após a sua morte, pouco depois, e em anotações curtas, feitas anos antes em papéis soltos, relatando encontros com ele na Crimeia. Górki escreveu, ainda, páginas muito penetrantes após a morte de Sófia Andréievna Tolstaia em 1919. E em sua correspondência encontram-se observações igualmente agudas sobre Tolstói.

A doutrina tolstoiana estimulou a organização de várias colônias, tanto na Rússia como no exterior, mas, na maioria, elas não prosperaram.

O tolstoísmo teve considerável repercussão em todo o mundo oriental. Romain Rolland frisa, em seu livro, que, tendo recebido o impacto das doutrinas do Oriente, Tolstói devolveu a este a influência recebida. Ele esteve presente em diversos movimentos de opinião, particularmente na Índia, na atuação de Mahatma Gandhi, a quem Tolstói escreveu uma longa carta cerca de dois meses antes de morrer (quando Gandhi ainda se encontrava na África do Sul). Mais tarde, o líder indiano reconheceria a sua dívida com Tolstói, mas também frisaria as diferenças entre o seu movimento de não resistência e o tolstoísmo. "A espécie de resistência que organizamos na Índia é tão poderosa como uma resistência armada", afirmou ele em dezembro de 1948, isto é, pouco antes da independência do país, numa reação evidente à mansidão tolstoiana.

A "marca do gigante" é evidente em toda a literatura russa de seu tempo. E ela também está presente em quase tudo o que se faz de melhor e de pior em termos de ficção em russo.

Ademais, a obra de Tolstói continua a proporcionar vasta matéria para a teoria literária. Se é impossível fazer aqui um apanhado sequer razoável do que isso tem significado, tenho de apontar pelo menos uns poucos exemplos desse terreno fecundo.

Já tratei da importância que teve para os modernos estudos literários a formulação da teoria do estranhamento por Viktor Chklóvski, segundo a qual a arte teria por função desautomatizar a visão habitual dos objetos, torná-los estranhos, e de como isso se aplica particularmente à obra de Tolstói. Vários trabalhos ocidentais seguiram esse caminho. Entre os livros que o exploram figura o *Tolstói sem tolstoísmo* de Nina Gourfinkel, ao qual já me referi também, e que constitui uma tentativa de mostrar a importância de Tolstói como artista, e desvinculá-lo da carga mística que a simples menção de seu nome suscita. Embora marcado pelas circunstâncias da época (foi publicado em 1946), com uma visão ingênua da realidade literária da Rússia stalinista, o livro constitui uma contribuição muito séria aos estudos tolstoianos.

Esta valorização de Tolstói, em contraposição à importância que muitos atribuíram ao tolstoísmo, é uma constante de toda uma vertente de trabalhos. Os próprios depoimentos de Górki encaminham-se nesse sentido.

Já tive ocasião, igualmente, de citar neste ensaio as apreciações do cineasta Serguei Eisenstein sobre Tolstói. Elas são particularmente interessantes por mostrarem como o senso plástico do romancista tinha qualquer coisa de cinematográfico, bem antes do aparecimento do cinema. Em suas memórias, Eisenstein fala das imensuráveis "telas de batalha" de Tolstói e dos "pormenores inesperados" dos cabelos encaracolados no pescoço de Anna Kariênina, que aparecem em "primeiro plano", e lembra ainda que, segundo Tolstói, estes pormenores são vistos em sonho por "homens bem comuns, isto é, homens para os quais, em vigília, o 'todo' é naturalmente composto de partes que se somam, mas indiferençadas".

A maneira como Tolstói distribui os sons, como coloca as pausas nos diálogos, foram outros pontos que chamaram a atenção do cineasta, por ocasião das suas pesquisas sobre o som. A famosa cena de *Anna Kariênina* em que Vrônski recebe a notícia da gravidez de Anna e olha para os ponteiros do relógio, sem relacionar a sua posição com a hora, foi citada mais de uma vez por Eisenstein. No ensaio "Montagem 1938",[28] exemplifica assim a diferença entre *representação* e *imagem*: a primeira corresponderia à visão dos ponteiros, sem consciência da hora. Já no vasto tratado de estética, *A natureza não indiferente*, a mesma cena é apresentada como exemplo de alguém que está "fora de si", mas num estado passivo, rebaixador, o contrário do "fora de si" que eleva — o do *pathos*. Eisenstein aponta, ainda, este fato como uma separação entre a representação do objeto — o "signo" — e o "significado interior".

No mesmo tratado, chama a atenção para o fato de que, na cena da tentativa de suicídio de Vrônski, "os objetos são descritos *de baixo*, do ponto de vista de uma pessoa caída".

Como exemplo da presença de Tolstói em teoria literária, poderia ser citado, igualmente, o famoso ensaio de Georg Lukács, "Narrar ou descrever",[29] tão discutido e frequentemente contestado, e onde a cena das corridas de cavalo, em *Anna Kariênina*, é contraposta a uma cena correspondente em *Naná* de Émile Zola, e afirma-se a superioridade de Tolstói, como épico e dinâmico, sobre o descritivismo naturalista do escritor francês.

Enfim, apenas esse tema daria muitas e muitas páginas.

[28] Em *Reflexões de um cineasta* (edição brasileira: Rio de Janeiro, Zahar, 1969).

[29] Edição brasileira em Georg Lúkacs, *Ensaios sobre literatura*, Rio de Janeiro, Civilização Brasileira, 1965, pp. 47-99, tradução de Giseh Vianna Konder.

Estes fatos contribuem para que se perceba a vitalidade perene de Tolstói, de sua presença atuante como artista, como criador de vidas, mas, sem dúvida alguma, de tempos em tempos, o doutrinador torna também a aparecer em nosso mundo. Por exemplo, *hippies* da década de 1960 fizeram apelo ao seu ecologismo, ao seu repúdio à civilização ocidental, e se apresentaram como seus discípulos. A sua recusa de todo o sistema educacional encontra adeptos até hoje. Pensadores religiosos dos mais diversos matizes recorrem aqui e ali à sua doutrina. Nada disso, porém, me impede de ver nele sobretudo a materialidade violenta, a embriaguez de vida, exultante, em erupção, apesar de toda a tortura e autopunição que há nas suas páginas.

Sugestões de leitura

Os capítulos precedentes já trazem indicações para um leitor curioso. Como se depreende do que ali expus, acho indispensável ler não só os grandes romances, mas também as novelas e contos. Em todo caso, considero *Khadji-Murát* absolutamente necessário para uma leitura razoável de Tolstói. Quem não estiver iniciado em seus contos, poderá recorrer à boa tradução de Aurélio Buarque de Holanda e Paulo Rónai de "Os três anciães" e "Depois do baile", feita a partir do original russo, e acompanhada de interessante nota crítico-biográfica.[30] O primeiro faz parte dos contos populares de Tolstói e é certamente bem representativo desta parte de sua obra. Mas, feita a iniciação, convirá procurar outros contos, que existem traduzidos para muitas línguas.

[30] Em *Mar de histórias*, vol. 5, Rio de Janeiro, Nova Fronteira, 1981, 2ª ed. revista e aumentada.

O que ler dos seus inumeráveis escritos doutrinários? Evidentemente, isso depende das preocupações de cada um. Mas, para quem não tenha interesses específicos neste sentido, eu recomendaria duas obras: *Confissão* e *O que é arte?* Por mais que se divirja de sua conceituação, não há como deixar de admirar a intensidade e coragem com que o escritor expõe as suas convicções e frequentemente obriga o leitor a um reexame de escala de valores.

Nos diários, cartas e outros textos autobiográficos há um material rico, interessantíssimo, mas lê-los em conjunto seria recomendável somente depois de se familiarizar bastante com a obra. Aliás, no caso, é impossível fazer uma recomendação geral.

Quem estiver particularmente interessado na biografia do escritor, deverá procurar, além desse material autobiográfico, pelo menos os diários de Sófia Andréievna Tolstaia. Estão traduzidos para várias línguas e abrangem alguns volumes. Mas qualquer um deles é suficiente para se ter ideia sobre a sua personalidade incomum. Há uma edição brasileira dos *Diários intimos* de Tolstói e de sua mulher, referentes ao ano de 1910.[31] Trata-se, segundo tudo indica, de uma tradução do francês, com vasta referência bibliográfica e notas muito minuciosas, e tudo isto, acrescido ao estilo um tanto purista, imprime a essa edição uma solenidade em completo contraste com o original.

Aliás, costuma-se falar muito mal das traduções brasileiras. Se algumas são realmente péssimas, a generalização constitui grande injustiça.

No caso de Tolstói, houve um trabalho intenso de tradutores brasileiros e portugueses para transmiti-lo adequadamente em nossa língua, e os resultados foram muito variáveis.

[31] Leão Tolstoi e Sofia Tolstoi, *Diários íntimos*, tradução de Frederico dos Reys Coutinho, Rio de Janeiro, Vecchi, 1943.

Frequentemente, os editores não fizeram justiça a Tolstói e apresentaram-no com toques de sensacionalismo simplesmente revoltante. Várias traduções de *Khadji-Murát* receberam o título *O diabo branco*, em virtude de um filme do cinema mudo que teve esse nome. Os contos *O demônio* e *A cédula falsa* apareceram publicados pela Civilização Brasileira em 1933, num volume sem nome do tradutor, chamado *A tortura da carne*, tendo na capa realmente um excesso de carnes despidas e um jeito cafajeste de 1930 que dá vontade de lamentar: "Pobre Tolstói!".

Existe uma edição portuguesa de suas obras reunidas, dirigida por João Gaspar Simões, e que foi republicada no Brasil pela Aguilar. O romance *Anna Kariênina*, dessa coleção, tem sido reeditado pela Abril Cultural. Trata-se de um trabalho cuidadoso, de nível, com um natural toque lusitano. Comparando o texto com o original, constata-se que ele é menos relaxado que o de Tolstói, menos coloquial, mais respeitoso da convenção literária. Trata-se de um fenômeno generalizado nas traduções indiretas, conforme foi destacado por Moacir Werneck de Castro, no prefácio à sua tradução de *Um jogador* de Dostoiévski,[32] e conforme também já apontei mais de uma vez. Acho importante que se tenha conhecimento dessa particularidade, mas nem por isso se deve deixar de utilizar traduções como esta de Gaspar Simões.

E os estudos sobre Tolstói? O que ler dentre eles? Não vou apresentar agora uma bibliografia vasta.

Para quem se interessa realmente por literatura, é indispensável a leitura das reminiscências de Górki sobre Tolstói, que apresentam verdadeira visada crítica. Elas estão traduzidas para diversas línguas. Há uma edição velha da Pongetti,[33]

[32] Rio de Janeiro, Civilização Brasileira, 1976.

[33] Máximo Gorki, *Três russos: Tolstoi, Tchekov, Andreev*, Rio de Janeiro, Pongetti, 1945.

mas deve-se recomendar especialmente a tradução de Rubens Pereira dos Santos, a partir do original russo.[34]

Outro ensaio admirável é *Goethe e Tolstói* de Thomas Mann, que existe em várias línguas.

Os assim chamados formalistas russos ocuparam-se muito de Tolstói. Como exemplo de sua teorização, pode-se indicar o ensaio de Viktor Chklóvski já referido por mim, "A arte como procedimento".[35]

Como material biográfico mais ligeiro, mas com alguma abordagem crítica, considero recomendável a parte referente a Tolstói na *História da literatura russa* de D. S. Mirsky, escrita em inglês na década de 1920 e publicada em diversas línguas. Esse texto está marcado por um toque muito pessoal, às vezes é bastante discutível, mas traz a marca daquela paixão literária sem a qual, no meu entender, torna-se um pecado escrever sobre Tolstói.

[34] Máximo Gorki, *Leão Tolstói*, São Paulo, Perspectiva, 1983.

[35] *Teoria da literatura: formalistas russos*, Dionísio de Oliveira Toledo (org.), Porto Alegre, Globo, 1972.

SOBRE O AUTOR

Lev Nikolaiévitch Tolstói nasce em 1828 na Rússia, em Iásnaia Poliana, propriedade rural de seus pais, o conde Nikolai Tolstói e a princesa Mária Volkônskaia. Com a morte da mãe em 1830, e do pai, em 1837, Lev Nikolaiévitch e seus irmãos são criados por uma tia, Tatiana Iergolskaia. Em 1845, Tolstói ingressa na Universidade de Kazan para estudar Línguas Orientais, mas abandona o curso e transfere-se para Moscou, onde se envolve com o jogo e com as mulheres. Em 1849, presta exames de Direito em São Petersburgo, mas, continuando sua vida de dissipação, acaba por se endividar gravemente e empenha a propriedade herdada de sua família.

Em 1851 alista-se no exército russo, servindo no Cáucaso, e começa a sua carreira de escritor. Publica os livros de ficção *Infância*, *Adolescência* e *Juventude* nos anos de 1852, 1854 e 1857, respectivamente. Como oficial, participa em 1855 da batalha de Sebastópol, na Crimeia, onde a Rússia é derrotada, experiência registrada nos *Contos de Sebastópol*, publicados entre 1855 e 1856. De volta à Iásnaia Poliana, procura libertar seus servos, sem sucesso. Em 1859 publica a novela *Felicidade conjugal*, mantêm um relacionamento com Aksínia Bazikina, casada com um camponês local, e funda uma escola para os filhos dos servos de sua propriedade rural.

Em 1862 casa-se com Sófia Andréievna Behrs, então com dezessete anos, com quem teria treze filhos. *Os cossacos* é publicado em 1863, *Guerra e paz*, entre 1865 e 1869, e *Anna Kariênina*, entre 1875 e 1878, livros que trariam enorme reconhecimento ao autor. No auge do sucesso como escritor, Tolstói passa a ter recorrentes crises existenciais, processo que culmina na publicação de *Confissão*, em 1882, onde o autor renega sua obra literária e assume uma postura social-religiosa que se tornaria conhecida como "tolstoísmo". Mas, ao lado de panfletos como *Minha religião* (1884) e *O que é arte?* (1897), continua a produzir obras-primas literárias como *A morte de Ivan Ilitch* (1886), *A Sonata a Kreutzer* (1891) e *Khadji-Murát* (1905).

Espírito inquieto, foge de casa aos 82 anos de idade para se retirar em um mosteiro, mas falece a caminho, vítima de pneumonia, na estação ferroviária de Astápovo, em 1910.

SOBRE O TRADUTOR

Boris Schnaiderman nasceu em Úman, na Ucrânia, em 1917. Em 1925, aos oito anos de idade, veio com os pais para o Brasil, formando-se posteriormente na Escola Nacional de Agronomia do Rio de Janeiro. Naturalizou-se brasileiro nos anos 1940, tendo sido convocado a lutar na Segunda Guerra Mundial como sargento de artilharia da Força Expedicionária Brasileira — experiência que seria registrada em seu livro de ficção *Guerra em surdina* (escrito no calor da hora, mas finalizado somente em 1964) e no relato autobiográfico *Caderno italiano* (Perspectiva, 2015). Começou a publicar traduções de autores russos em 1944 e a colaborar na imprensa brasileira a partir de 1957. Mesmo sem ter feito formalmente um curso de Letras, foi escolhido para iniciar o curso de Língua e Literatura Russa da Universidade de São Paulo em 1960, instituição onde permaneceu até sua aposentadoria, em 1979, e na qual recebeu o título de Professor Emérito, em 2001.

É considerado um dos maiores tradutores do russo em nossa língua, tanto por suas versões de Dostoiévski — publicadas originalmente nas *Obras completas* do autor lançadas pela José Olympio nos anos 1940, 50 e 60 —, Tolstói, Tchekhov, Púchkin, Górki e outros, quanto pelas traduções de poesia realizadas em parceria com Augusto e Haroldo de Campos (*Maiakóvski: poemas*, 1967, *Poesia russa moderna*, 1968) e Nelson Ascher (*A dama de espadas: prosa e poesia*, de Púchkin, 1999, Prêmio Jabuti de tradução). Publicou também diversos livros de ensaios: *A poética de Maiakóvski através de sua prosa* (Perspectiva, 1971, originalmente sua tese de doutoramento), *Projeções: Rússia/Brasil/Itália* (Perspectiva, 1978), *Dostoiévski prosa poesia* (Perspectiva, 1982, Prêmio Jabuti de ensaio), *Turbilhão e semente: ensaios sobre Dostoiévski e Bakhtin* (Duas Cidades, 1983), *Tolstói: antiarte e rebeldia* (Brasiliense, 1983), *Os escombros e o mito: a cultura e o fim da União Soviética* (Companhia das Letras, 1997) e *Tradução, ato desmedido* (Perspectiva, 2011). Recebeu em 2003 o Prêmio de Tradução da Academia Brasileira de Letras, concedido então pela primeira vez, e em 2007 foi agraciado pelo governo da Rússia com a Medalha Púchkin, em reconhecimento por sua contribuição na divulgação da cultura russa no exterior.

Faleceu em São Paulo, em 2016, aos 99 anos de idade.

COLEÇÃO LESTE

István Örkény
A exposição das rosas e A família Tóth

Karel Capek
Histórias apócrifas

Dezsö Kosztolányi
O tradutor cleptomaníaco e outras histórias de Kornél Esti

Sigismund Krzyzanowski
O marcador de página e outros contos

Aleksandr Púchkin
A dama de espadas: prosa e poemas

A. P. Tchekhov
A dama do cachorrinho e outros contos

Óssip Mandelstam
O rumor do tempo e Viagem à Armênia

Fiódor Dostoiévski
Memórias do subsolo

Fiódor Dostoiévski
O crocodilo e Notas de inverno sobre impressões de verão

Fiódor Dostoiévski
Crime e castigo

Fiódor Dostoiévski
Niétotchka Niezvânova

Fiódor Dostoiévski
O idiota

Fiódor Dostoiévski
Duas narrativas fantásticas: A dócil e O sonho de um homem ridículo

Fiódor Dostoiévski
O eterno marido

Fiódor Dostoiévski
Os demônios

Fiódor Dostoiévski
Um jogador

Fiódor Dostoiévski
Noites brancas

Anton Makarenko
Poema pedagógico

A. P. Tchekhov
O beijo e outras histórias

Fiódor Dostoiévski
A senhoria

Lev Tolstói
A morte de Ivan Ilitch

Nikolai Gógol
Tarás Bulba

Lev Tolstói
A Sonata a Kreutzer

Fiódor Dostoiévski
Os irmãos Karamázov

Vladímir Maiakóvski
O percevejo

Lev Tolstói
Felicidade conjugal

Nikolai Leskov
Lady Macbeth do distrito de Mtzensk

Nikolai Gógol
Teatro completo

Fiódor Dostoiévski
Gente pobre

Nikolai Gógol
O capote e outras histórias

Fiódor Dostoiévski
O duplo

A. P. Tchekhov
Minha vida

Bruno Barretto Gomide (org.)
Nova antologia do conto russo

Nikolai Leskov
A fraude e outras histórias

Nikolai Leskov
Homens interessantes e outras histórias

Ivan Turguêniev
Rúdin

Fiódor Dostoiévski
A aldeia de Stepántchikovo e seus habitantes

Fiódor Dostoiévski
Dois sonhos: O sonho do titio e Sonhos de Petersburgo em verso e prosa

Fiódor Dostoiévski
Bobók

Vladímir Maiakóvski
Mistério-bufo

A. P. Tchekhov
Três anos

Ivan Turguêniev
Memórias de um caçador

Bruno Barretto Gomide (org.)
Antologia do pensamento crítico russo

Vladímir Sorókin
Dostoiévski-trip

Maksim Górki
Meu companheiro de estrada e outros contos

A. P. Tchekhov
O duelo

Isaac Bábel
No campo da honra e outros contos

Varlam Chalámov
Contos de Kolimá

Fiódor Dostoiévski
Um pequeno herói

Fiódor Dostoiévski
O adolescente

Ivan Búnin
O amor de Mítia

Varlam Chalámov
A margem esquerda
(Contos de Kolimá 2)

Varlam Chalámov
O artista da pá
(Contos de Kolimá 3)

Fiódor Dostoiévski
Uma história desagradável

Ivan Búnin
O processo do tenente Ieláguin

Mircea Eliade
Uma outra juventude
e Dayan

Varlam Chalámov
Ensaios sobre o mundo do crime
(Contos de Kolimá 4)

Varlam Chalámov
A ressurreição do lariço
(Contos de Kolimá 5)

Fiódor Dostoiévski
Contos reunidos

Lev Tolstói
Khadji-Murát

Mikhail Bulgákov
O mestre e Margarida

Iuri Oliécha
Inveja

Nikolai Ogniów
Diário de Kóstia Riábtsev

Ievguêni Zamiátin
Nós

Boris Pilniák
O ano nu

Viktor Chklóvski
Viagem sentimental

Nikolai Gógol
Almas mortas

Fiódor Dostoiévski
Humilhados e ofendidos

Vladímir Maiakóvski
Sobre isto

Ivan Turguêniev
Diário de um homem supérfluo

Arlete Cavaliere (org.)
Antologia do humor russo

Varlam Chalámov
A luva, ou KR-2
(Contos de Kolimá 6)

Este livro foi composto em Sabon pela Bracher & Malta, com CTP e impressão da Bartira Gráfica e Editora em papel Pólen Soft 80 g/m² da Cia. Suzano de Papel e Celulose para a Editora 34, em março de 2020.